Jeremias Trumpf wurde 1974 in Stuttgart geboren. Er studierte in Tübingen und promovierte an der Medizinischen Fakultät. Er ist praktizierender Arzt und lebt in Stuttgart-Ost. Die Bücher im Neckarufer-Verlag Stuttgart erscheinen unter einem Pseudonym. Als Mediziner verfügt Trumpf über profunde Kenntnisse auf den Gebieten der Rechtsmedizin und der Psychiatrie.

Seinem Thriller-Debüt „EINS“, dem Überraschungserfolg aus dem Sommer 2013, folgte noch im gleichen Jahr die Veröffentlichung von „ZWEI – Die Galerie der Totenbilder“, das auf einer wahren Begebenheit basiert. „Drei – Cernunnos“ ist sein drittes Buch aus der fulminanten Stuttgart-Thriller-Reihe um Kurt Schockenried, Dennis Rathvan & Co. Derzeit arbeitet Jeremias Trumpf am vierten Buch dieser Reihe, einem Thriller mit den gleichen Protagonisten. Gleichzeitig befindet er sich in der Vorbereitungsphase auf einen Roman, der außerhalb seiner Thriller-Reihe im Neckarufer-Verlag erscheinen wird, dessen Handlung aber ebenfalls in Stuttgart spielt.

Schreiben Sie Jeremias Trumpf unter:
Jeremias.Trumpf@live.de

Besuchen Sie ihn im Internet unter:
https://twitter.com/jeremiastrumpf

www.fb.com/JeremiasTrumpf

www.neckarufer-verlag.de

Jeremias Trumpf

DREI

Cernunnos

Thriller

Neckarufer-Verlag Stuttgart
Jeremias Trumpf

www.neckarufer-verlag.de

Ein Jogger findet den abgetrennten Kopf einer unbekannten Frau im Höhenpark Killesberg. Kriminalhauptkommissar Dennis Rathvan stößt an seine Grenzen, da er sich bei den Ermittlungen zunächst weitestgehend alleine gelassen fühlt. Sein etatmäßiger Vorgesetzter Kurt Schockenried hat sich aufgrund eines Burn-Out-Syndroms auf unbestimmte Zeit an den Ebnisee zurückgezogen, um sich dort in der Einsamkeit ungehindert gehen lassen zu können. Keiner weiß, wann und ob er jemals wieder in den Polizeidienst zurückkehren wird. Seine Kollegin Tatjana von Senden plagt sich indes mit einer Infektion ihres operierten Kniegelenkes herum und befindet sich außerdem im Vorbereitungsstress auf ihre anstehende Hochzeit.

Der Fund weiterer Köpfe, unter anderem auf dem Karlsplatz in der Stuttgarter Innenstadt, erschüttert die Landeshauptstadt in ihren Grundfesten und deren Bürger in ihrem Glauben.

Aber wo sind die dazugehörigen Körper? Der Rechtsmediziner Dr. Simon Brandner macht interessante Entdeckungen, die sich nach und nach wie die Teile eines Puzzles zusammenfügen lassen. Seine Worte werden Dennis Rathvan auf immer und ewig Albträume bescheren: „Los, Dennis. Schneide endlich die verdammte Leiche auf!“

Unter tatkräftiger Mithilfe alter Bekannter wie Jessica Dornfeld, Holger Grünbaum und Mark Scheck nimmt die Stuttgarter Kriminalpolizei eine Spur auf, die bis zum schwindelerregenden Ende verfolgt wird.

Originalausgabe März 2015

Veröffentlicht durch Neckarufer-Verlag Stuttgart – Jeremias Trumpf
Lektorat: Johanna Trommer
Umschlaggestaltung: Johanna Trommer
Satz: Johanna Trommer
Druck und Bindung:
e.kurz+co druck und medientechnik gmbh, Stuttgart
Printed in Germany
ISBN 978-3-00-048584-8

Erstaunlich, dass der Mensch nur hinter seiner Maske ganz er selbst ist.
(Der Meister) Edgar Allan Poe (1809-1849)

Alles, was wir sehen oder scheinen – ist es nichts anderes als ein Traum in einem Traum?
All that we see or seem – is but a dream within a dream?
Edgar Allan Poe (1809-1849): A dream within a dream (1827/1849)

Man sieht die Sonne langsam untergehen und erschrickt dennoch, wenn es plötzlich dunkel ist.
Franz Kafka (1883-1924)

In Liebe und Dankbarkeit für meinen Vater, der seinen letzten Kampf in Würde einstellte, als die Kräfte aufgebraucht waren.

Für meine Familie.

Für alle Sternenkinder.

Und
für
Jeremias.

Drei.
Die Drei ist vollkommen.
Die Drei ist die Zahl der Synthese.
Wenn zwei eins werden, geht die Drei als ein Neues hervor.
Die Drei ist Glaube, Liebe und Hoffnung.
Zugleich steht sie für Beharrlichkeit und Verleumdung.
Die Drei hat Anfang, Mitte und Ende.
Sie ist unsere Vergangenheit, Gegenwart und Zukunft,
Geburt, Leben und Tod.

M.N.S., MD

1.
Akrophobia 1

Er war wieder da. Und er würde sich rächen. Rächen dafür, dass sie ihm dieses Unrecht angetan und ihn aus ihren Erinnerungen gelöscht hatten. Schon bald, sehr bald, würde er in die Gedächtnisse aller zurückkehren, mächtiger als je zuvor.
Die dunklen Augen hinter der Maske waren weit aufgerissen. Das Flackern der Flammen spiegelte sich in ihnen. Es schien, als stünden sie selbst in Flammen.
Ein kurzer Ruck, und das Beil sauste abwärts. Langsam, geradezu träge, rann das Blut hinunter und hinterließ seine dunklen Spuren. Es war vollbracht.

***

„Schau bloß nicht nach unten!“, sagte er immer wieder aufs Neue zu sich selbst, den Blick stets starr in die Ferne gerichtet. Höchste Konzentration war geboten. Kein Schritt durfte wesentlich länger oder kürzer als der vorangegangene ausfallen, anderenfalls würde er unweigerlich an einer der Metallstufen hängen bleiben und stolpern. Doch das war gar nicht so einfach, denn er konnte nicht nach unten auf seine Beine schauen, sondern immer nur nach vorn. Den Blick in die Tiefe würde er nicht ertragen, seine Höhenangst war einfach zu ausgeprägt. Die dritte von vier Plattformen hatte er auf seinem Weg zur Spitze des Turmes bereits hinter sich gelassen, als er die Stufen mit den Nummern 172, 173 und 174 zählte. Sein Atem ging immer schneller und die Oberschenkel schmerzten. Dann war er endlich oben. Ohne sich umzublicken, setzte er sich sofort auf den Boden und verbarg sein Gesicht in den Händen. Er verharrte in dieser Position, bis sich die Frequenz seines Pulsschlages wieder etwas normalisiert hatte. Der aufkommende Abendwind ließ ihn bei geschlossenen Augen spüren, wie der Turm leicht schwankte. Warum nur war da dieser Drang, sich immer wieder selbst zu quälen, indem er sich beweisen musste, dass er, wann immer er wollte, seine Höhenangst überwinden und damit vermeintlich besiegen konnte? Er kannte die Antwort auf diese Frage, wollte aber weder sich selbst gegenüber noch vor anderen den wahren Grund zugeben. Er wollte sich einfach nicht damit abfinden, gelegentlich die Kontrolle über sich und seine Handlungen zu verlieren. Akrophobie bedeutete nicht nur die Angst vor der Höhe, sondern gleichzeitig die Angst vor einem Kontrollverlust. Unabhängig von der Höhe ist der Betroffene dabei einer unerklärlichen Angst ausgesetzt und fürchtet, in die Tiefe stürzen zu müssen. Dieses Gefühl ist oft mit dem Zwang verbunden, sich gegen den eigenen Willen nach unten fallen zu lassen. Erst im Alter von sechzehn Jahren sah er sich erstmals und völlig überraschend mit dieser Angst konfrontiert. Völlig unbedarft betrat er während einer Studienreise die Aussichtsplattform des Centre Georges Pompidou an der Rue Beaubourg in Paris. Er stand ganz vorne an der Absperrung, die ihm lediglich bis zum Bauchnabel reichte, und blickte aus etwa fünfunddreißig Metern Höhe nach unten. Er sah eine Dame in einem knallroten Kostüm und einem dazu passenden großen Hut, die über die *Place Pompidou* stolzierte, als ihm unvermittelt die Todesangst in die Glieder fuhr. Einer seiner Klassenkameraden hatte sich einen üblen Scherz erlaubt und so getan, als wolle er ihn in die Tiefe stoßen, indem er ihn hinterrücks schubste. Seit diesem Tag litt er bewusst unter dieser Angststörung, die beispielsweise auf Brücken, Türmen, Balkonen oder den Dächern hoher Häuser auftreten konnte, bemerkenswerterweise aber weder im Flugzeug noch in den Bergen beim Wandern oder Skifahren oder in geschlossenen Räumen, wie hoch auch immer sie gelegen waren.

Wieso war er nur hier hoch gerannt? Der Aussichtsturm im Höhenpark Killesberg war über vierzig Meter hoch und bekanntermaßen nichts für schwache Nerven. Alles Zaudern half jetzt nichts; irgendwie musste er auch wieder nach unten gelangen. Langsam öffnete er die Augen. Ohne aufzustehen, rutschte er auf seinem Gesäß bis zur Treppe und packte das Geländer. Der Abstieg fiel ihm noch viel schwerer als der Aufstieg, da er zwangsläufig auf seine Beine und Füße achten musste, um nicht ins Leere zu treten und die Treppe hinabzustürzen. Langsam und mit zitternden Knien kam er dem Erdboden wieder näher, Schritt für Schritt, Stufe für Stufe.

Nach einer gefühlten Ewigkeit kam Mark Scheck wieder am Fuße des Turmes an. Der kühle Abendwind hatte mittlerweile den Schweiß an seinem Körper getrocknet, und er fror etwas. Die Angst hatte ihn noch nicht wieder ganz losgelassen, doch mit festem Boden unter den Füßen war er wieder ein normaler Mensch, so wie jeder andere Spaziergänger oder Jogger auch, der an diesem Frühjahrsabend im Höhenpark unterwegs war. Er nahm langsam wieder den Laufschritt auf und blickte sich nochmals um. Über der Spitze des Killesberg-Turmes zogen dunkle Wolken auf, und die Schwalben kreisten aufgeregt am Abendhimmel. Seine übliche Laufstrecke führte ihn vorbei an der großen Ballspielwiese, die am Eingang zum *Tal der Rosen* gelegen war. Der Frühling präsentierte sich hier von seiner schönsten Seite und offenbarte eine wundervolle Blütenpracht, zu der auch die vielen Bäume ihren Teil beitrugen. Die Magnolienblüten beeindruckten durch ein strahlendes Weiß, das auch in der Dämmerung etwas Edles und Friedliches verströmte. Er passierte die roten, steil aufsteigenden Felswände im *Tal der Rosen*, die davon zeugten, dass der Höhenpark früher einmal ein Steinbruch gewesen war. Dass der Park auch eine sehr unrühmliche Vergangenheit hatte, war ihm in diesem Moment, wie den vielen tausend anderen Menschen, die ihn regelmäßig besuchten, nicht bewusst: Die Nationalsozialisten starteten einst in Stuttgart, unter anderem an diesem Ort, die Deportation unschuldiger Juden aus ganz Württemberg und Hohenzollern in die verschiedenen Konzentrationslager, insbesondere nach Riga, Auschwitz und ins Ghetto Theresienstadt.

Mark spürte die ersten Tropfen auf seinen nackten Unterarmen. Es hatte begonnen zu regnen. Ihm war nicht aufgefallen, dass er mittlerweile alleine war. Er war zu schnell gelaufen und setzte sich auf eine Bank beim Seerosenteich, um etwas auszuruhen. Von hier aus konnte er fast das ganze Tal überblicken, an dessen Eingang sich der Turm befand, auf den er vor etwa zwanzig Minuten noch waghalsig hinaufgerannt war. Erst jetzt bemerkte er, dass außer ihm niemand mehr unterwegs war. Der Regen wurde stärker, und die unzähligen Tulpen auf den großen Wiesen bogen sich im Wind. Mark erschrak, als plötzlich etwas auf seiner rechten Schulter landete. Reflexartig wischte er mit seiner linken Hand darüber hinweg und sprang auf. Er konnte einen großen Käfer erkennen, der taumelnd davon flog, dann setzte er sich wieder und stützte sich auf die Bank. Dabei berührte er mit seinen Fingern etwas Hartes, das sich bewegte: Ein weiterer Käfer, der genauso aussah, wie jener, den er eben in die Flucht geschlagen hatte. Dieses Tier flog aber nicht davon, sondern blieb unbeeindruckt sitzen. Mark beobachtete es eindringlich. Was für eine komische Kreatur. Bestimmt eine seltene Gattung, dachte er, war sich aber zugleich sicher, dass er ein solches Insekt schon einmal irgendwo gesehen hatte. Eine starke Böe fegte über das Tal hinweg, und Mark sah in einiger Entfernung, wie über einem großen Busch viele schwarze Punkte durch die Luft wirbelten. Es schien fast so, als tanzten sie im Wind. Neugierig geworden erhob er sich von der Bank und ging langsam darauf zu. Als er näher kam, erkannte er, dass es hunderte weitere Käfer waren, die durch den starken Wind aufgeschreckt worden waren und wild durcheinander flogen. Der Busch war etwas verwildert und passte so gar nicht in das Bild der übrigen, sehr gepflegten Landschaft. Er griff nach einem umherliegenden Stock und versuchte, die Zweige etwas auseinander zu biegen. Vielleicht würde er im Inneren des Buschs ja eine Erklärung für die geballte Präsenz der Insekten finden. Sogleich wurden noch mehr Käfer aufgescheucht und wuselten aufgeregt umher.

Zwischen den Sträuchern hing etwas, das in roten Stoff eingewickelt war. Er konnte es nicht erkennen, der Gegenstand entsprach aber ungefähr dem Format eines Fußballs. Er stieß mit seinem Stock dagegen. Das Ding war hart und schwer, ließ sich aber kaum bewegen. Ein weiterer, kräftigerer Stoß ließ den rundlichen Gegenstand schließlich zu Boden plumpsen und nach einem dumpfen Aufprall direkt vor seine Füße kullern. Vorsichtig zog Mark an dem roten Stoff und wich jählings zurück. Ihm stockte der Atem: Vor ihm lag der Schädel einer Frau. Vorsichtig näherte er sich wieder etwas, um den Kopf genauer ansehen zu können. Dabei blickte er in zwei dunkle Augenhöhlen, aus denen der Tod zurückstarrte.

2.
Zweifelhafte Ehre

Kriminalhauptkommissar Dennis Rathvan war an diesem Frühlingsabend noch im Polizeipräsidium gewesen, als die Kollegen des Kriminaldauerdienstes das Dezernat 1.1 für Tötungs-, Brand-und Sprengstoffdelikte darüber informierten, dass ein Jogger im Höhenpark Killesberg den Kopf eines Menschen gefunden hatte.

In den vergangenen Wochen und Monaten war es leider zur Gewohnheit geworden, dass Dennis bis in die frühen Abendstunden in seinem Büro saß, um diversen Schreibkram zu erledigen. Die regulären Arbeitsstunden ließen ihm einfach nicht genügend zeitlichen Spielraum, um der anfallenden Arbeit und der immer mehr ausufernden Bürokratie gerecht zu werden. Die Konsequenz waren unbezahlte Überstunden am Abend, die er in der Regel vor dem PC seines Büros im zweiten Stock des Präsidiums verbrachte. Zu Jahresbeginn war er offiziell zum kommissarischen Leiter sämtlicher Ermittlungen der Mordkommission Stuttgart 1 ernannt worden, da sich der etatmäßige Erste Kriminalhauptkommissar, Kurt Schockenried, eine berufliche Auszeit von unbestimmter Dauer genommen hatte. Da Schockenried seit Monaten mehr oder weniger von der Bildfläche verschwunden war, wusste niemand, ob er überhaupt jemals wieder in den Polizeidienst zurückkehren würde.

Um die Weihnachtszeit des zurückliegenden Jahres hatten

sie sich der Suche nach einem kaltblütigen Kindermörder gewidmet. Die komplizierten Verstrickungen des Falles reichten bis zurück in die frühen Achtziger Jahre. Als die Ermittlungen ins Stocken gerieten und der weitere Mord an einem Kind nicht verhindert werden konnte, nahm Kurt Schockenried in seiner Eigenschaft als leitender Ermittler die gesamte Schuld auf sich und stellte sich schützend vor seine jüngeren Kolleginnen und Kollegen. Als wenig später Schockenrieds Sohn Harald durch denselben Täter lebensgefährlich verletzt wurde und dem Mörder beinahe auch noch sein Enkelsohn zum Opfer gefallen wäre, brach für ihn eine Welt zusammen. Geplagt von Selbstvorwürfen zog er sich immer mehr zurück. Als ihm wenige Tage später ein weiterer Flüchtiger unter dubiosen Umständen am Stuttgarter Flughafen entkommen war, beschloss er endgültig, sich zumindest vorübergehend aus dem Dienst zurückzuziehen.

Für Dennis war es eine Ehre, bereits im Alter von achtunddreißig Jahren Erster Kriminalhauptkommissar der Stuttgarter Mordkommission zu sein, wenn auch eine zweifelhafte. Ihm war sehr wohl bewusst, dass er viel eher aufgrund von Sparzwängen und einer äußerst angespannten Haushaltslage in diese Position gehievt worden war, denn aus Vertrauen in seine Person und seine Fähigkeiten. Somit konnte nämlich auf die Einstellung weiteren Personals verzichtet werden und die bisher für drei Personen anfallende Arbeit künftig auf lediglich vier Schultern verteilt werden, nämlich diejenigen von Dennis Rathvan sowie die wesentlich schmaleren der Kriminaloberkommissarin Tatjana von Senden, die ebenfalls schon seit einigen Jahren zum Team gehörte. Dass Tatjana momentan noch an den Folgen einer endoskopischen Operation des linken Innenmeniskus laborierte und somit derzeit nur beschränkt einsatzfähig war, machte die ganze Angelegenheit nicht besser. Außerdem würde sie in einigen Wochen ihren langjährigen Freund und Lebensgefährten, Jörg Maurer, heiraten und sich im Anschluss daran für mindestens vierzehn Tage auf Hochzeitsreise befinden, so dass Dennis vollends auf sich alleine gestellt sein würde. Nach Jahren des vergeblichen Wartens und Forderns hatte Jörg Maurer ihr nun endlich anlässlich ihres sechsunddreißigsten Geburtstages die alles entscheidende Frage gestellt. Zwar war Jörgs Antrag nicht gerade von hinreißender Romantik geprägt gewesen, doch Tatjana, die eigentlich sehr kleinlich und auf Etikette bedacht war, hatte mit der Zeit gelernt, ihre Ansprüche merklich herunterzuschrauben. Dies galt vor allem dann, wenn der Zweck die Mittel heiligte und am Ende das Ergebnis heraussprang, das sie sich erhofft hatte. Auf die in einem zweitklassigen mexikanischen Restaurant ausgesprochene Frage: „Süße, was meinst du – da wir ja ohnehin seit Jahren aufeinander hängen und wahrscheinlich keiner von uns mehr etwas Besseres findet, könnten wir doch auch gleich heiraten, oder?“ hätten die meisten anderen Frauen womöglich eher abgeneigt reagiert, nicht aber Tatjana, obwohl sie für ihre zickige Art und gelegentlichen hysterischen Anfälle im gesamten Polizeipräsidium bekannt war. Vor Freude weinend war sie Jörg um den Hals gefallen und hatte den etwas holprig formulierten Heiratsantrag ohne jegliches Zögern angehommen. Allerdings ließ sie es sich wenig später bei einer Karaffe Erdbeer-Margarita, die ihr geliebter, allerdings nicht für die Größe seiner Spendierhosen berühmte Jörg zur Feier des Tages bestellt hatte, nicht nehmen, ihren Zukünftigen auf ihre tolerante Großmütigkeit sowie sein unglaubliches Glück, ihr jemals begegnet zu sein, hinzuweisen.

Schon jetzt versetzten die anstehenden Hochzeitsfeierlichkeiten fast das gesamte Dezernat 1.1 in helle Aufregung. Tatjana hatte lange Zeit einen Hehl daraus gemacht, wem denn nun die große Ehre zuteilwerden würde, sich auf der Gästeliste für ihren großen Tag wiederzufinden. Die Verteilung der Umschläge mit den Einladungen an die Kolleginnen und Kollegen sollte Tatjanas Absicht nach der Zeremonie einer Grammy-Verleihung gleichen. Tatsächlich jedoch erinnerte das alberne Schauspiel viel eher an die Verteilung der Blauen Briefe zum Ende des Schuljahres an einer Grund- und Hauptschule für mäßig Begabte, die bis zuletzt hofften, der Kelch des nicht erreichten Klassenziels würde gerade noch einmal an ihnen vorüberziehen. Mit entsprechendem Unverständnis reagierte Tatjana auf die mangelnde Euphorie im Kollegium und strafte jeden, der ihre Einladung nicht adäquat zu würdigen wusste und mit einer Zusage zögerte, mit mindestens einer Woche totaler Ignoranz.

Dass dies einige sogar als sehr wohltuend empfanden, konnte Dennis, der noch den besten Draht zu ihr hatte, nicht vermitteln. Seine leise geäußerte Kritik, dass es nicht besonders passend gewesen sei, auf den Einladungen einen Hochzeitsgeschenk-Mindestwert von einhundert Euro pro Person einzufordern, nahm sie aber immerhin zur Kenntnis. Schweren Herzens revidierte Tatjana diese an ein Wirksamwerden der Einladung verknüpfte Bedingung, was erfreulicherweise viele Zusagen aus dem Kollegenkreis nach sich zog.

Tatjana von Senden, Kurt Schockenried und Dennis Rathvan hatten in den zurückliegenden Jahren stets ein ungleiches Ermittlerteam gebildet, waren jedoch als Kollektiv sehr erfolgreich gewesen, so dass die Schwächen des Einzelnen nicht wesentlich ins Gewicht fielen, umso mehr aber die Stärken. Auch wenn die Zusammenarbeit nicht selten alles andere als reibungslos verlaufen war, hatten sie sich letztendlich immer prächtig ergänzt und sich stets aufeinander verlassen können.

Dennis wusste in diesen Tagen nicht so recht, wo ihm der Kopf stand. Ein aktueller Fall bereitete ihm und seinen Kollegen einige Schwierigkeiten und viel Arbeit. Vor etwa drei Wochen war in einer Stuttgarter Innenstadtwohnung die Leiche einer jungen Frau gefunden worden. Der Mörder hatte der Frau höchstwahrscheinlich in ihrer eigenen Wohnung aufgelauert. Besonders unheimlich war dabei, dass der Täter einige Stunden unbemerkt mit seinem Opfer in der Wohnung verbracht haben musste, bevor er es schließlich mit einem Drahtseil oder einem ähnlichen Gegenstand erdrosselt und ihm die Kehle durchgeschnitten hatte. Alle Analysen und Rekonstruktionen des Tatorts deuteten darauf hin, dass sich der Mörder auch nach der Tat noch lange Zeit in der Wohnung der Frau aufgehalten hatte, denn laut Zeugenaussagen war laute Musik zu hören gewesen, die erst in den frühen Morgenstunden wieder verstummt war. Zu diesem Zeitpunkt allerdings musste das Opfer nach rechtsmedizinischen Erkenntnissen schon seit einigen Stunden tot gewesen sein.

Jedenfalls tappten sie derzeit noch völlig im Dunkeln.

„Und nun auch noch das", dachte sich Dennis laut und raufte sich dabei seine dunkelbraunen Haare, die an den Schläfen bereits zu ergrauen begannen. „Ein Kopf ohne Körper auf dem Killesberg!"

3.
Tal der Rosen

„Während der ganzen letzten Jahre hast du mir niemals die Beifahrertüre geöffnet, um mir beim Aussteigen behilflich zu sein, also lasse es auch jetzt gefälligst sein, Dennis Rathvan! Und höre um Himmels willen auf damit, mich zu behandeln, als sei ich schwerbehindert!“, blaffte Tatjana von Senden ihren Kollegen an, der im Laufschritt um das Auto geeilt war, um ihr beim Aussteigen zu helfen.

„Entschuldige bitte. Ich habe es nur gut gemeint“, versuchte Dennis sich zu verteidigen, was aber gründlich misslang.

„Ich habe eine harmlose Kniegelenksoperation hinter mir und nichts weiter!“, ächzte Tatjana, während sie angestrengt ihr linkes Bein aus dem Auto hievte und sich auf ihre Krücken stützte.

„Du solltest die Angelegenheit nicht auf die leichte Schulter nehmen, Tatjana. Der Eingriff liegt nun schon fast zwei Wochen zurück und du kannst immer noch nicht richtig gehen. Bist du eigentlich noch in ärztlicher Behandlung?“, wollte Dennis wissen und betrachtete seine Kollegin eindringlich.

„Ach, papperlapapp! Die Fäden wurden vorgestern entfernt und der Arzt meinte, das würde schon werden. Momentan habe ich weder die Zeit noch die Lust dazu, mich täglich in ein übervolles Wartezimmer zu setzen, um irgendwelche Pillen verschrieben zu bekommen und einen Quacksalber an meinem Bein herumfummeln zu lassen! Ich habe definitiv Wichtigeres zu tun."

„Wie gesagt, unterschätze das Ganze bitte nicht. Ich denke, man sollte sich lieber einmal zu häufig einer Kontrolluntersuchung unterziehen, als einmal zu wenig. Wenn Komplikationen auftreten, kann so rechtzeitig reagiert werden. Außerdem weißt du ja auch, wie es dem armen Kurt erging. Er hätte sich besser seinen Freunden und Kollegen anvertrauen oder sich professionellen Beistand einholen sollen, anstatt den Einzelkämpfer zu mimen. Vermutlich wäre ihm dann einiges erspart geblieben."

„Kurt Schockenried und Freunde? Dass ich nicht lache! Seine engsten Vertrauten heißen Trollinger, Jim Beam und Gorbatschow! Außerdem, was hat mein Knie mit den Depressionen und dem Burn-Out-Syndrom von Herrn Schockenried zu tun?"

Dennis gab auf. Es war ein hoffnungsloses Unterfangen, Tatjana davon überzeugen zu wollen, sich helfen zu lassen. Was er außerdem schon seit Jahren dachte, aber sich nie getraut hatte, ihr gegenüber offen auszusprechen, war, dass Tatjana aufgrund ihrer unberechenbaren Stimmungsschwankungen und ihres bisweilen zwanghaften Verhaltens die Konsultation eines Psychologen dringend zu empfehlen wäre.

***

Dunkle Wolken zogen sich in der Dämmerung über dem Höhenpark Killesberg zusammen, als Tatjana und Dennis am Fundort des Kopfes im *Tal der Rosen* eintrafen. Der

Bereich war großräumig abgesperrt und es wimmelte nur so von Polizisten und Mitarbeitern der Spurensicherung, die mit ihren charakteristischen Ganzkörperanzügen bekleidet waren.

„Und vom Körper der Frau fehlt weiterhin jede Spur?", fragte Dennis verwundert.

„Absolut nichts!", antwortete Tatjana und strich sich dabei eine Strähne ihrer vom Regen nass gewordenen blonden Haare aus dem Gesicht. „Unsere Leute sind gerade dabei, jeden Stein im Höhenpark umzudrehen. Aber bisher: Fehlanzeige!"

Mit ausgestrecktem Zeigefinger deutete sie auf einen Busch mitten auf der Wiese. „Da drüben wurde wohl der Schädel der Frau gefunden."

Als sie näher kamen, entdeckte Dennis seinen Freund Dr. Simon Brandner, den Leiter des Rechtsmedizinischen Instituts, der gerade konzentriert seiner Arbeit nachging und sich in kniender Position über etwas beugte, um es interessiert zu begutachten. „Das ist ja hochinteressant", murmelte der etwas beleibtere Rechtsmediziner vor sich hin und schien dabei gar nicht zu bemerken, dass Tatjana und Dennis bereits seit etwa einer halben Minute direkt hinter ihm standen und ihn beobachteten. Doch dann verblüffte er die beiden Kommissare. Ohne sich umzudrehen, sagte er auf einmal: „Was meinst du dazu, Kommissar Rathvan? Wonach sieht das hier aus?" Er hielt den Schädel in seiner linken Hand und demonstrierte drei kreisrunde Löcher im Wangenbereich.

„Zunächst einmal: Hallo lieber Simon! Ich dachte, du hattest uns noch gar nicht bemerkt. Und da wir dich nicht stören wollten …", begann Dennis, bevor Dr. Brandner ihn unterbrach: „Du weißt doch, mein Lieber, mir entgeht so leicht nichts."

Stöhnend richtete sich der Rechtsmediziner auf.

„Deine Bewegungen waren aber auch schon mal dynamischer", bemerkte Dennis spöttisch.

„Das kann man wohl sagen! Die Bandscheibe zwischen dem vierten und fünften Lendenwirbelkörper … ganz schön lästig. Aber lassen wir das Thema lieber."

„Sie haben wohl momentan keinen bemitleidenswerten Assistenzarzt, der für Sie die schweren Arbeiten übernimmt und den sie nach Belieben herumkommandieren können?", mischte sich Tatjana in die Unterhaltung ein.

Es war kein Geheimnis, dass sie und Dr. Brandner sich nicht besonders gut leiden konnten. Zynisch bemerkte Brandner: „In der Tat übernehme ich zur Zeit die tragenden Aufgaben selbst. Und wie man sieht, bekommt mir das nicht. Es ist elendiglich, wenn man sich als Chef um alles selbst kümmern muss. Aber davon verstehen Sie nichts, Frau von Senden, denn das Gefühl, etwas zu sagen zu haben, kennen Sie ja nicht. Und jetzt kam auch noch die Geschichte mit Ihrem Knie dazu. Müssen Sie denn sehr leiden, Sie Arme? Also wenn sie Hilfe brauchen – Sie wissen ja, ich bin Arzt und stehe Ihnen jederzeit mit Rat und Tat zur Verfügung!"

Tatjanas Augen verengten sich zu Schlitzen. Die Auseinandersetzung geriet zusehends unter die Gürtellinie: „Sie sind kein Arzt, sondern ein aufgeblasener Leichenschänder und Wichtigtuer mit chronischem Samenstau! Wohl schon lange keine Studentin mehr ins Bett bekommen, was?"

„Na, na. Wer wird denn hier gleich beleidigend werden?", grinste Simon und ließ es sich nicht nehmen, noch einen oben drauf zu setzen: „Über mein Sexualleben brauchen Sie sich nicht zu sorgen. Falls Sie übrigens Interesse haben – nein danke. Wie haben Sie es eigentlich geschafft, diesem armen Kerl einen Heiratsantrag zu entlocken? Womit haben Sie ihn erpresst? Ihr umwerfendes Sexappeal wird ihn wohl kaum zu dieser mitleiderregenden Tat bewegt haben, denn davon kann ja keine Rede sein."

Tatjana stieg voll auf die Provokationen Dr. Brandners ein: „Dass ich nicht lache, Sie heuchlerischer Fettwanst! Meinen Sie denn, ich sehe nicht, wie Sie mich seit Jahren anstarren und mit Ihren Blicken förmlich ausziehen? Abgesehen von Ihren weiblichen Leichen gibt es wohl keine Frau, die in Ihrer Gegenwart nicht unmittelbar die Flucht ergreift, sobald Sie den Mund aufgemacht haben! Wie klug von Ihnen, dass Sie Rechtsmediziner geworden sind, so können Sie wenigstens die Toten vollquatschen, wenn Ihnen die Lebendigen schon alle weglaufen."

„So, Schluss jetzt!", rief Dennis Rathvan plötzlich entschieden. „Sind wir denn hier im Kindergarten, oder was? Reißt euch gefälligst zusammen, und zwar alle beide! Habt ihr mich verstanden? Wir haben momentan weiß Gott andere Sorgen!"

„Na schön", zog sich Tatjana zurück. „Ich bin ja schon ruhig. Aber der da kann mich mal kreuzweise", giftete sie in die Richtung Dr. Brandners. Dieser willigte ebenfalls ein, jedoch nicht, ohne Tatjana nochmals einen verächtlichen Blick zuzuwerfen und zu bemerken: „Du hast ja Recht, Dennis. Ich bin bereit, mich gebührend meiner üblichen Professionalität zu verhalten. Der Vollständigkeit halber muss ich jedoch anfügen, dass du mir gegenüber nicht weisungsbefugt bist."

Dennis antwortete nicht auf Simons Aussage, sondern rollte lediglich genervt mit den Augen, bevor er fragte: „Was wolltest du uns denn nun eigentlich vorher zeigen?"

Dr. Brandner legte eine ernste Miene auf: „Es befinden sich drei kreisrunde Löcher im Schädel der toten Frau, siehst du?"

„Hm", staunte Dennis.

„Sind das Einschusslöcher?"

„Aufgrund der Form und der schwarzen Verfärbung in der Peripherie, welche tatsächlich an Schmauchspuren erinnern, könnte man das fast glauben. Ich habe aber eine andere Theorie."

„Die du uns aber bestimmt jetzt noch nicht mitteilen willst, sondern erst nach der Obduktion und weiteren Untersuchungen. Hab ich Recht?"

„Korrekt, Herr Hauptkommissar. Jetzt kommt aber die gute Nachricht!"

„Und die wäre?", fragte Dennis ungeduldig.

„Ein Kopf ohne Körper landet selten auf einem Seziertisch. Ehrlich gesagt ist mir so etwas während meiner gesamten bisherigen Laufbahn noch nicht passiert. Da die Untersuchung, die übrigens hochinteressant ist, naturgemäß nicht annähernd so lange dauert wie bei einem kompletten Körper – kurzum, ich werde mich gleich nachher an die Arbeit machen und am späteren Abend sicherlich erste Ergebnisse liefern können. Wir sehen uns dann also, Dennis?"

„Gib mir Bescheid, wenn du fertig bist. Für die Obduktion selbst werde ich zwei meiner Leute zu dir ins Institut schicken, die dir Gesellschaft leisten dürfen."

„Dürfen … exakt. Das hast du fein ausgedrückt", grinste Simon.

Nachdem Tatjana eine Weile geschwiegen hatte, wollte sie nun auch noch eine fachliche Frage loswerden: „Wurde der Kopf der Frau mit einer ätzenden Substanz übergossen?"

Dr. Brandner legte die Stirn in Falten: „Sie meinen wegen der schmalen, langen und bräunlichen Spuren im Gesicht?"

Tatjana nickte: „Genau."

„Es ist schon seit Wochen viel zu warm für diese Jahreszeit. Darüber freuen sich nicht nur wir Menschen, sondern auch Tiere, wie beispielsweise die Ameisen. Die Spuren im Gesicht der Toten stammen nicht von Verätzungen, sondern sind schlicht und ergreifend Fressstraßen von Ameisen, die sich ähnlich winden wie die Wege auf einer Landkarte. Dieses Phänomen ist immer wieder zu beobachten."

„Und wie lange, schätzen Sie, ist die Frau schon tot?"

„Der Kopf der Leiche ist bereits ausgetrocknet, also reden wir definitiv von einigen Wochen. Allerdings könnten die milden und warmen Temperaturen, gemeinsam mit der windexponierten Lage in diesem weitläufigen Tal den Vorgang beschleunigt haben. Natürlich abhängig davon, wie lange sich der Kopf schon hier an Ort und Stelle befand."

„Sehr lange kann das noch nicht gewesen sein", warf Dennis ein.

„Wie kommst du darauf?", wollte Tatjana wissen.

„Es ist doch eher unwahrscheinlich, dass über Wochen niemand den Schädel entdeckt hat, auch wenn er in diesem Busch ganz gut versteckt war. Zumindest der Hund eines Parkbesuchers hätte ihn längst aufgespürt!"

„Wer hat denn nun eigentlich den Schädel entdeckt? Es war die Rede von einem Jogger. Wo ist er?", erkundigte sich Tatjana.

„Der steht da drüben bei euren Kollegen!", meinte Simon Brandner und fügte grinsend hinzu: „Also wenn ihr mich fragt: Der ist meines Erachtens hoch verdächtig. Den solltet ihr dringend genauer unter die Lupe nehmen."

Tatjana und Dennis konnten sich nicht erklären, was Dr. Brandner so erheiterte. In einiger Entfernung sahen sie einen großen, dunkelhaarigen Mann, der eine Decke um die Schultern gehängt hatte und bei einigen Kollegen der Schutzpolizei etwas zu Protokoll zu geben schien. Dabei nippte er immer wieder an einer Sprudelflasche. Als sie genauer hinschauten, begriffen sie.

„Das ist doch wohl ein schlechter Scherz, oder?", mutmaßte Tatjana, während Dennis verblüfft stotterte: „Ich, ich fürchte, nein. Das ist kein Scherz!"

„Ich lache mich gleich scheckig", prustete Simon Brandner und klopfte sich dabei auf die Schenkel.

4.
Schimpanse am Kaffeeautomat

Es war bereits zwanzig Minuten nach Mitternacht des gleichen Abends, als Dennis vor dem Kaffee-Automaten in der Eingangshalle des Rechtsmedizinischen Instituts stand.

Simon Brandner hatte seine Untersuchungen am Schädel der unbekannten Frau noch nicht vollständig abgeschlossen, und so dauerte es noch etwas, bis Dennis zu ihm vorgelassen wurde. Die Müdigkeit stand ihm ins Gesicht geschrieben und er beschloss, seinen Organismus mit etwas Koffein in Schwung zu bringen. Dass der Kaffee aus diesem Automaten dafür berüchtigt war, mittelschwere Verbrennungen im Mund- und Rachenbereich zu verursachen und obendrein alles andere als ein Genuss war, konnte ihn in diesem Moment nicht davon abhalten.

Er zückte sein Portemonnaie und staunte. „Ein Euro und neunzig Cent für einen lumpigen Plastikbecher mit lausigem Kaffee. Mein lieber Scholli, das wird auch immer teurer hier. Da spart wohl schon einer für seine Rente", grummelte er vor sich hin und kramte in seinen Hosentaschen nach Kleingeld, da er nicht genügend Münzen im Geldbeutel hatte. Sein Tascheninhalt gab allerdings auch nicht mehr viel her. Zwanzig Cent fehlten ihm zum passenden Betrag. Also musste er wohl oder übel einen Zehn-Euro-Schein in den Automaten schieben. Was Dennis Rathvan unglücklicherweise in diesemMoment unbeachtet ließ, war das dezente Hinweisschild in der linken oberen Ecke des Automaten, auf dem stand:

Bitte passenden Betrag einwerfen. Automat gibt kein Rückgeld!

Eine Andeutung darüber, in welcher Position der Geldschein einzuschieben war, suchte Dennis vergeblich. Es wunderte ihn nicht weiter, dass er zunächst dreimal erfolglos versuchte, den Automaten zur Annahme seines Geldes zu bewegen. Endlich, nach dem vierten Versuch, ratterte es und der Automat spuckte einen schwarzen Becher aus. Kurz darauf folgte mit lautem Zischen das braune, dampfende Heißgetränk. Zufrieden seufzend entnahm Dennis den Kaffee und beugte sich zu der Klappe, in der er sein Wechselgeld erwartete. Es geschah jedoch nichts. Wütend drückte Dennis sämtliche Knöpfe des Automaten und versetzte, da weiterhin nichts passierte, der geldfressenden Maschine einen beherzten Fußtritt. Das Gerät reagierte unmittelbar mit wildem Blinken und unheilvollen Geräuschen, dann wurden drei weitere Plastikbecher ausgeworfen, und kurz darauf flutete eine Mischung aus Pfefferminztee, Kaffee und Milch den Automaten und schließlich auch den Boden in der Eingangshalle des Instituts. Fluchend versuchte Dennis, weiteren Schaden zu verhindern, doch erst, als eine Portion Rinderkraftbrühe die Sauerei perfekt machte, gelang es ihm, auf der Rückseite des Gerätes den Netzstecker zu ziehen.

Was für ein Desaster! Dennis hatte stolze zehn Euro für einen Becher erbärmlichen Kaffees bezahlt, wahrscheinlich den Automaten demoliert und obendrein für eine riesige Schweinerei gesorgt. Wie gut, dass mich niemand dabei gesehen hat, dachte er im Stillen und beschloss, sowohl den Automaten als auch das Chaos ihrem weiteren Schicksal zu überlassen.

***

„Nicrophorus-Käfer!“, waren die ersten Worte, die Dr. Brandner Dennis entgegenwarf, als dieser das Büro vor dem Sektionssaal Nummer eins betrat.

„Wie bitte?“, fragte Dennis irritiert, der ob des Intermezzos mit dem Kaffeeautomaten noch nicht ganz bei der Sache war.

„Eine Gattung der so genannten Totengräber-Käfer. Die erwachsenen Insekten sind an ihrer auffälligen orangefarbenen Musterung leicht zu erkennen.“

„Was hat das zu bedeuten?“

„Bei kleineren Wirbeltieren, beispielsweise toten Ratten oder Mäusen, versuchen Käferpaare verschiedener Gattungen, eine Leiche zu verscharren und sie somit für sich selbst in Anspruch zu nehmen. Bei größeren Leichenteilen wie dem Schädel im vorliegenden Fall gelingt ihnen das natürlich nicht. Also graben sie Brutkammern in den Kadaver. Die kreisrunden Löcher, die auch wegen des schwarzen Randsaums an Einschüsse erinnern, sind nichts weiter als die Eingangspforten zu ihrer Behausung. Diese Insekten sind sehr scheu und haben bereits am Fundort fluchtartig ihr Domizil verlassen, als der aufkommende Sturm und unser bemitleidenswerter Freund und

Kollege, Mark Scheck, den Schädel in Bewegung setzten. Ihm waren unzählige Käfer dort aufgefallen; einen hat er sogar versehentlich mit der Hand zerquetscht. Klug, wie er ist, hatte er mir ein totes Insekt zur Begutachtung überlassen, wodurch mein Verdacht bereits am Fundort auf soliden Beinen stand."

„Das bedeutet im Klartext, dass du nie an die Theorie mit den Einschusslöchern geglaubt hast?"

„Genau das bedeutet es. Ich war nur noch etwas zurückhaltend, da ich meine Vermutungen erst in der Obduktion bestätigt sehen wollte."

„Aha. Und was sagt uns das jetzt alles?", fragte Dennis ungeduldig.

„Trotz der beginnenden Fäulnis war es mir möglich, die Besiedlungszeit des Schädels durch die Insekten zu bestimmen, da ich Käferlarven in den Brutkammern gefunden habe. Das Entwicklungsstadium dieser Larven lässt den Schluss zu, dass die Person seit etwa drei Wochen tot ist, beziehungsweise, ich korrigiere mich: Seit etwa drei Wochen muss sich der Schädel an diesem Ort befunden haben."

„Kaum zu glauben, dass ihn vor Mark noch niemand entdeckt hat", staunte Dennis.

„Da gebe ich dir Recht. Aber dafür habe ich leider momentan auch keine Erklärung. Es ist eure Aufgabe, das herauszufinden!"

„Kannst du den Todeszeitpunkt nicht noch etwas genauer eingrenzen?"

„Leider nein. Bei Schmeißfliegen-Eiern oder Larven, die sonst häufig an Leichen gefunden werden, sind genauere

Bestimmungen möglich. Der Kopf war jedoch durch seine geschützte Lage in dem Busch gut belüftet und damit stark ausgetrocknet, was eine Besiedlung durch Fliegen weitestgehend verhinderte. Auch der Fäulnisprozess setzte dadurch erst deutlich verzögert ein. Außerdem haben die Käfer ihr Übriges dazu beigetragen, dass sich keine Fliegen da ran gewagt haben!"

„Konntest du denn einen Hinweis auf die Todesursache der Frau finden?"

„Leider zumindest keinen eindeutigen. Der Frau wurde der Kopf abgetrennt, was an sich natürlich zum Tode führt. Da mir aber der Rest des Körpers fehlt, kann ich nicht mit Gewissheit sagen, dass dies tatsächlich die Todesursache war. Der Schädel weist keine äußeren Schlag- oder Sturzverletzungen auf, und auch auf den Röntgenaufnahmen sind keine Frakturlinien erkennbar. Außerdem finden sich keine petechialen Einblutungen oder sonstige Anzeichen einer Stauung, die auf einen Tod infolge von Erdrosseln oder Ersticken schließen lassen würden. Die Halswirbelsäule ist bis zu der Stelle, an der sie durchtrennt wurde, ebenfalls unauffällig."

„Wie wurde sie durchtrennt?"

„Ich kann nur zwei Dinge sagen: Erstens muss es ein sehr scharfer und schwerer Gegenstand gewesen sein, beispielsweise ein Axt. Und zweitens scheint die Stelle der Durchtrennung willkürlich gewählt, da die Trennungsfurche mitten durch den sechsten Halswirbelkörper verläuft, in welchem entsprechende knöcherne Aufsplitterungen zu finden waren. Außerdem habe ich im Gewebe ganz feine Rückstände von Rostpartikeln gefunden, was ebenfalls dafür spricht, dass die Dekapitation mit einer Axt oder beispielsweise auch mit einem schweren Beil durchgeführt wurde."

„Du meinst also, dass die Abtrennung des Schädels nicht durch jemanden mit anatomischen Kenntnissen vorgenommen wurde?"

„Ja, das ließe sich unter Umständen daraus ableiten. Jemand, der Ahnung von der menschlichen Wirbelsäulenanatomie besitzt, hätte wohl eher einen Raum zwischen den Wirbelkörpern gewählt, da eine Abtrennung hier um ein Vielfaches leichter gewesen wäre."

„Das beruhigt mich ein wenig", seufzte Dennis und grinste dabei verschmitzt.

„Warum?", fragte Simon Brandner.

„Na, ich denke, somit können wir zumindest Mark Scheck als Täter ausschließen!"

Simon lachte vernehmlich. „Wer weiß, wer weiß!"

Mark Scheck, der Jogger, der den Frauenschädel gefunden hatte, war ungefähr zwei Jahre älter als Dennis und einer seiner besten Freunde aus Schulzeiten. Mark war Orthopäde und Unfallchirurg mit einer eigenen Praxis ganz in der Nähe des Höhenparks. Zusammen mit Simon hatte er die Universität in Tübingen besucht; auch sie waren bis heute noch gute Freunde. Mark war in der Vergangenheit bereits aus den verschiedensten Gründen in einige schwierige Fälle verwickelt gewesen. Umso absurder war es, dass er nun unfreiwilligerweise erneut mit von der Partie war. Im Spätherbst und Winter des vergangenen Jahres hatte er eine berufliche Auszeit dazu genutzt, seiner heimlichen

Leidenschaft nachzugehen, und heuerte für einige Zeit bei seinem ehemaligen Kommilitonen Simon Brandner als Assistenzarzt in der Rechtsmedizin an. Dr. Brandner schätzte nach anfänglichen Anlaufschwierigkeiten Marks Arbeit sehr und konnte bis jetzt keinen annähernd adäquaten Ersatz für ihn finden. Dennis hingegen war seinerzeit nicht besonders begeistert gewesen über die ständige Präsenz seines Freundes an Tatorten und bei Besprechungen, da diesem seiner Meinung nach die forensische Medizin etwas zu sehr zu Kopf gestiegen war. Denn nicht nur in beruflichen Belangen, sondern auch in seinem persönlichen Auftreten hatte sich Mark dem stets zur Überheblichkeit neigenden Dr. Brandner nach Dennis' Geschmack etwas zu sehr angepasst.

Nachdem sich Dennis und Simon einige Minuten auf Kosten ihres gemeinsamen, nicht anwesenden Freundes amüsiert hatten, wandten sie sich wieder dem Schädel der Frau zu. „Ich traue mich ja kaum zu fragen“, räusperte sich Dennis. „Aber gibt es am Kopf der Frau irgendwelche Auffälligkeiten oder besondere Merkmale, die Rückschlüsse auf ihre Identität erlauben?“

„Trau dich ruhig! Du wirst nicht enttäuscht werden“, triumphierte Simon. „Da gibt es so einiges an Besonderheiten!“

„Ja? Was denn zum Beispiel?“

„Beispielsweise das Gebiss. Die Zähne der Dame waren sehr gepflegt und wurden regelmäßig einer professionellen Zahnreinigung unterzogen. Trotz allem konnte sie schon einige Füllungen vorweisen, und außerdem sind alle vier Weisheitszähne entfernt worden.“

„Das heißt, sie war in regelmäßiger zahnärztlicher Behandlung?"

„Allerdings. Es müssten also Röntgenaufnahmen existieren, anhand derer ein Abgleich mit ihrem Gebiss erfolgen kann, und schon wissen wir, wer sie ist!"

„Wenn es nur so einfach wäre, den Zahnarzt zu finden, bei dem sie in Behandlung war. Das kann ja theoretisch überall auf der Welt gewesen sein."

„Schon. Trotzdem denke ich, die Chancen stehen nicht schlecht", gab sich Dr. Brandner zuversichtlich und ergänzte: „Es gibt darüber hinaus nämlich noch einige Auffälligkeiten, die bei der Identifizierung hilfreich sein könnten."

„Und zwar welche?", wollte Dennis wissen.

Simon Brandner nahm einen Holzspatel und drückte damit fest gegen die Zungenspitze der toten Frau, so dass der Rest der Zunge zum Vorschein kam.

„Was ist das?", fragte Dennis. „Sind das Narben?"

„Ja, das sind Narben. Aber ursächlich nicht hervorgerufen durch Schnitte, dafür sind sie nicht glatt genug. Sie stammen von Bissen!"

„Von Bissen?", fragte Dennis erstaunt.

Simon erklärte: „Ich gehe fest davon aus, dass die Frau an Epilepsie litt. Bei einem epileptischen Anfall kann es zu nicht kontrollierbaren Verkrampfungen sämtlicher Körperregionen kommen, ganz in Abhängigkeit von der Gehirnregion, in welcher der Anfall stattfindet. Dies wiederrum zieht auch sehr häufig Stürze nach sich. Durch die Krämpfe und Stürze kommt es immer wieder zu unabsichtlichen Bissen auf die eigene Zunge. Das ist charakteristisch für diese Art von Erkrankungen. Die Auswertungen meiner toxikologischen Gutachten sind natürlich noch nicht fertig, ich bin mir aber sehr sicher, dass Spuren entsprechender Medikamente nachweisbar sein werden.

„Ist Epilepsie denn heilbar?"

„Das nicht", antwortete Dr. Brandner. „Durch die Medikamente kann sie lediglich in Schach gehalten und unterdrückt werden, so dass es so selten wie nur irgendwie möglich zu Anfällen kommt. Die Krankheit stellt für die Betroffenen auch eine große seelische Belastung dar. Sie leben in ständiger Angst vor einem Anfall in der Öffentlichkeit. Dies kann extrem peinlich, aber natürlich auch gefährlich sein. Viele der Patienten holen sich deshalb auch psychologischen Beistand oder schließen sich Selbsthilfegruppen an."

Dennis war zufrieden: „Mann, Simon. Du hast mir mal wieder sehr geholfen."

„Ich bin aber noch gar nicht fertig!"

„Wie? Hast du noch was gefunden? Doch nicht etwa einen Treffer in der DNA-Datenbank?"

„Schön wär's! Die Abgleichungen mit den verschiedenen Datenbänken laufen noch. Davon würde ich mir allerdings nicht allzu viel versprechen, denn wenn sie bisher nirgendwo registriert war, kann es logischerweise auch keine Übereinstimmungen geben. Aber schau doch mal hier auf die rechte Seite ihres Halses. Auf der Haut über der Scalenusmuskulatur befindet sich der Teil eines Bild-Motivs."

„Wow!", staunte Dennis und beugte sich näher über die entsprechende Stelle. „Es scheint leider unvollständig zu sein. Wie wurde das denn aufgebracht? Eine Tätowierung ist das jedenfalls nicht."

„In der Tat ist es unvollständig. Der Rest befindet sich aller Wahrscheinlichkeit nach an dem zu diesem Schädel passenden Körper, Herr Hauptkommissar. Das Motiv wurde eindeutig eingebrannt. Es handelt sich also um ein so genanntes Branding. Ich konnte in den angrenzenden Unterhautschichten noch Rückstände verbrannten Gewebes finden, was bedeutet, dass es noch relativ neu ist. Nun heißt es also für euch, Zahnärzte und Epilepsieselbsthilfegruppen abzuklappern, wenn ihr schnell herausfinden wollt, wer die Tote ist. Außerdem würde ich mich auf die Suche nach demjenigen begeben, der dieses Motiv in ihre Haut eingebrannt hat. Brandings sind nicht annähernd so weit verbreitet wie etwa Tattoos. Das dürfte den Kreis der Künstler, die dafür in Frage kommen, deutlich einschränken. Was den künstlerischen Anspruch des Motivs anbelangt, bin ich jedoch skeptisch!"

„Ach ja? Ich wusste gar nicht, dass du eine heimliche Leidenschaft für diese Art von Körperschmuck hast."

„Das habe ich keinesfalls. Aber diese Arbeit sieht für mich nicht danach aus, als ob sie einem ästhetischen Anspruch genügen sollte; sie erinnert viel mehr an eine Brandmarkung!"

„Du meinst Brandzeichen, so wie sie bei Vieh zur Anwendung kommen, um die Tiere einer Herde zuordnen zu können?"

„Ja, oder um eindeutig und dauerhaft klarzustellen, wer der Besitzer des Tieres ist. Wie dem auch sei, ich wünsche euch viel Spaß bei der Suche! Ich gebe dir dann Bescheid, sobald die toxikologischen Befunde und die definitiven Auswertungen der DNA-Abgleiche vorliegen. Mehr kann ich zum jetzigen Zeitpunkt nicht für euch tun."

„Alles klar, vielen Dank. Das riecht mal wieder nach Fleißarbeit. Trotzdem bin ich froh, dass wir überhaupt so gute Ermittlungsansätze haben. Das war nicht unbedingt zu erwarten."

Die beiden schwiegen einige Sekunden, dann wollte Simon wissen: „Bist du eigentlich tätowiert?"

„Es geht dich zwar nicht das Geringste an, aber wenn du es unbedingt wissen willst, nein, ich bin es nicht. Zugegebenermaßen hat es mich schon immer etwas gereizt, ich konnte mich nur nie endgültig dazu durchringen. Und jetzt habe ich das Gefühl, dass ich aus dem Alter heraus bin, in dem ich so etwas bräuchte – auch wenn ich meine, dass eine schöne Tätowierung nicht nur bei jungen Menschen gut aussehen kann." Dennis warf abermals einen interessierten Blick auf den Hals der Toten. „Was könnte dieses Motiv wohl bedeuten? Es sieht irgendwie … besonders aus, oder?", bemerkte er nachdenklich.

Dr. Brandner zuckte mit den Schultern. „Jedenfalls ist das nicht der übliche Kram. Ich denke, es könnte sich um ein Symbol oder ein Zeichen handeln", vermutete er.

„Wahrscheinlich hast du Recht. Das würde auch zu deiner Theorie mit der Brandmarkung passen. Aber was für ein Zeichen oder Symbol? Und vor allem: Wofür sollte es stehen?", überlegte Dennis.

„Sicherlich wäre dieses Problem einfacher zu lösen, wenn wir das gesamte Werk begutachten könnten. Außerdem bin ich nun wirklich kein Experte für solche Dinge. Meiner

Meinung nach könnte es sich aber um ein gotisches oder vielleicht auch ein keltisches Symbol handeln."

***

Einige Minuten später begaben sich Dr. Simon Brandner und Kriminalhauptkommissar Dennis Rathvan auf den Weg zum Ausgang des Rechtsmedizinischen Instituts. Als sie den Bereich der Eingangshalle betraten, entdeckte Simon die große Sauerei um den Kaffeeautomaten. Er war regelrecht außer sich: „Das darf ja wohl nicht wahr sein. Was ist denn hier passiert? Was für ein hirnrissiger Vollidiot tut so etwas?"

Dennis räusperte sich: „Ähem, ich finde, du übertreibst ein wenig. Vielleicht ist ja auch nur jemandem ein kleines Missgeschick passiert?"

„Ein Missgeschick?", entgegnete Simon Brandner und schaute äußerst skeptisch drein, als er sagte: „Das meinst du doch wohl nicht ernst. An so dämliche Missgeschicke glaube ich nicht. Selbst ein Schimpanse könnte aus diesem Automaten unfallfrei einen Kaffee herauslassen. Nein, mein Lieber. Da steckt der reinste Irrsinn dahinter und dazu noch heimtückisches Kalkül. Aber warte nur, wenn wir diesen Flegel erwischen, der das angerichtet hat, dann geht es ihm an den Kragen. Das wird ganz schön teuer werden, und eine Anzeige wegen Sachbeschädigung gibt es noch gratis dazu!"

Dennis wirkte sichtlich nervös, als er nachhakte: „Wie möchtest du denn jemals herausbekommen, wer dafür verantwortlich ist?"

„Nichts leichter als das!“, antwortete Simon und triumphierte: „Dir als Polizist dürfte doch wohl bekannt sein, dass die Eingangsbereiche öffentlicher Gebäude in den meisten Fällen videoüberwacht sind, oder? Bei uns wurde erst vor einem Jahr eine neue Überwachungsanlage installiert. Damit kriegen wir den Dreckskerl!“

Dennis schluckte und entgegnete kleinlaut: „Ja, wenn das so ist, dann kriegt ihr diesen Halunken bestimmt!“

5.
Bye-bye, Arschgeweih

Dennis Rathvan betrachtete immer wieder eindringlich das Foto, das er in seinen Händen hielt. Es zeigte das unvollständige Bild am Hals der toten Frau, auf das ihn Simon Brandner aufmerksam gemacht hatte. „Was haben diese merkwürdigen Schnörkel wohl zu bedeuten?“, fragte er sich.

Wenn er doch bloß das vollständige Motiv sehen könnte. Das würde die Sache wesentlich vereinfachen. Daran, dass dieses Branding keine besondere Bedeutung hatte, glaubte er nicht. Dafür schien es ihm zu ungewöhnlich. Er ging nicht davon aus, dass es sich um eine Modeerscheinung handelte wie beispielsweise bei den mittlerweile schwer in Verruf geratenen Tätowierungen, die im Volksmund abwertend als Arschgeweih bezeichnet wurden. Diese krönten die Hinterteile zahlreicher Damen mittleren Alters, hatten sich allerdings mit den Jahren und der Veränderung des Bindegewebes häufig nicht gerade vorteilhaft entwickelt.

Er steckte das Foto in den Geldbeutel, als sein Freund Mark Scheck sich neben ihn setzte und ihm ein Getränk in die Hand drückte. In diesem Frühjahr war es ungewöhnlich warm, so dass Stuttgarts urbane Freiluftkultur in diesen Tagen bereits Hochkonjunktur hatte. Die Menschen drängten ins Freie und lechzten förmlich nach einem langen und hoffentlich schönen Sommer. Mark und

Dennis saßen an einem ihrer Lieblingsorte, dem Palast der Republik in der Friedrichstraße, schräg gegenüber der Stuttgarter Börse. Es war so herrlich unkonventionell, hier zu sein. Es ging nicht um sehen und gesehen werden – hier waren alle gleich. Jedenfalls fast alle, wenn man einmal von einigen besonders schrägen Vögeln wie etwa dem singenden Inder absah. Einige Meter weiter auf dem Kleinen Schlossplatz prägte eher die Location ihre Gäste. Am Palast aber war das anders: Hier prägten die Leute den Ort, und das machte ihn so einzigartig.

„Auf Frauen ohne Köpfe!" prostete Mark Dennis zu. Als Dennis den ersten großen Schluck aus seinem Glas genommen hatte, beschwerte er sich lauthals bei Mark: „Mann, du Eule! Ich habe doch gesagt, du sollst mir ein Radler mitbringen. Das hier ist aber definitiv Bier!"

Mark winkte lässig ab: „Radler ist was für Frauen. Und im Übrigen bin ich lieber eine Eule als ein Brathahn!"

Diese Steilvorlage für den Brathahn-Gag, die ihm Dennis mit der Eule geliefert hatte, konnte sich Mark natürlich nicht entgehen lassen. Im Sommer des vergangenen Jahres hatte sich ein gesuchter Serienmörder als Pizza-Bote verkleidet ins Polizeipräsidium eingeschlichen und obendrein Dennis verhöhnt, indem er aus dem Nachnamen Rathvan kurzerhand einen Kommissar Brathahn gemacht hatte.

Bis heute wurde Dennis von sämtlichen Freunden und Kollegen mit dieser Begebenheit aufgezogen.

Es war also nicht weiter verwunderlich, dass er etwas gereizt auf Marks Scherz reagierte: „Aha, Radler ist also ein Frauengetränk. Na du musst es ja wissen, du Frauenexperte. Kein Wunder, dass du bald wieder geschieden wirst!"

„Ist schon gut, hast ja Recht!", beschwichtigte Mark und fügte hinzu: „Über dieses Thema wollte ich heute ehrlich gesagt nicht reden. Aber wenn wir schon dabei sind: Was ist denn eigentlich aus der Tante vom Bundeskriminalamt geworden, dieser Jessica Dornfeld?"

„Ach, es ist doch immer das Gleiche", entgegnete Dennis mit einem resignierten, leicht säuerlichen Unterton. „Immer, wenn ich das Gefühl hatte, ihr näher gekommen zu sein, zog sie sich auf einmal zurück und verschwand wieder von der Bildfläche. Ich habe schon seit Wochen nichts mehr von ihr gehört. Üblicherweise meldet sie sich nur bei mir, wenn sie sich irgendetwas von der Seele reden möchte."

Mark grinste übers ganze Gesicht, als er altklug anmerkte: „Tja, vom Reden ist noch keiner Vater geworden!"

„Nur, weil du vier Kinder hast, heißt das noch lange nicht, dass ich auch Vater werden möchte. Gegen eine leidenschaftliche Beziehung mit Jessica hätte ich in der Tat nichts einzuwenden, aber was den Nachwuchs betrifft, genügt es mir zunächst einmal, dass ich in einigen Monaten Onkel werde!"

„Wie bitte? Heißt das etwa, dass die kleine Anna Rathvan schwanger ist?"

„Ja, du Leuchte! Mehr Geschwister habe ich nicht, zumindest nicht, dass ich wüsste."

„Ich fasse es nicht!", schüttelte Mark den Kopf. „Hat Anna sich tatsächlich von diesem kiffenden Dorftrottel von einem Hip-Hop-DJ schwängern lassen!"

Als Dennis nicht direkt reagierte, hakte Mark noch einmal nach: „Dein Mitbewohner Bernd Plums ist doch der Vater, oder?“

„Ja, der DJ Greenthumb ist tatsächlich der Vater. Den Berechnungen nach könnte es anscheinend in der letzten Silvesternacht passiert sein.“

„Oh ja, ich erinnere mich an diesen Abend. Das war doch einen Tag, nachdem Kurt Schockenrieds Sohn Harald von dem flüchtigen Kindermörder fast getötet worden wäre und der so genannte Rächer Nikolai Schiller unter dubiosen Umständen entkommen war. Als wir alle zusammen auf der Karlshöhe waren und das Feuerwerk bewundert haben, hatte deine Schwester ja schon einen ganz schönen Fetzen im Gesicht, war aber, oder eben gerade deshalb, ziemlich scharf auf diesen Trottel! Manche Dinge kann man wohl nur durch den Alkohol erklären. Oder meinst du, sie steht tatsächlich auf den Kerl?“

„Die beiden führen eine erstaunlich harmonische Beziehung. Davon kann unsereins nur träumen. Es stimmt schon, Bernd ist nicht gerade die hellste aller Leuchten, aber im Grunde ist er ein guter Kerl. Wenn er jetzt noch so etwas wie ein Verantwortungsbewusstsein entwickeln würde – und es sieht tatsächlich so aus, als befände er sich diesbezüglich auf einem guten Weg – dann könnte er ein guter Vater werden. Anna ist jedenfalls glücklich mit ihm und das ist schließlich die Hauptsache!“

„Nicht ganz hell ist gut“, winkte Mark ab. „Bernds Intelligenzquotient dürfte nur knapp über der Raumtemperatur liegen. Und mit dem Raum meine ich nicht eine finnische Sauna. Freust du dich denn auf das Kind? Ich meine, immerhin wohnt die ganze Sippe dann bei dir, oder?"

„Na ja, manchmal gehen sie mir schon gehörig auf den Keks, aber eigentlich bin ich froh, dass ich nicht alleine bin."

„Weiß man denn schon, was es wird – ein Junge oder ein Mädchen?"

„Ist doch egal, was es wird. Hauptsache der Junge ist gesund!"

***

Nachdem sich Dennis und Mark noch etwa eine halbe Stunde über alles Mögliche unterhalten hatten, etwa, ob es der VfB mit dem neuen Trainer doch noch schaffen sollte, den zweiten Abstieg aus der Fußballbundesliga in seiner Vereinsgeschichte zu verhindern, wandten sie sich wieder ernsteren Dingen zu.

„Hast du dich schon von dem Schock erholt?", wollte Dennis in Anspielung auf Marks grausamen Fund im Höhenpark Killesberg wissen.

Mark zog die Augenbrauen hoch. „Es war ja nicht das erste Mal, dass ich einen toten Menschen gesehen habe. Allerdings muss ich zugeben, dass ein abgetrennter Kopf in einem Busch doch eine etwas unschöne Entdeckung ist. Das musste ich schon erst einmal verdauen. Gibt es denn schon Neuigkeiten? Wisst ihr inzwischen, wer die Tote ist?"

„Noch nicht, aber Simon ist zuversichtlich, dass sie anhand ihrer Zähne identifiziert werden kann. Ein weiterer Anhaltspunkt ist das hier", sagte Dennis, zog die Fotografie des Brandings aus seinem Portemonnaie und hielt sie Mark unter die Nase. „Hast du eine Ahnung, was das für ein Symbol sein könnte?"

Mark schüttelte den Kopf: „Nein, keine Ahnung. Gefällt mir aber ganz gut. Schade, dass es nicht vollständig zu sehen ist!"

Währenddessen setzte sich ein junger, hagerer Kerl neben die beiden und nippte an seinem Bier. Er war schätzungsweise zwanzig, hatte ein auffallend bleiches Gesicht, lange schwarze Haare und war auch ganz in Schwarz gekleidet. Mehrere Totenköpfe zierten seine Bekleidung, und zwei gekreuzte Knochen baumelten in Form eines Amuletts um seinen Hals. Mark beschloss, ihn anzusprechen: „St. Pauli-Fan, was? Ihr habt es derzeit auch nicht leicht, oder? Falls der VfB absteigen sollte, sehen wir uns nächstes Jahr in der zweiten Liga. Auswärtsspiele Am Millerntor in Hamburg sind immer etwas Besonderes, vor allem, wenn ..." Der junge Mann ließ Mark nicht zu Ende reden. Er sprang auf, streckte ihm den erhobenen Mittelfinger entgegen und giftete: „Ich bin kein St. Pauli-Fan, du Vollpfosten! Ich bin ein Grufti! Fußball interessiert mich einen feuchten Dreck, er ist das beste Beispiel für Profitgier und Kommerz. Damit werden doch die Menschen nur verarscht!"

„Interessante Ansicht", mischte sich Dennis ein und beschloss kurzerhand, dem selbst ernannten Grufti das Foto des unvollständigen Bilds am Hals der Toten zu zeigen. „Hast du so ein Zeichen oder Symbol schon einmal gesehen? Habt ihr Gruftis mit so etwas zu tun?"

Jetzt grinste der Typ auf einmal. Sein Ärger schien verflogen, als er gönnerhaft sagte: „Was bekomme ich dafür, wenn ich es dir sage?“

Dennis hätte für die richtige Information schon ordentlich was springen lassen. Um die Investition aber so gering wie möglich zu halten, bot er an: „Ein Bierchen ist dabei auf jeden Fall für dich drin!“

„Machen wir zwei Bierchen daraus und ich verrate es dir, okay?“, feilschte der hagere Typ.

„Abgemacht!“, stimmte Dennis zu und war sehr gespannt, was der Kerl ihm berichten konnte.

„Wir haben mit diesen Symbolen zwar nichts zu tun, aber ich weiß trotzdem genau, was es darstellt.“

„Na dann mal raus mit der Sprache“, forderte Dennis.

„Das ist eindeutig der obere Teil einer Triskele!“

„Einer was, bitteschön?“, fragte Dennis verdutzt.

„Die Triskele ist ein keltisches Symbol. Sie symbolisiert die Zahl Drei. Außerdem die dreifache Göttin, Mädchen, Mutter und Greisin. Sie steht für den Zyklus von Geburt, Leben und Tod, sowie die keltische Trinität, nämlich Wasser, Land und Himmel.“

„Weißt du, in welchen Kreisen solche Symbole getragen werden?“

„Nein, Mann. Da habe ich keine Ahnung“, sagte der junge Mann schulterzuckend. „Aber ich würde einmal vermuten, jemand, der keltischer Abstammung ist oder sich zumindest sehr für die keltische Kultur interessiert.“

„Entschuldige bitte, dass ich dich vorhin so blöde von der Seite angelabert habe!“, erklärte Mark und fragte verdutzt: „Woher weißt du denn das alles?“

„Offensichtlich seid ihr beide ganz schöne Banausen, oder?“, grinste der Grufti. „Letztes Jahr gab es in Stuttgart über Monate eine Ausstellung zum Thema *Die Kelten*, unter anderem im Alten Schloss. Ihr seid so ziemlich die ersten beiden Menschen, die ich kenne, die sich das nicht angesehen haben!“

Mark und Dennis schauten sich an und beschlossen, dass es mit der Dankbarkeit für den frechen Kerl nun auch genug sein sollte. Dennis drückte ihm sechs Euro und sechzig Cent in die Hand, genau so viel also, wie zwei halbe Liter Bier am Palast kosteten und verabschiedete sich höflich: „Danke, du hast mir sehr geholfen. Lass dir das Bier schmecken!“

Als der in Schwarz gekleidete Typ das Geld entgegen genommen hatte, fragte er unverschämt: „Warum interessiert denn ihr beiden alten Knacker euch eigentlich für dieses Motiv? Ganz offensichtlich befindet es sich ja auf der Haut eines Menschen. Falls ihr meint, ich hätte das nicht bemerkt, habt ihr euch getäuscht. Seid ihr etwa Bullen oder so was?“

Mark, dessen vierzigster Geburtstag kurz bevorstand, reagierte etwas empfindlich auf die respektlose Bemerkung des Kerls bezüglich ihres Alters und wollte eben zum verbalen Gegenschlag ansetzen, als Dennis dies bemerkte und es gerade noch rechtzeitig verhinderte, indem er mit ruhiger Stimme entgegnete: „Nein, wir sind keine Bullen. Das Motiv trägt eine Person, genauer gesagt eine attraktive Frau, an ihrem Hals. Mein Kumpel hier hat es heimlich aufgenommen, was erklärt, dass es nur halb abgebildet ist. Er möchte sie beeindrucken, indem er sich nun das gleiche anfertigen lässt. Dazu hätte er aber vorher gerne gewusst, was es eigentlich zu bedeuten hat."

„Aha, verstehe!", maulte der Typ und stapfte in die Richtung des Bierausschanks davon.

„Vielen Dank für diese nette Erklärung! Jetzt stehe ich ja wohl endgültig wie ein Volltrottel da", schimpfte Mark und verpasste Dennis dabei einen kleinen, nicht ganz ernst gemeinten Schlag auf den rechten Oberarm.

Mit leicht schmerzverzerrtem Gesicht entgegnete Dennis: „Du wirst es schon überleben. Und dieser Grufti kann dir ja wohl völlig egal sein, oder?"

6.
Fegefeuer

Das Feuer loderte in dem großen Ofen. Sie konnte die Hitze bereits auf ihrer Haut spüren, die sich immer mehr anzuspannen schien, fast so, als wollte sie gleich platzen. Sie lag nackt auf einem Holztisch, nur bedeckt mit einem großen schwarzen Tuch. Ihre Arme und Beine waren jeweils knapp oberhalb der Gelenke durch Schlingen aus Metall am Tisch fixiert. Die Schlingen waren so fest zugezogen, dass sie bemerkte, wie sich das Blut in ihren Händen und Füßen staute. Sie hatte unbeschreibliche Schmerzen. Mit aller ihr noch zur Verfügung stehenden Kraft versuchte sie, ihren geschwächten Körper hin und her zu werfen, um vielleicht doch noch die Fesseln lösen zu können. Doch es war hoffnungslos. Durch die ruckartigen Bewegungen bohrten sich immer wieder neue Holzsplitter in ihren Rücken und in ihr Gesäß. Lediglich ihren Kopf konnte sie noch frei bewegen.

Bald war sie an der Reihe, das wusste sie. So laut sie auch um Hilfe rief – die lodernden Flammen erstickten ihre Schreie bereits im Keim. Niemand würde sie hören. Sie drehte den Kopf nach rechts. Neben ihr lag auf einem weiteren Tisch der junge Mann, den sie bis vor wenigen Stunden noch nie zuvor in ihrem Leben gesehen hatte. Sie kannte ihn nicht und hatte auch noch nie ein Wort mit ihm gewechselt. Warum waren sie beide hier? Wieso führte sie das Schicksal an diesem gottverlassenen Ort zusammen?

Sie hatte aufgeschnappt, dass er Hubertus hieß. Komischer Name für einen so jungen Kerl, hatte sie sich gedacht, denn er war gerade einmal um die zwanzig, so schätzte sie zumindest. Hubertus war ebenfalls nackt, aber im Gegensatz zu ihr nicht mit einem Tuch bedeckt. Er war in gleicher Weise an den Tisch fixiert wie sie selbst und hatte geschrien wie ein Tier, als ihm mit dem glühenden Eisen ein Zeichen in den Hals gebrannt worden war. Sekunden danach hatte er das Bewusstsein verloren. Zu groß muss der körperliche Schmerz gewesen sein, um ihn ertragen zu können. Er war aber noch am Leben: Sie konnte erkennen, wie sich sein Brustkorb durch die Atmung sanft hob und senkte. Als sie sich wieder dem Feuer zuwandte, bemerkte sie, wie ein Schatten auf ihr Gesicht fiel. Er war wieder da. Warum hätte er auch nicht zurückkommen sollen? Langsamen Schrittes kam die große Gestalt die Steintreppe herunter, und je näher sie kam, desto größer wurde ihr Schatten durch das Licht des Feuers, das sie von hinten erleuchtete. Er war in einen langen schwarzen Umhang gehüllt. In seinem Gesicht wucherte ein schwarzer Bart und die Augen waren durch eine schwarze Maske bedeckt. Aus ihnen zuckten die Spiegelbilder der flackernden Flammen wie Blitze. Sein Haupt war mit langen schwarzen Haaren bedeckt, aus denen zwei Hörner ragten. Es war, als käme der Teufel persönlich aus den Fegefeuern der Hölle, um sie zu holen. Ohne sie eines Blickes zu würdigen, wandte er ihr den Rücken zu und ging zum Ofen. Über dem Ofen hing eine Vorrichtung aus Metall, an der sechs Eisenstangen baumelten. Jede Stange hatte einen Griff und an ihrem unteren Ende eine Fläche, deren Durchmesser deutlich größer war als der der Stange selbst. Sie konnte erkennen, dass die Flächen alle unterschiedlich aussahen. Es waren sechs Brandeisen mit verschiedenen Motiven. Er griff nach dem zweiten von rechts und hielt es in die Flammen. Sie schrie aus Leibeskräften, doch er zeigte keinerlei Regung.

Jegliches Zeitgefühl war ihr verloren gegangen und sie wusste nicht, wie lange er das Eisen schon in das Feuer hielt. Ihr konnte diese Prozedur jedoch nicht lange genug dauern, denn sie wusste, was unweigerlich folgen würde, wenn er damit fertig war.

Dann war es so weit. Er zog das Eisen aus dem Feuer und schwang es wie einen Taktstock in der Luft. Plötzlich drehte er sich blitzschnell um und stürmte auf sie zu.

7.
Dieter-Thomas

Dennis war an diesem Morgen einmal mehr in großer Eile, als er die Stufen zum zweiten Stock des Polizeipräsidiums hinauf hechelte. Es war schon fast neun Uhr und er konnte die vorwurfsvollen Blicke Tatjanas bereits spüren, weil er sich mal wieder verspätet hatte. Eigentlich war um acht Uhr Dienstbeginn und es gab einiges, was sie zu besprechen und organisieren hatten. Er war zwar rechtzeitig aufgestanden, hatte jedoch die Rechnung, wie schon so oft, ohne die Unwegsamkeiten des Lebens gemacht. Seine jüngere Schwester Anna, die gemeinsam mit Bernd Plums, ihrem Lebensgefährten und zugleich Vater ihres ungeborenen Kindes, bei Dennis wohnte, hatte das Badezimmer blockiert. Anna war mittlerweile in der siebzehnten Schwangerschaftswoche und erfreute sich eigentlich, zumindest soweit Dennis das beurteilen konnte, bester Gesundheit. Sie hatte jedoch recht eigenwillige Vorstellungen davon, wie man sich einer zukünftigen Mutter gegenüber zu verhalten hatte. An diesen Vorstellungen ließ sie ihre gesamte Umwelt, insbesondere jedoch Dennis und Bernd, täglich teilhaben. Sie war seit Kenntnis der Schwangerschaft felsenfest der Überzeugung, es sei ihr keinesfalls zuzumuten, auch nur die geringste körperliche Anstrengung unternehmen zu müssen. Dies bedeutete, dass sie keinerlei im Haushalt anfallende Arbeiten erledigen durfte und galt erst recht für so strapaziöse Tätigkeiten wie beispielsweise Einkaufen oder die Erledigung der im Schwabenland obligatorischen Kehrwoche. Ebensowenig fühlte sich sich für die Finanzierung der Einkäufe und die Miete inklusive Nebenkosten verantwortlich.

Gegen sechs Uhr an diesem Morgen hatte sie beschlossen, ein wohltuendes Fichtenöl-Schaumbad zu nehmen und ließ sich bei verschlossener Türe für etwa zwei Stunden durch nichts und niemanden dazu bewegen, von ihrem Vorhaben Abstand zu nehmen oder es zumindest abzukürzen. All sein Flehen hatte Dennis nicht geholfen. Als er dann zunehmend ungehalten wurde, drehte seine Schwester einfach die Musik des Badezimmer-Radios lauter und schmetterte lauthals: „Waii-äm-sii-ei, waii-äm-si-eiii….!"

Schließlich platzte Dennis der Kragen, und er öffnete von außen das Drehschloss der Badezimmertüre mit einem Geldstück. Die darauf folgenden Beschimpfungen ertrug er mannhaft; als ihm jedoch eine grüne Badewannenente mit dem Namen Dieter-Thomas gegen den Hinterkopf prallte, riss ihm endgültig der Geduldsfaden. Er nahm das arme Plastiktier und pfefferte es, so stark er konnte, in Richtung Badewanne. Unglücklicherweise hatte er jedoch die Wucht des bis zum Anschlag mit Wasser gefüllten Dieter-Thomas unterschätzt, der auf dem Wannenrand abprallte und direkt in den Kaktus segelte, der schon seit Jahren auf dem Fenstersims oberhalb der Wanne thronte. Die völlig vertrocknete Pflanze stürzte auf das Fichtenöl-Schaumbad zu und ließ vor Schreck fast alle ihre Nadeln fallen. Noch zwanzig Minuten später waren Dennis und der zur Hilfe geeilte Bernd damit beschäftigt, der schwangeren Grazie die Stacheln aus dem Hinterteil zu zupfen. Diese hatte sich nämlich just in dem Moment, als Dennis die Ente abfeuerte, erhoben und umgedreht, um freiwillig die Wanne zu verlassen, wobei sich die Nadeln des Kaktus wie winzige Geschosse in die Haut ihres Allerwertesten gebohrt hatten.

Der Tag des Kriminalhauptkommissars Dennis Rathvan hatte also nicht sonderlich gut begonnen. Besser sollte es auch allzu bald nicht werden.

***

Als Dennis endlich das Büro betrat, trafen ihn nicht nur Tatjanas, sondern auch die nicht minder strafenden Blicke des Kriminalrats Hans-Dieter Scheible. Der Kriminalrat war von kleiner und eher schmächtiger Statur, was er häufig versuchte, durch übertrieben zur Schau gestelltes Autoritätsgehabe zu kompensieren. Mit mäßigem Erfolg gelang es ihm außerdem, seinen schütteren Haarwuchs zu vertuschen, indem er lange Haarsträhnen von der Seite über seine Glatze kämmte. Besonders mit dem etatmäßigen Ersten Kriminalhauptkommissar Kurt Schockenried hatte sich Scheible in der Vergangenheit schon häufig in die Wolle bekommen. Nichtsdestotrotz war er in den Augen seiner Mitarbeiter ein guter Kriminalist und eigentlich auch ein ganz netter Kerl, der lediglich verzweifelt versuchte, seiner leitenden Position durch ein entsprechendes Auftreten Nachdruck zu verleihen.

„Wie schön, Herr Rathvan, dass Sie es dann auch einmal für nötig halten, uns mit Ihrer Anwesenheit zu beglücken!“, begrüßte Scheible seinen kommissarischen Dezernatsleiter mit bissigem Unterton.

„Bitte entschuldigen Sie die Verspätung, aber glauben Sie mir, ich hatte meine Gründe, auch wenn ich auf diese jetzt nicht näher eingehen möchte", versuchte Dennis, die Angelegenheit unter den Teppich zu kehren, was ihm auch ganz gut gelang, denn die Zeit drängte und die anstehenden Aufgaben waren zu wichtig und dringlich. Sowohl der Kriminalrat als auch Tatjana von Senden hatten allerdings noch einen belehrenden und wenig schmeichelhaften Kommentar für Dennis übrig, die er jedoch tapfer über sich ergehen ließ, ehe sie sich endlich dem Tagesgeschäft zuwandten.

„Es gibt jede Menge Neuigkeiten!", eröffnete Tatjana ihre Ausführungen, während sie ihr rechtes Bein unter angestrengter Zuhilfenahme beider Hände von einem Hocker neben ihrem Schreibtisch hievte, auf dem sie es zur Schonung positioniert hatte. „Die Identität der toten Frau konnte dank der Erkenntnisse, die durch die rechtsmedizinische Untersuchung gewonnen wurden, ermittelt werden. Auch wenn es mir sehr schwer fällt, muss ich zugeben, dass der aufgeblasene Dr. Brandner gute Arbeit geleistet hat."

Dennis nickte anerkennend: „Man kann über ihn denken, was man möchte, aber fachlich ist er eine absolute Koryphäe. Das hat er ja auch in der Vergangenheit schon öfter unter Beweis gestellt. Führte denn ein DNA-Abgleich zu einem Treffer in den verschiedenen Datenbänken?"

Tatjana schüttelte den Kopf: „Nein, das nicht. Aber wir hatten ja mit den relevanten Anhaltspunkten Anfragen bei sämtlichen Ärzten und Zahnärzten Stuttgarts gestellt. Und tatsächlich, heute am frühen Morgen meldete sich ein Facharzt für Neurologie, der eine Patientin vermisst, auf die sämtliche Kriterien zutreffen. Sie leidet an Epilepsie, gilt aber als sehr gewissenhaft und zuverlässig im Umgang mit der Erkrankung und der Medikation. Die Ärzte bezeichnen so jemanden wohl als Patient mit guter Compliance. Ganz untypischerweise hat die Patientin wohl unentschuldigt einen wichtigen Untersuchungstermin verpasst, bei dem es unter anderem auch um die Ausstellung einer weiteren Medikamentenverordnung und die Anpassung der Dosierung gehen sollte.

Jeglicher Versuch seitens des Praxispersonals, Kontakt zu ihr aufzunehmen, scheiterte. Aus den Unterlagen des Neurologen ging außerdem hervor – was nicht unbedingt zu erwarten war – bei welchem Zahnarzt sich die Dame in Behandlung befand. In der Folge ging alles sehr schnell. Ein Abgleich der Röntgenbilder durch Dr. Brandner bestätigte die Vermutung, dass es sich bei der Patientin um die gesuchte Person handelte. Außerdem konnte Dr. Brandner in seinen toxikologischen Untersuchungen Spuren und Stoffwechselprodukte des Wirkstoffes Carbamazepin nachweisen, wenn auch nur in geringer Konzentration. Es handelt sich dabei um ein Medikament, das zur Behandlung von Epilepsie eingesetzt wird. Die geringere Konzentration ist dadurch zu erklären, dass die Frau das Medikament vermutlich einige Zeit vor ihrem Tod nicht mehr eingenommen hatte. Die kurze Halbwertszeit des Wirkstoffes bedingt, dass dieser rasch im Körper abgebaut und eliminiert wird."

„Aha. Und wer ist denn nun unsere Leiche?“, wollte Dennis endlich wissen.

„Ihr Name ist Wilbeth Snyder, sie war 36 Jahre alt und ursprünglich walisische Staatsbürgerin. Sie zog 1994, nach der Trennung der Eltern, zusammen mit ihrer Mutter von Swansea nach Stuttgart. Die Mutter war Balletttänzerin und hatte ein längeres Engagement am Stuttgarter Staatstheater, damals unter der Leitung der berühmten Direktorin Marcia Haydée. Im Jahre 1997 übernahm die Mutter eine Rolle in Zürich, und die junge, gerade einmal neunzehnjährige Wilbeth blieb alleine in Stuttgart zurück, da sie sich mittlerweile hier sehr heimisch fühlte. Sie sprach bereits fließend Deutsch und befand sich kurz vor dem Abschluss einer Ausbildung zur Verlagskauffrau. Seit 1998 arbeitete sie im gleichen Betrieb, dem Neckarufer-Verlag in Stuttgart. Auch dort wird sie als sehr zuverlässige und gewissenhafte Person beschrieben. Aufgrund ihrer Erkrankung, der Epilepsie, lebte sie jedoch ziemlich zurückgezogen. Die Angst vor einem Anfall war ihr ständiger Begleiter, auch wenn es, zumindest am Arbeitsplatz, diesbezüglich nie Probleme gab. Viele Dinge blieben ihr durch die Krankheit verwehrt. Trotz des überdurchschnittlichen Talents für den Balletttanz, das die Mutter ihr vererbt hatte, blieb die Türe zu einer großen Karriere durch die Epilepsie für sie verschlossen. Um nie in Versuchung zu geraten, einen Pkw zu steuern, besuchte sie niemals eine Fahrschule und hatte demzufolge auch keine Fahrerlaubnis, obwohl sie der behandelnde Arzt gemäß den Leitlinien als durchaus fahrtauglich eingestuft hatte. Eine längerfristige, partnerschaftliche Beziehung hatte sie ebenfalls nie, obwohl sie sehr attraktiv war und ihr die Männer, so berichtete uns zumindest eine Arbeitskollegin, reihenweise zu Füßen lagen. Sie galt als sportlich, intelligent und kulturell interessiert."

„Wurde sie denn von niemandem vermisst?", wollte Dennis wissen.

„Außer dem Neurologen hatte sie zunächst niemand vermisst, denn sie hatte sich vor einigen Wochen in einen längeren Urlaub verabschiedet. Ob und gegebenenfalls wohin sie verreisen wollte, wusste beim Neckarufer-Verlag niemand. Dort wurde man erst stutzig, als sie zu Beginn dieser Woche nicht wieder wie geplant zur Arbeit erschien."

Dennis war positiv überrascht und sehr zufrieden mit den Ermittlungsergebnissen, die die Kollegen erzielt hatten, während er sich mit eingebrannten keltischen Symbolen und grünen Badewannen-Enten herumgeärgert hatte. Er teilte seine neu gewonnenen Erkenntnisse ebenfalls mit Tatjana und Herrn Scheible, um dann zu beschließen: „Dann sollten wir schleunigst die Wohnung von Frau Snyder aufsuchen, um uns dort umzusehen. Wo wohnte sie denn?"

Tatjana warf einen Blick in ihre Unterlagen: „Sie ist unter der Adresse Mittelstraße 16 gemeldet. Das ist eine kleine Straße im Heusteigviertel. Sie verbindet die Mozart- und die Heusteigstraße miteinander."

„Ich weiß, wo das ist", nickte Dennis und fügte hinzu: „Dort ganz in der Nähe wohnt doch auch unser Holger Grünbaum!"

Diese Feststellung hätte zu keinem treffenderen Moment

kommen können, denn genau in diesem Augenblick betrat der leitende Sachbearbeiter des Dezernats 1.1 den Raum, nachdem er sich durch ein kurzes Klopfen an der Büro-Türe angekündigt hatte. Wie eigentlich fast immer, war Holger Grünbaum bestens gelaunt. Er war die gute Seele der Abteilung und irgendwie so etwas wie das Mädchen für alles. Für die Sorgen und Probleme der Kolleginnen und Kollegen hatte er stets ein offenes Ohr und stand, so gut er konnte, mit Rat und Tat zur Verfügung. Um es vorsichtig auszudrücken, gab er hierbei nicht immer die beste Figur ab, trotzdem war er bei allen gleichermaßen beliebt und geschätzt.

Auch mit Kurt Schockenried verband ihn ein freundschaftliches Verhältnis, obwohl Kurt kaum eine Gelegenheit ausließ, Holger aufgrund seiner homosexuellen Neigungen zu verhöhnen.

Holger wusste dies jedoch ganz gut einzuordnen, denn vordergründig war Schockenried noch geprägt von den konservativen Wertvorstellungen einer Generation, die wenig Toleranz übte gegenüber allen Vorgehens- und Verhaltensweisen, die nicht den ihren entsprachen. Wenn man den stoffeligen Ersten Kriminalhauptkommissar jedoch besser kannte, was Holger zweifelsfrei tat, dann stellte man recht bald fest, dass sich unter der rauen Schale, meist verborgen unter einem alten Trenchcoat mit hochgestelltem Kragen, ein feinfühliger und sensibler Mensch versteckte, der lediglich versuchte, durch Macho-Gehabe von eigenen Unsicherheiten und Komplexen abzulenken.

„Kinder, ich habe Neuigkeiten!“, posaunte Holger, nachdem er stürmisch das Zimmer betreten hatte.

„Dann mal heraus damit, Herr Grünbaum. Aber bitte nur, wenn es gute Neuigkeiten sind", forderte Hans-Dieter Scheible ihn auf.

Holger legte die Stirn in Falten, neigte den Kopf zur Seite und stützte diesen auf zwei Finger seiner linken Hand, als er verkündete: „Na ja. Das mit den guten Nachrichten ist relativ und hängt stark von der Perspektive ab, aus der man sie betrachtet. Ich denke aber, für uns sind es zumindest hilfreiche Neuigkeiten: Im Kräherwald wurde eine Leiche gefunden. Es handelt sich dabei um eine weibliche Leiche ohne Kopf. Auf der Haut an ihrem rechten Hals sind Teile eines Brandzeichens zu sehen, die dem Motiv nach zu dem passen könnten, das an Wilbeth Snyders Hals gefunden wurde. Der tote Körper war außerdem in ein rotes Tuch eingewickelt, das in Farbe und Beschaffenheit ebenfalls dem gleicht, in das Snyders Kopf eingewickelt war."

8.
Porträt der Woche

Das für seine Gründerzeit- und Jugendstilarchitektur bekannte Heusteigviertel im Süden der Stuttgarter Innenstadt repräsentierte einen lebendigen Stadtteil mit vielen Cafés, Restaurants und nicht ganz alltäglichen Geschäften. Es lag nahe dem Stuttgarter Kiez und beherbergte in der Schlosserstraße den so genannten Schlupfwinkel, eine Anlaufstelle für Kinder und Jugendliche, die auf der Straße lebten. Alljährlich fand im Sommer das Heusteigviertel-Fest statt, das zigtausende Besucher aus Stuttgart und Umgebung anlockte. Im vergangenen Jahr hatte Dennis, gemeinsam mit Simon Brandner, Mark Scheck und Holger Grünbaum, das Straßenfest besucht und dabei etwas zu tief ins Glas geschaut. Es war ihm daraufhin aus den verschiedensten Gründen nicht mehr möglich gewesen, den Heimweg zu seiner Wohnung im Stuttgarter Westen anzutreten, so dass Holger ihm netterweise Unterschlupf gewährt hatte. Unbestätigten Gerüchten zufolge hatte Dennis in dieser Nacht Holgers Waschmaschine mit dem Kühlschrank verwechselt und eine halbvolle Flasche Fellbacher Spätburgunder hineingestellt, allerdings ohne Verschluss, so dass Holgers nächster Waschvorgang ein böses Ende nahm.

***

Wilbeth Snyders Wohnung war in einem sauberen und aufgeräumten Zustand. Es war lediglich etwas stickig, was dafür sprach, dass sich seit Wochen niemand in der Wohnung aufgehalten und somit auch kein Fenster mehr geöffnet hatte. Einiges ließ darauf schließen, dass Wilbeth nicht vorgehabt hatte, ihr Heim für längere Zeit zu verlassen, etwa um eine Urlaubsreise anzutreten. Kleidung, Taschen, Koffer, Hygieneartikel und auch das Medikament Carbamezepin – alles war da und nichts deute auf eine geplante Abreise hin. Die Beamten der Spurensicherung stellten die kleine Wohnung komplett auf den Kopf, ohne Hinweise auf einen Kampf oder ein stattgehabtes Verbrechen zu finden. Haare, Hautpartikel und sämtliche Gegenstände, die Spuren Wilbeths oder fremder DNA tragen konnten, wurden eingepackt, ebenso wie ein Computer zur Auswertung der darauf befindlichen Daten. Die Befragungen der Hausbewohner und Nachbarn lieferten keine neuen Erkenntnisse. Alle beschrieben Frau Snyder als eine freundliche und aufgeschlossene Person, die eher etwas zurückgezogen gelebt hatte. Engeren oder gar freundschaftlichen Kontakt pflegte in der Nachbarschaft niemand zu ihr.

„Nur der Vollständigkeit wegen …“, begann Dennis, während er sich einige Unterlagen und Papiere durchsah, die auf einer alten Kommode im Flur lagen, ließ seinen Satz aber vorerst unvollendet. Unter den Dokumenten befand sich nichts Besonderes: Unter anderem die Rechnung über einen Einkauf in einem Drogeriemarkt, eine Bestätigung über den Wechsel zu einem anderen Stromanbieter, die zweiseitige Werbebroschüre eines in Stuttgart ansässigen Instituts mit dem Namen *Helvetia* und die vier Wochen alte Printausgabe einer Stuttgarter Wochenzeitung mit großem Anzeigenteil, die kostenlos an alle Haushalte verteilt wurde. Dennis blätterte darin und fand unter der Rubrik Porträt der Woche den Artikel über einen Stuttgarter Krimi-Autor, dessen Bücher er kannte und auch gelesen hatte. Er hielt Tatjana den Artikel unter die Nase. „Endlich sehe ich einmal ein Gesicht zu diesem Autor. Die Bücher gefallen mir. Die Handlungen spielen in Stuttgart und erzählen von einer chaotischen Ermittlertruppe der Kriminalpolizei. Der Verlag, bei dem Wilbeth Snyder arbeitete, veröffentlicht übrigens seine Bücher."

„Das erklärt dann wohl auch, warum sie die Zeitung bei sich herumliegen hatte. Bei mir wandert die meistens ungelesen in die grüne Tonne", entgegnete Tatjana und hakte nach: „Was wolltest du vorhin eigentlich sagen?"

Dennis dachte kurz nach, dann fiel es ihm wieder ein: „Ach ja. Ich wollte der Vollständigkeit wegen anmerken, dass ich absolut der Überzeugung bin, dass das Verbrechen, das an Wilbeth Snyder verübt wurde, nichts mit dem merkwürdigen Mord zu tun hat, der sich vor einigen Wochen in der Stuttgarter Innenstadt-Wohnung einer alleinstehenden Frau ereignet hat."

Tatjana nickte zustimmend: „Ja, das sehe ich auch so. Außer, dass beide Opfer alleinstehende Frauen, so mehr oder weniger um die Dreißig waren, gibt es auf den ersten Blick keine Gemeinsamkeiten. Natürlich müssen wir das noch im Detail überprüfen, ich glaube allerdings auch, dass wir es mit zwei unterschiedlichen Fällen zu tun haben."

Dann wollte Tatjana wissen: „Wer bearbeitet diesen Fall eigentlich aktuell?"

„Du erinnerst dich an Ralf Mendler?“, antwortete Dennis mit einer Gegenfrage.

Untermalt durch eine abfällige Handbewegung, stellte Tatjana daraufhin wenig respektvoll fest: „Ach ja, die unfähige Flachzange vom Landeskriminalamt. Der hat uns doch bereits vergangenen Winter im Vermisstenfall des achtjährigen Jonas Bergmann ins Handwerk gepfuscht! Wollen wir eine Wette abschließen?“

„Was denn für eine Wette?“, fragte Dennis neugierig.

„Ich wette, dass wir diesen Fall hier erledigt haben werden, noch bevor dieser LKA-Heini auch nur die geringste Spur wird vorweisen können. Im Anschluss daran können wir die Angelegenheit wieder übernehmen und die ganzen Ermittlungen nochmals von vorn aufrollen. Genau so, wie es damals beim Verschwinden Jonas Bergmanns war. Falls ich nicht Recht behalten sollte, zahle ich dir gerne einen Monat lang das Mittagessen in der Kantine des Polizeipräsidiums!“

Tatjana überlegte einen Augenblick und revidierte schließlich ihren Wetteinsatz: „Ach nein, sagen wir doch lieber nur zwei Wochen lang.“

„Du weißt, wie gerne ich dir widerspreche, Tatjana, aber auf diese Wette kann ich nicht mit einem Gegenangebot einsteigen. Ich fürchte nämlich, dass deine Vermutungen sich bestätigen werden.“

***

Sie hatten sich noch ungefähr zehn Minuten in Wilbeth Snyders Wohnung aufgehalten und wollten gerade gehen, als Dennis Rathvans Handys klingelte. Die Anzeige auf dem Display des Smartphones offenbarte ihm, dass es Simon Brandner war, der ihn sprechen wollte.

„Hauptkommissar Rathvan, hast du denn heute schon die E-Mails auf deinem Präsidiums-Account gecheckt?"

„Nein, habe ich nicht. Ich war heute Morgen etwas in Eile, so dass ich leider keine Zeit dazu hatte. Verrätst du mir, worum es geht?", fragte Dennis und ahnte bereits, dass dies nichts Gutes bedeuten konnte.

Überraschenderweise ging Simon jedoch nicht mehr näher darauf ein. „Ach, ist momentan auch nicht so wichtig. Du wirst es schon noch früh genug sehen!", entgegnete er, und Dennis konnte förmlich spüren, wie der Rechtsmediziner dabei ins Telefon grinste.

Dann kam Simon Brandner zum eigentlichen Grund seines Anrufes: „Frau von Senden und du solltet schnellstmöglich zu mir ins Institut kommen. Ich habe die Obduktion des Körpers von Wilbeth Snyder abgeschlossen und dabei eine hochinteressante Entdeckung gemacht. Das müsst ihr euch unbedingt anschauen!"

„Wir sind schon unterwegs!", grummelte Dennis und legte auf.

9.
Der Pförtner

Tatjana quälte sich zusehends. Ihr operiertes Kniegelenk war in den letzten Tagen immer mehr angeschwollen und fühlte sich so an, als würde es bald platzen.

„Mensch, Tatjana, das kann man ja kaum noch mit ansehen. Wann gehst du denn endlich mal zum Arzt? Das ist doch nicht mehr normal", bemitleidete Dennis seine Kollegin.

Zähneknirschend räumte diese ein: „Ich fürchte, du hast Recht. Ich wollte es nur nicht wahrhaben und habe es deshalb einfach ignoriert. Inzwischen bin ich mir aber auch sicher, dass da etwas nicht in Ordnung sein kann. Mein rechtes Knie ist annähernd doppelt so dick wie das linke, und das Gefühl in meinem Bein ist mittlerweile echt unerträglich."

„Weißt du was? Sobald wir hier fertig sind, fahre ich dich zu Mark Scheck in die Praxis auf dem Killesberg. Schließlich ist er ja Orthopäde. Er soll dich untersuchen und wird dir dann hoffentlich sagen können, was zu tun ist!"

Tatjana zeigte sich einsichtig: „Also gut, einverstanden. Ich sollte es wohl wirklich nicht mehr länger hinauszögern."

***

Dr. Simon Brandner bemerkte ebenfalls schnell, dass es Tatjana nicht besonders gut ging und verzichtete deshalb auf die Gehässigkeiten, die zwischen den beiden grundverschiedenen Alpha-Tieren längst zur schlechten und insbesondere für anwesende Dritte zur nervenzermürbenden Gewohnheit geworden waren.

Brandner kam deshalb direkt zur Sache: „Der Körper gehört definitiv zum Kopf Wilbeth Snyders, da besteht kein Zweifel. Die beiden Teile des eingebrannten Zeichens am Hals lassen sich exakt zusammenfügen, wie bei einem Puzzle."

Er reichte Dennis eine Fotomontage, die diese Tatsache zweifelsfrei bestätigte. „Deine unbekannte Quelle hatte Recht! Es handelt sich bei dem Motiv tatsächlich um eine so genannte Triskele, also ein keltisches Symbol. Ich habe das bereits im Internet recherchiert."

Dennis nickte zustimmend. Nach wie vor hielt er es für angebracht, nicht preiszugeben, dass er diese Information von einem zunächst fälschlicherweise als Fan des FC St. Pauli eingestuften Grufti hatte.

Simon fuhr fort: „Das Brandzeichen wurde, wie bereits vermutet, noch zu Lebzeiten angebracht. Dies beweisen die Einblutungen im angrenzenden Gewebe. Die Traumatisierung des Gewebes reicht dabei bis in ganz tiefe Hautschichten, was eindeutig dafür spricht, dass es sich dabei nicht um einen gewollten Körperschmuck handelt, sondern um eine gewaltsam zugefügte Verletzung. Bezüglich der Todesursache gibt es keine neuen Hypothesen. Der Kopf wurde durch einen schweren und sehr scharfen Gegenstand abgetrennt. Möglicherweise eine

Axt oder ein schweres Beil, wobei auch ein Fallbeil infrage käme."

„Sie meinen so etwas wie eine Guillotine?", fragte Tatjana etwas schockiert.

„Ja, eine Guillotine wäre möglich", bestätigte Dr. Brandner.

„Konntest du den Todeszeitpunkt noch etwas genauer eingrenzen?", gab sich Dennis hoffnungsvoll.

„Ja! Durch die Tatsache, dass mir nun der gesamte Körper zur Verfügung stand, konnte ich mir ein wesentlich besseres Bild verschaffen. Da der Körper im Wald lag, fand sich darauf eine Vielfalt an Insekten, die das Herz jedes Entomologen hätte höher schlagen lassen. Leider wies der Körper auch einige Biss- und Nagespuren auf, unter anderem von Wildschweinen."

„Wildschweine im Kräherwald? Da gehe ich nie wieder spazieren", warf Tatjana sachlich ein.

„Aber sicher doch! Unsere Wälder sind voll mit diesen Viechern", betonte Dr. Brandner und genoss augenscheinlich Tatjanas Entsetzen über diesen Umstand.

„Ehrlich?", fragte Dennis kritisch. „Also ich weiß nicht. Ich habe noch nie eins gesehen."

„Nun ja, vielleicht habe ich ein kleines bisschen übertrieben. Tatsache ist jedenfalls, dass der Wildschweinbestand in deutschen Wäldern über die letzten beiden Jahrzehnte wieder deutlich zugenommen hat. Aber – um wieder zurück zum Thema zu kommen: Aufgrund aller Informationen und Erkenntnisse, die ich sammeln und auswerten konnte, lege ich den Zeitpunkt des Todes von Wilbeth Snyder auf die Zeit zwischen dem zwanzigsten und dem dreiundzwanzigsten März dieses Jahres, also vor nicht ganz vier Wochen, fest!"

„Schön", bemerkte Dennis. „Aber du sprachst vorhin am Telefon von etwas, das du uns unbedingt zeigen müsstest."

„Ja, dazu komme ich gleich. Der Vollständigkeit halber sei vorher noch erwähnt, dass die Leber von Frau Snyder bereits deutliche degenerative Veränderungen aufwies, die ziemlich sicher nicht von übermäßigem Alkoholgenuss stammen, sondern der jahrelangen Einnahme von Carbamazepin, dem Medikament zur Kontrolle der Epilepsie, geschuldet sind."

Dann ging Simon Brandner zu einem kleinen Tisch in seinem Büro und holte einen Behälter, in dem sich ein kleiner, transparenter Plastikbeutel befand.

„Seid ihr bereit?", fragte er.

„Ich weiß zwar nicht, was Sie uns gleich enthüllen werden – da ich aber momentan etwas wackelig auf den Beinen bin, setze ich mich vorsichtshalber lieber hin", entgegnete Tatjana vorausschauend.

„Keine Sorge, so schlimm wird es nicht werden, eher ungewöhnlich. Im Magenausgang der Toten, in der Nähe des Pars Pylorus – auch Pförtner genannt – habe ich das hier gefunden!", sagte Dr. Brandner und hielt den beiden Kommissaren den Plastikbeutel unter die Nase. Darin befanden sich zwei Karten, die auf den ersten Blick aussahen wie Spielkarten, nur etwas größer.

„Was zum Teufel ist das?", fragte Dennis stirnrunzelnd.

„Das, mein Lieber, sind Tarotkarten!"

Tatjana und Dennis blieb die Spucke weg, während Simon Brandner fortfuhr: „Sie wurden in diesen Plastikbeutel gesteckt, um sie vor der Magensäure zu schützen."

„Aber die Magensäure eines Toten kann doch sicherlich einen solchen Gegenstand nicht mehr zersetzen, oder?", fragte Dennis

„Das käme auf einen Versuch an und wäre bestimmt ein interessantes Experiment! Sicherlich kann die zum Zeitpunkt des Ablebens vorhandene Menge an Magensäure eines Toten noch so lange ihre Wirkung entfalten, bis sie aus dem Organ austritt und, wie alle Körperflüssigkeiten, der Schwerkraft folgt. Wilbeth Snyder wurde kurz vor ihrem Ableben dazu gezwungen, die Karten mitsamt dem Plastikbeutel hinunterzuschlucken."

Tatjana von Senden wurde wie so oft, wenn sie sich im Rechtsmedizinischen Institut befand und den detaillierten Ausführungen Dr. Brandners folgte, etwas grün im Gesicht. Auch Dennis war einen Moment lang sprachlos und setzte sich. Ein Täter, der seinem Opfer Plastikbeutel mit Tarotkarten einverleibte … Das war in der Tat ungewöhnlich.

Simon Brandner ergriff erneut das Wort: „Also, ich bin ja kein kriminalistischer Ermittler, sondern nur ein einfacher Rechtsmediziner, aber wenn ihr mich fragt, deutet alles auf einen Ritualmord hin. Das Brandzeichen und die Enthauptung sind Indizien dafür, ebenso, dass der Täter etwas im Körper des Opfers hinterlassen hat. Ihm musste klar gewesen sein, dass wir den Beutel mit den Karten bei der Obduktion finden würden. Das hatte er mit Sicherheit beabsichtigt. Die Tarotkarten sind Teil des Rituals und aus meiner Sicht ein gewollter Hinweis des Täters auf sein Motiv oder sogar weitere Opfer, die folgen sollen."

Tatjana und Dennis hatten fürs Erste genug gehört. Bevor sie das Büro Dr. Brandners verließen, erinnerte dieser seinen Freund nochmals: „Ach übrigens, Dennis, ich empfehle dir wirklich dringend, deine E-Mails zu lesen!“

10.
Und immer kommen sie wieder

Ein angenehmes Gefühl der Müdigkeit und Erschöpfung durchströmte ihren Körper. Ihre Augen waren noch geschlossen, und für wenige Sekunden war sie der festen Überzeugung gewesen, alles nur geträumt zu haben. Oder war es viel eher die Hoffnung gewesen, die Augen aufzuschlagen und festzustellen, dass alles nur ein böser Traum war? In diese Hoffnung platzte nun der Schmerz, der sie erbarmungslos in die Realität zurückriss. Sie spürte das Pochen an ihrem Hals, das so unaufhörlich war wie der Pulsschlag des ewigen Lebens. Es war ein brennender Schmerz, der sich anfühlte, als stünde sie in Flammen.

Ganz langsam und stückweise kamen die Erinnerungen wieder zurück. Wäre ihr Mann noch am Leben gewesen, wäre dies alles nicht passiert, dachte sie sich. Vor etwas mehr als drei Jahren war er, völlig überraschend und viel zu früh, den Folgen eines Herzinfarktes erlegen. Mit Engelszungen hatte er stets auf sie eingeredet, niemals nach Einbruch der Dunkelheit alleine durch den Botanischen Garten zu gehen. Sie hatte nicht auf ihn gehört.

Nach der Arbeit war sie, wie an jedem Tag, mit der U-Bahn bis zur Haltestelle *Plieningen-Garbe* gefahren. Zu verlockend war die Abkürzung durch den Garten der Universität Hohenheim, den sie von unzähligen Spaziergängen so gut kannte wie ihre eigene Westentasche. Sie hatte einen harten Tag hinter sich gehabt und wollte nur noch auf dem schnellsten Weg nach Hause. Die Abkürzung versprach ihr eine Zeitersparnis von mindestens fünfzehn Minuten. Weder die heraufziehende Dämmerung noch der einsetzende Nieselregen hielten sie von der Entscheidung ab, den dunklen Weg durch den Garten einzuschlagen. Im Radio hatte an diesem Tag eine Schreckensmeldung großes Aufsehen erregt: Im Höhenpark Killesberg war der abgetrennte Kopf einer Frau gefunden worden. Aber auch davon hatte sie sich nicht beeindrucken lassen; schließlich befand sich der Höhenpark ja am anderen Ende der Stadt.

Sie hatte den so genannten Exotischen Garten über einen Eingang an der Garbenstraße betreten, der unmittelbar neben einem Parkplatz lag, von dem aus man direkt in die Fenster der Universität schauen konnte.

Einige Minuten war sie bereits unterwegs, ohne dass ihr jemand begegnete. Das Gelände war an diesem Abend wie ausgestorben. Gerade, als sie sich den römischen Säulenruinen näherte, die sich in diesem Teil des Gartens befanden, hatte sie für einen Moment das Gefühl, das leise Wiehern eines Pferdes zu hören. Verblüfft blieb sie stehen und schaute sich um, doch es war nichts zu sehen, und die Stille wurde lediglich durch das Rauschen des Windes durchbrochen. Von einem unguten Gefühl beschlichen, ging sie hastig weiter.

Dann war es wieder da. Vorher war sie sich nicht sicher gewesen, doch jetzt hatte sie eindeutig das Schnauben eines Pferdes erkannt. Das Geräusch war nun wesentlich lauter und schien in raschem Tempo näher zu kommen.

Wieder blieb sie stehen und spähte nach allen Seiten in die Dunkelheit, als sie plötzlich hinter sich die klappernden Hufe eines galoppierenden Pferdes vernahm. Blitzartig drehte sie sich um, und nackte Panik ergriff sie: Eine riesig erscheinende Kreatur mit wehendem, schwarzem Umhang, langen Haaren, einer Maske und zwei großen Hörnen auf dem Kopf peitschte sein Ross durch Wind und Regen, direkt auf sie zu. Wie erstarrt blieb sie stehen und blickte ihrem Verhängnis mit schreckgeweiteten Augen entgegen. Einem heftigen Schlag gegen ihren Kopf folgten vor ihrem geistigen Auge Blitze und undurchdringliche Dunkelheit.

Als sie wieder zu sich kam, lag sie nackt auf dem Holztisch. Im Ofen loderte das Feuer, die Hitze brannte auf ihrem Körper und ihre Kehle war wie ausgetrocknet.

Nur wenige Worte hatte sie mit dem jungen Mann wechseln können, der neben ihr lag und sich in der gleichen misslichen Lage befand. Dann war das Unfassbare geschehen und sie hatte mit anschauen müssen, wie die Kreatur ein Brandeisen genommen hatte und auf Hubertus zugestürmt war, um es ihm gegen den Hals zu drücken. Der Geruch nach verbranntem Fleisch sowie die eiskalte Erkenntnis, dass sie als nächstes an der Reihe sein würde, ließen Übelkeit in ihr aufsteigen.

***

Jetzt war sie mit ihren Gedanken wieder zurück in der Gegenwart. Von der Kreatur war nichts zu sehen. Wer war dieser Wahnsinnige? War er eine Ausgeburt der

Hölle oder der Teufel persönlich? Ihr Glaube hatte ihr in ihrem bisherigen Leben schon oft geholfen. Ohne die Hoffnung und die Liebe, die ihr der Heilige Vater, sein Sohn Jesus-Christus und die Heilige Jungfrau Maria gegeben hatten, wäre sie niemals über den Verlust ihres geliebten Mannes hinweggekommen. Auch der seelische Schmerz, verursacht durch die Gegebenheit, dass es ihr nie selbst vergönnt war, Kinder zu kriegen, ließ sich durch den Glauben in Hoffnung wandeln.

Sie schloss die Augen und betete. Dann hörte sie plötzlich die Stimme von Hubertus, der offensichtlich ebenfalls wieder zu Bewusstsein gelangt war: „Hallo, bist du wach? Wie heißt du? Hat er dir auch … das angetan? Glaubst du, er kommt wieder?", fragte der Mann ängstlich.

Sie drehte ihren Kopf nach rechts und konnte in seine traurigen, dunkelbraunen Augen sehen, als sie flüsterte: „Ja, Hubertus. Sie kommen immer wieder."

11.
Hiobs Ablageplatz

„Ha, ich wusste doch, dass du ein Bulle bist!“, rief der ganz in schwarz gekleidete junge Mann, als er Dennis Rathvan auf dem Eingangsflur des Polizeipräsidiums zufällig begegnete.

„Das hat mir gerade noch gefehlt. Was will der denn hier?“, nuschelte Dennis vor sich hin. Es war der Kerl, den Mark Scheck und er am Palast der Republik getroffen hatten. Seine Auskunft über die Bedeutung des Brandzeichens an Wilbeth Snyders Hals war zwar ziemlich hilfreich gewesen – auf eine weitere Begegnung mit dem Typen hätte Dennis allerdings gerne verzichtet.

„Jetzt mal ganz langsam, junger Mann! Was machst du denn hier? Hast du etwa nach mir gesucht?“, fragte Dennis ganz ruhig.

„Nein, ich habe nicht nach dir gesucht. Ich wusste ja gar nicht, dass du hier bist, wie soll ich da nach dir suchen? Ich suche meinen Kumpel Hubertus Müller. Darum bin ich hier!“

„Tut mir leid, den kenne ich nicht. Bei uns arbeitet kein Hubertus Müller“, antwortete Dennis in der Hoffnung, die Angelegenheit hätte sich damit erledigt.

„Nein, nein. Du hast mich falsch verstanden. Ich suche Hubertus nicht hier im Polizeipräsidium, sondern ich suche die Polizei auf, damit sie mir hilft, ihn zu finden.“

„Wo hast du ihn denn verloren?“, scherzte Dennis.

„Ich habe ihn jetzt seit einer Woche nicht mehr gesehen. Zunächst habe ich mir nichts dabei gedacht, da er immer mal wieder für ein paar Tage von der Bildfläche verschwindet. Bisher tauchte er immer wieder genauso unverhofft auf, wie er zuvor auch abgetaucht war. Doch dieses Mal ist etwas faul an der Sache!"

„Woher willst du das wissen? Vielleicht ist er verreist?"

„Hubi und verreisen? Niemals, ich glaube, der war zuletzt verreist, als er elf Jahre alt war und von seinen Alten in den fränkischen Wald geschleppt wurde!"

„Wie alt ist er denn jetzt, dein Hubi?"

„Er ist dreiundzwanzig, genauso wie ich."

„Na schön. Und wo wohnt er? Hast du dort schon versucht, ihn anzutreffen?"

„Klar, Mann! Auf die geniale Idee bin ich auch schon gekommen. Die Leute in seiner Wohngemeinschaft haben ihn ebenfalls seit fast einer Woche nicht mehr gesehen. Das Handy ist aus, E-Mails werden nicht beantwortet und auf seinem Facebook-Account ist seit einer Woche auch nichts mehr los."

„Ein Grufti auf Facebook?", wunderte sich Dennis, bevor er sich vergewisserte: „Ist Hubi auch ein Grufti?"

„Ja, klar! Sonst wäre er wohl kaum mit mir befreundet."

„Wie meinst du das?"

„Genau so, wie ich es sagte! Wir sind eben etwas anders, und das wird in der Gesellschaft nicht gerne gesehen. Es heißt immer, heutzutage seien die Menschen so tolerant und offen für alles. Pustekuchen! Die Leute sind spießig wie eh und je. Dich diskriminiert doch auch keiner, nur weil du komische Klamotten trägst, oder?"

Dennis blickte stirnrunzelnd an sich herunter und überlegte, was denn bitteschön an seiner Kleidung nicht in Ordnung sein sollte.

Ihm lag bereits eine entsprechende Frage auf der Zunge, dann besann er sich aber anders. Mit diesem schrägen Vogel ein Gespräch über seine Garderobe zu führen, war vermutlich wenig sinnvoll.

„Wie ist denn eigentlich dein Name?", wollte er dann von Hubis Kumpel wissen.

„Ich heiße Bel Shebub."

„Aha. Also, Herr Shebub, dann folge mir mal unauffällig. Ich bringe dich zu einem Beamten, der deine Meldung aufnehmen wird, okay?"

„Bitte, ihr müsst unbedingt etwas unternehmen. Hubertus ist hundertprozentig etwas zugestoßen! Außerdem heiße ich nicht Herr Shebub, sondern Bel Shebub!"

Dennis fühlte sich auf den Arm genommen: „Ja, genau. Und ich heiße Bel Grad ... oder Bel Gien. Nein, noch besser: Ich bin der Prinz von Bel Air!"

„Also gut", gab sich der junge Mann geschlagen. „Mein bürgerlicher Name ist Frederik Häberle. Bel Shebub ist sozusagen nur mein Künstlername. Der Name stammt aus einer Zeit, in der die Menschen, vor allem die Christen, Dämonen für alles Böse auf der Welt verantwortlich machten. Einer dieser Dämonen war Bel Shebub, oder auch Satan genannt. Manchmal wurden Bel Shebub und Satan auch als zwei verschiedene Dämonen angesehen. Daher stammt die auch heute noch gebräuchliche Redewendung *den Teufel mit dem Belzebub austreiben*, was so viel bedeutet wie Böses mit Bösem zu bekämpfen!"

„Ah ja. Die Bedeutung dieser Redewendung war mir wohl bekannt, nicht aber ihr Ursprung“, antwortete Dennis nur mäßig interessiert und schüttelte dabei lächelnd den Kopf: „Frederik Häberle und der Belzebub. Das ist ja ein Ding.“

Kaum hatte Dennis sein Büro im zweiten Stock betreten, überschlugen sich die Ereignisse und die schlechten Nachrichten, zunächst überbracht von Holger Grünbaum, dem unmittelbar Kriminalrat Hans-Dieter Scheible folgte.

„Bad news, mein lieber Dennis, really bad news!“, kündigte Holger seine Neuigkeiten theatralisch an. Sein Gesichtsausdruck verhieß dabei nichts Gutes. „Zwei Kinder haben beim Spielen in einem stillgelegten Abwasserkanal in Stuttgart-Münster, ganz in der Nähe des Viaduktes, den Kopf einer Frau gefunden, und zwar eingewickelt in ein weißes Tuch. Mit an Sicherheit grenzender Wahrscheinlichkeit handelt es sich nach den Aussagen der Kollegen der Vermisstenstelle des LKA um die erst sechzehnjährige Brigid Shearer aus Stuttgart, die bereits seit dem achtundzwanzigsten Januar dieses Jahres vermisst wird. An diesem Abend ist sie nach einem gemeinsamen Ausflug mit einer Freundin nicht mehr nach Hause zurückgekehrt. Zeugen hatten sie an dem Tag zuletzt im *Blühenden Barock* in Ludwigsburg in der Nähe des Märchengartens gesehen. Am Stuttgarter Hauptbahnhof schlugen die Freundinnen unterschiedliche Heimwege ein. Seitdem gab es keine Spur mehr von ihr. “

Holger Grünbaum hatte kaum zu Ende gesprochen, als Hans-Dieter Scheible zur Türe hereinplatzte. Er stand gewaltig unter Strom und bemerkte dabei offensichtlich nicht, dass sich das über seine Glatze gekämmte Haar auf der gegenüberliegenden Seite abgelöst hatte und wild vom Kopf abstand. „Ich habe schlechte Neuigkeiten, Herr Rathvan!"

Dennis konnte es nicht fassen. Warum landeten sämtliche schlechte Neuigkeiten bei ihm? War da vielleicht ein Schild auf seinem Rücken mit der Aufschrift *Abgabestelle für Hiobsbotschaften*?, ging ihm durch den Kopf. Dann seufzte er, fügte sich seinem Schicksal und folgte aufmerksam der Mitteilung des Kriminalrats: „Seit fast einer Woche wird die achtundfünfzigjährige, verwitwete Anbeth Smirek vermisst. Niemand hat sie seitdem mehr gesehen. Ihre Spur verlor sich in der Nähe der Straßenbahnhaltestelle *Plieningen-Garbe*, in nächster Nähe zum Eingang des Botanischen Gartens der Universität Hohenheim. Die Arbeitskollegen waren aufgrund ihres unentschuldigten Fernbleibens zunehmend besorgt und informierten heute Morgen die Polizei. Ich habe davon Wind bekommen und gedanklich sofort einen Zusammenhang zum Tod von Wilbeth Snyder hergestellt. Es mag an den Haaren herbeigezogen sein, aber die Ähnlichkeit der außergewöhnlichen Vornamen fiel mir sofort auf. Ich weiß zwar nicht, was dies zu bedeuten hat, aber an Zufälle mag ich, wie Sie ja wissen, nicht glauben! Wir haben also nun zwei enthauptete Frauen britischer Abstammung, wobei der Körper von Brigid Shearer noch nicht gefunden werden konnte. Brigid Shearer stammt ursprünglich aus Sheffield in England und Wilbeth Snyder bekanntermaßen aus Swansea in Wales. Anbeth Smirek ist zwar, ebenso wie ihr verstorbener Ehemann, polnischer Herkunft, es steht aber zu befürchten, dass sie demselben Täter in die Hände gefallen ist und nun akut gefährdet ist, ebenfalls ihren Kopf zu verlieren!"

„Um es auf den Punkt zu bringen ...", fuhr Scheible nach einer kurzen Pause fort, während Dennis sich ein Grinsen nicht verkneifen konnte: „Wir jagen also ab jetzt einen Serienmörder, der es auf Frauen abgesehen hat, die entweder komische Vornamen haben oder von der Insel stammen. Außerdem scheint es ihm ein Bedürfnis zu sein, den Damen die Köpfe abzuschlagen und diese in verschiedenfarbige Tücher einzuwickeln. Außerdem hat er wohl eine Vorliebe dafür, seine Opfer mit Brandzeichen in Form keltischer Symbole zu versehen. Am Hals von Brigid Shearer wurde nämlich ebenfalls ein solches gefunden. Es handelt sich dabei allem Anschein nach um das Saint Brigid's-Kreuz, einem Symbol der keltischen Lichtjungfrau und Göttin Brigid. Die Körper der Frauen versteckt der Täter dann sehr gerne, damit wir sie suchen dürfen. Ich gehe jede Wette ein, dass wir in Brigid Shearers Magen, vorausgesetzt wir finden ihren Körper, ebenfalls auf Tarotkarten oder Ähnliches stoßen werden. Wie bereits vermutet, soll uns dies wahrscheinlich Hinweise auf weitere Taten oder sein Motiv geben. Noch Fragen?"

Es herrschte ein kurzer Moment betretenen Schweigens in der Männerrunde. Dann ergriff Hans-Dieter Scheible nochmals das Wort: „Gibt es denn noch sonstige Katastrophen, wie beispielsweise Köpfe, Leichen oder Vermisste, von denen ich noch nichts weiß?"

„Ja, die gibt es", stammelte Dennis und erinnerte sich an die Begegnung mit dem Belzebub vor einigen Minuten. „Wie ich vor wenigen Minuten erfahren habe, wird ein

Grufti mit dem Namen Hubertus Müller ebenfalls seit etwa einer Woche vermisst. Ich kann mir aber beim besten Willen nicht vorstellen, dass das etwas mit unserem Fall zu tun haben könnte."

12.
Größere Geschäfte

Dennis Rathvan war restlos bedient. Er wusste nicht mehr, wo ihm der Kopf stand. Wie sollte er das alles nur bewältigen? Zu allem Unglück drohte nun auch noch Tatjana von Senden, einige Tage auszufallen.

Die Untersuchungen bei Mark Scheck hatten ergeben, dass sie eine Infektion in ihrem operierten Kniegelenk hatte – eine Komplikation, wie sie eben in seltenen Fällen nach einem solchen Eingriff vorkommen konnte. Angeblich hatte Mark das Kniegelenk punktiert und dabei fast fünfzig Milliliter eitrigen Erguss herausgezogen.

Die Laboruntersuchungen bestätigten dann rasch, dass Tatjana Bakterien im Knie hatte, was unbehandelt durchaus hätte gefährlich werden können. Umgehend wurde sie in eine Klinik aufgenommen, um das infizierte Kniegelenk operativ spülen zu lassen. Möglicherweise würde sie sich dieser Prozedur sogar mehrfach unterziehen müssen, hatte Mark vermutet. Außerdem war die tägliche intravenöse Verabreichung eines Antibiotikums notwendig.

„Hoffentlich ist ihr Hochzeitstermin nicht in Gefahr!", war Holger Grünbaum sehr besorgt, als er davon hörte. Holger saß gerade am Steuer von Dennis' Wagen, da sich dieser nicht in der Lage gefühlt hatte, ein Auto zu steuern. „Ich denke, Holger, das ist momentan unsere geringste Sorge."

Sie passierten den Kappelbergtunnel und wurden prompt

am Teiler der Bundestraßen B14 und B29 an einer stationären Radarkontrolle geblitzt.

„Das ist doch pure Schikane. Wie kann man an dieser Stelle eine Höchstgeschwindigkeit von achtzig vorschreiben!“, schimpfte Holger und fluchte dabei wie ein Rohrspatz, was gar nicht zu seinem ansonsten so sonnigen Gemüt passte.

Etwa weitere fünfzehn Minuten folgten sie dem Verlauf der Bundestraße 29, bevor sie an der Ausfahrt in Richtung Schorndorf, Welzheim und Ebnisee abfuhren. Endlich, nach etwa einer Stunde Fahrtzeit, kamen sie in Kaiserbach an, wo der malerische Ebnisee lag.

„Ich finde es toll von dir, dass du den Kurt wieder mit ins Boot holen möchtest, Dennis“, bekundete Holger aufrichtig.

„Wir brauchen ihn jetzt. Er ist mit Abstand der beste Ermittler, mit dem ich je zusammenarbeiten durfte.“

„Meinst du, er kommt zurück?“, fragte Holger.

„Ich hoffe es jedenfalls sehr, Holger. Schön übrigens, dass du mich begleitest. Ich kann die moralische Unterstützung gut gebrauchen. Kurt wird von unserem Besuch wahrscheinlich nicht gerade begeistert sein, schätze ich.“

***

„Verdammt, hätten wir doch bloß eine Taschenlampe mitgenommen!“, schimpfte Dennis, während sie sich in der einbrechenden Dunkelheit durch das Unterholz des Waldes schlugen, der den Ebnisee umgab. „Brigittes Beschreibungen zufolge müsste irgendwo da vorne die Hütte sein, in der Kurt haust“, vermutete Dennis. Am Nachmittag hatte er mit Brigitte Schockenried, Kurts Frau, telefoniert, um sich eine grobe Beschreibung der Örtlichkeiten geben zu lassen. Ihre Niedergeschlagenheit war ihr deutlich anzuhören gewesen. Kurt hatte sich nach den Ereignissen des vergangenen Winters in die Einsamkeit zurückgezogen und tauchte nur noch sehr selten zu Hause in Stuttgart-Möhringen auf. Zuletzt hatte er sich vor etwa drei Wochen bei seiner Frau gemeldet, als er sie vom Telefon eines nahe gelegenen Dorfgasthofes aus anrief. Seither hatte sie nichts mehr von ihm gehört und war sehr besorgt. Kurt hatte ihr wohl verboten, ihn zu besuchen und ihr strengstens untersagt, seinen Aufenthaltsort preiszugeben. Ein Handy hatte er erst gar nicht bei sich, um so lästigen Anrufen aus dem Wege zu gehen.

Brigitte war heilfroh darüber gewesen, dass Dennis sich nach Kurt erkundigte und ihn aufsuchen wollte. Sie hatte sich der Anweisung ihres Ehemannes widersetzt und Dennis detailliert beschrieben, wie und wo er Kurt finden konnte.

Schließlich kamen Dennis und Holger zu einer einsam gelegenen Holzhütte, die zumindest von außen recht gemütlich aussah. Sie lag etwa dreißig Meter vom Seeufer entfernt. Davor standen ein kleiner runder Grill auf drei Beinen, wie man ihn in jedem Baumarkt kaufen konnte, außerdem einige Paar Schuhe, eine Angel und diverse andere Angelutensilien. Neben der Eingangstüre hing ein dunkelblauer Polizei-Regenmantel an einem Haken. Darunter stand ein Metallkübel, der nur lose mit einem Deckel verschlossen war. Neugierig hob Holger den Deckel an, um zu sehen, was sich in dem Kübel befand. „Pfui Teufel!“, rief er und ließ ihn angewidert wieder fallen, was einen enormen Lärm verursachte. In dem Eimer befanden sich die fürchterlich stinkenden Abfälle von mehreren toten Fischen.

„Ich schwör dir, der eine lebt noch. Er hat mir zugezwinkert!“, behauptete Holger steif und fest.

„Und wenn schon, vergiss die Fische. Schließlich sind wir hier, um Kurt zu suchen. Vielen Dank übrigens, dass du unser Kommen mit deinem Radau so taktvoll angekündigt hast“, knurrte Dennis den armen Holger an, der es doch wie immer nur gut gemeint hatte.

Holger setzte daraufhin eine beleidigte Miene auf: „Ein wenig Dankbarkeit wäre angebracht, mein lieber Dennis. Immerhin habe ich dich hierher in die Wildnis chauffiert und begleitet. Dabei bin ich mindestens fünfmal im Gestrüpp hängen geblieben und gestolpert, wodurch ich mir meine Frisur und meine Hose ruiniert habe. Dann wäre ich um ein Haar in den See gestürzt, als du meintest, hinter dem Busch müsse ein Pfad beginnen, der uns direkt zu der Hütte führte, ich dort aber stattdessen nur Wasser und ungefähr vierzig Krötenpaare antraf, die gerade emsig dabei waren, für Nachwuchs zu sorgen. Naturgemäß waren sie nicht sonderlich begeistert darüber, dass ich in ihre Privatsphäre eingedrungen bin. Die Reste eines besonders dicken Exemplars kleben jetzt noch an meinem Schuh!“

Dennis ignorierte Holgers Unmutsäußerungen. „Es brennt kein Licht in der Hütte. Kurt scheint gar nicht da zu sein.“

Sie klopften einige Male, doch es rührte sich nichts. Dann

öffneten sie vorsichtig die unverschlossene Türe. Dennis knipste das Licht an. Kurt war augenscheinlich tatsächlich nicht da. Im einzigen Raum der Hütte war es muffig und unordentlich. Unzählige leere und nur halb ausgetrunkene Bier- und Weinflaschen standen herum, ebenso einige überquellende Aschenbecher. Im Spülbecken türmte sich das schmutzige Geschirr von schätzungsweise zwei Wochen. „Was für ein Saustall!", stellte Holger naserümpfend fest und wedelte affektiert mit der Hand. „Hier kann man doch unmöglich wohnen!"

„Der Ofen ist warm. Also kann Kurt eigentlich nicht weit sein", vermutete Dennis.

„Komm, lass uns runter zum See gehen, da ist ein Steg. Vielleicht sitzt Kurt ja da irgendwo und genießt den Ausblick aufs Wasser", schlug Holger vor.

„Hm. Probieren können wir's", murmelte Dennis nachdenklich.

Als sie beinahe bei dem Steg angelangt waren, der etwa fünfzehn Meter auf den See hinaus führte, sagte Holger plötzlich: „Du, ich muss mal eben da drüben hinter dem Busch verschwinden."

„Wieso?", fragte Dennis. „Du kannst doch auch hier an einen Baum pinkeln. Es gibt jede Menge davon, wir befinden uns nämlich in einem Wald."

„Ich muss aber ein etwas größeres Geschäft verrichten. Du weißt doch, mein Reiz-Darm macht mir immer wieder zu schaffen", klagte Holger und verdeutlichte seine missliche Lage, indem er sein Gesicht verzog, als ob er in eine Zitrone gebissen hätte. Dennis schüttelte nur den Kopf und ging alleine weiter. Er marschierte hinaus bis ans Ende des Stegs und ließ seine Blicke über den See schweifen. Es war schön hier, das war nicht zu leugnen. Das Licht des Mondes spiegelte sich auf der Wasseroberfläche und erzeugte eine wundervolle Stimmung. Herrlich, diese Ruhe, dachte er sich. „Irgendwie konnte er verstehen, dass es Kurt hier gefiel.

Plötzlich hörte er hinter sich ein fürchterliches Gebrüll, das die Idylle jäh durchbrach. Erschrocken drehte er sich um und sah, wie ein nackter Mann, einen großen Ast schwingend, unter lautem Gebrüll und wie eine Furie auf ihn zustürmte.

***

Zwanzig Minuten später saßen Dennis, Holger und Kurt in Decken eingewickelt an einem Lagerfeuer. Dennis kühlte die Beule auf seiner Stirn, die mittlerweile beinahe auf Tischtennisballgröße angeschwollen war, mit einer kalten Bierflasche.

„Tut mir leid, dass ich dir mit dem Stock eins übergebraten habe, Dennis!“, versicherte Kurt glaubhaft. „Wenn ihr euch aber auch einfach so anschleicht wie zwei Einbrecher, während ich gerade schwimmen bin …“

Stundenlang unterhielten sie sich darüber, wie es ihnen in den letzten Monaten ergangen war. Alle hatten viel zu erzählen. Natürlich sprachen sie auch über ihren aktuellen Fall und vor allem darüber, wie es Kurt auf seine ganz eigenwillige Art gelang, die Vergangenheit zu bewältigen. „Macht euch um mich keine Sorgen“, sagte er immer wieder. „Auch wenn es nicht unbedingt danach aussieht, aber ich bin wieder in der Spur. Mein Leben fehlt mir, aber ich habe die Zeit hier in der Einsamkeit gebraucht, um wieder klar im Kopf zu werden, nach allem, was im vergangenen Winter passiert ist. Ich hatte ohnehin vor, irgendwann in der nächsten Zeit zurückzukehren, doch nun werde ich wohl noch etwas früher wieder auf der Matte stehen müssen, als eigentlich geplant. Denn so wie es aussieht, wird der alte Kurt ja wohl dringend gebraucht."

13.
Wieder da

Endlich hatte Dennis Zeit gefunden, die E-Mails seiner Polizeipräsidiums-Adresse zu überprüfen, was schon seit Tagen überfällig war. In der Regel gab es dort nichts Aufregendes zu entdecken, denn bei den meisten Nachrichten handelte es sich um Bekanntmachungen, Berichte oder Anfragen anderer Dienststellen zu irgendwelchen Aktenzeichen. Heute allerdings war die angekündigte Nachricht Simon Brandners im Posteingang, die Dennis sogleich nervös werden ließ: Als Anhang war eine Video-Datei angefügt, und der Betreff der Nachricht lautete *Es war einmal ein Kaffeeautomat …*". Bereits ahnend, was ihn erwarten würde, öffnete Dennis die Datei. Das Video hatte eine Länge von zwei Minuten und siebenundvierzig Sekunden und zeigte Dennis in bester Filmqualität, wie er wutschnaubend den Kaffeeautomaten in der Eingangshalle des Rechtsmedizinischen Instituts mit Fußtritten misshandelte und dabei eine riesige Sauerei veranstaltete.

„So ein Mist", brummelte er vor sich hin. Zum Einen wurde seine Hoffnung zunichte gemacht, Simon könnte geblufft haben, als er stolz von dem neuen Kamera-Überwachungssystem berichtet hatte, zum Anderen hatte er jetzt allen Grund zur Sorge, dass er für den Schaden zur Verantwortung gezogen werden könnte – von der Peinlichkeit, die die Sache mit sich brachte, ganz zu schweigen. Er hoffte inständig, dass Simon das Video lediglich an ihn weitergeleitet hatte. Jedenfalls blieb ihm jetzt nichts anderes mehr übrig, als mit Simon über diesen unangenehmen Zwischenfall zu reden.

***

Dennis konnte durch die verschlossene Türe seines Büros hindurch hören, dass auf dem Flur des Präsidiums etwas im Gange war. Als er neugierig die Türe öffnete, um nachzusehen, wurde er Zeuge tumultartiger Szenen, die den Eindruck vermittelten, der Bundestrainer oder der Papst seien überraschend zu Besuch gekommen.

Kurt Schockenried bahnte sich seinen Weg durch eine Menge an Mitarbeitern, die ihn allesamt freudestrahlend willkommen hießen. Selbst Kriminalrat Hans-Dieter Scheible ließ sich, in einem ungewöhnlichen Anfall von Bewegtheit, zu einer flüchtigen Umarmung hinreißen.

„Was für ein Trubel!“, stellte Kurt amüsiert fest, als er die Türe hinter sich zugezogen hatte. Er ging durch Tatjanas und Dennis’ gemeinsames Büro und öffnete die Türe zu seinem eigenen kleinen Reich. Kurts Büro war aufgrund eines Planungsfehlers nicht vom Flur aus zu betreten, sondern nur über das Büro der Kollegen. In der Vergangenheit hatte diese etwas tückische Begebenheit schon häufig zu Verstimmungen geführt, vor allem bei Tatjana, da Kurt deutlich andere Vorstellungen von Ordnung und Hygiene hatte als die Oberkommissarin. Sie fühlte sich stets durch Kurts Zigarettenqualm und die Spuren belästigt, die er, vor allem in den kalten und nassen Jahreszeiten, auf dem Fußboden ihres und Dennis’ Büro hinterließ.

Kurt schaute sich kurz um, und Dennis konnte einen Anflug von Sentimentalität in seinem Gesicht ausmachen. „Es ist schön, wieder hier zu sein. Ich wusste gar nicht, wie sehr mir das alles gefehlt hat", sagte Kurt, und es schien fast so, als verdrückte er dabei eine kleine Träne. „Lassen wir die Vergangenheit zumindest vorübergehend ruhen und wenden uns dem aktuellen Fall zu. Es geht um eine alte Geschichte, nur die Verpackung ist neu!"

Dennis schaute seinen wieder installierten Ersten Kriminalhauptkommissar fragend an, der in einer für ihn typischen Weise gleich zur Sache kam: „Ein Geisteskranker, der Frauen tötet und sich einbildet, mit uns Katz und Maus spielen zu können, indem er seine Opfer kennzeichnet und versteckte Nachrichten für uns hinterlässt. Es fehlt nur noch, dass er uns Briefe schreibt oder Pakete schickt!"

Kurt hatte nicht ganz Unrecht mit seiner sicherlich etwas vereinfacht dargestellten Sichtweise der Dinge. Die Kriminalgeschichte und auch ihre persönlichen Erfahrungen hatten gezeigt, dass Serientäter häufig die Aufmerksamkeit der Öffentlichkeit oder gar der Polizei suchten. Entweder verschaffte ihnen das einen zusätzlichen Kick oder sie wollten Anerkennung für ihre Taten. Sicherlich war es manchmal auch so, dass seitens der Täter eine Krankheitseinsicht bestand, wobei das Töten keine Befriedigung und auch keinen Rausch mehr verschaffte, sondern zur Last fiel. In diesen Fällen wollten die Täter, dass man sie stoppte und ihnen das Handwerk legte. Dafür waren sie bereit, immer größere Risiken einzugehen und hinterließen mehr oder weniger konkrete Hinweise, die die Polizei auf ihre Fährte locken sollte. Sicherlich war dies eine stark simplifizierte Betrachtungsweise, denn meistens waren die Gegebenheiten deutlich komplizierter. Manchmal hingegen aber auch wesentlich einfacher.

Dennis war der Ansicht, dass manche Täter auch nur von Grund auf böse waren und wahllos Menschenleben auslöschten. Seit jeher wurden diese festen Bestandteile der Täteranalyse in der Fachwelt kontrovers diskutiert. Viele Kriminalisten, vor allem aber auch die Psychologen und Psychiater waren der Ansicht, dass kein Mensch böse geboren wurde, sondern dass seine Umwelt und sein Leben ihn zu dem machten, was er schließlich wurde, nämlich eine mordende Bestie. Wie so häufig im Leben, lag die Wahrheit vermutlich irgendwo in der Mitte.

„Apropos Päckchen!“, begann Dennis mit der Anspielung auf eine Begebenheit, die sich im letzten Winter zugetragen hatte, als der gesuchte Kindermörder Severin Treuhertz ein Geschenkpaket für Kurt abgegeben hatte. Brisanterweise hatte er es über Kurts Enkelsohn, Kevin-Léon, überbringen lassen, um Kurt damit zu signalisieren, dass er ihm auf den Fersen und stets ganz in seiner Nähe war.

„Was war eigentlich damals in dem Paket, das Severin Treuhertz für dich abgegeben hatte? Hast du es inzwischen geöffnet?“, fragte Dennis neugierig.

Kurt nickte: „Lange hatte ich es ignoriert, doch irgendwann siegte die Wissbegier und ich habe es schließlich geöffnet.“

„Und, was war drin?“

„Glaube mir, Dennis: Das möchtest du lieber nicht wissen. Vielleicht verrate ich es dir irgendwann einmal, doch jetzt scheint mir nicht der richtige Zeitpunkt dafür zu sein."

Dennis war etwas enttäuscht. Monatelang hatte er sich gefragt, was sich denn nun in diesem ominösen Päckchen befunden haben könnte. Er wusste aber sehr wohl, dass es keinen Zweck hatte, Kurt weiter mit Fragen zu löchern, dieser war nämlich stur wie ein Esel, und wenn er etwas nicht verraten wollte, dann gab es daran auch nichts zu rütteln.

***

Kurt fand sich sehr schnell wieder in seinem kleinen Büro und auf dem Schreibtisch zurecht. Im Grunde war ja auch alles unverändert geblieben, seit er zum Ende des vergangenen Jahres seinen vorübergehenden Abschied verkündet hatte. Niemand hatte es zwischenzeitlich gewagt, seinen Platz einzunehmen. Dennis war zwar zu seinem offiziellen Vertreter ernannt worden, hätte es sich aber niemals erlaubt, Kurts kleines Büro für sich in Beschlag zu nehmen. Er hätte dies als unkollegial empfunden und hatte zudem nie die Hoffnung aufgegeben, dass der alte Kauz wieder ins Dezernat 1.1 zurückkehren und noch einige Jahre den Posten des Ersten Kriminalhauptkommissars bekleiden würde. Kurt war inzwischen neunundfünfzig Jahre alt, was bedeutete, dass er noch ungefähr sechs Arbeitsjahre vor sich hatte, bevor er sich in den wohlverdienten Ruhestand verabschieden konnte.

Kurt Schockenried ließ sich in seinen Schreibtischstuhl fallen und legte in alt bekannter Manier die Beine auf den Tisch. Es schien fast so, als sei er nie weg gewesen. Doch bevor er es sich zu gemütlich machte, nahm er die Beine wieder herunter und eröffnete Dennis, was als nächstes zu tun war: „Der Mörder markiert seine Opfer mit keltischen Symbolen. Dies stellt eine rituelle Handlung dar, die offenbar eine wichtige Rolle für ihn spielt. Das ist ein Ansatzpunkt für unsere weiteren Ermittlungen. Wir sollten uns Informationen über diese Motive und deren tiefere Bedeutung einholen, sofern sie eine solche überhaupt haben. Es gibt in Stuttgart ein keltisches Institut, das sich mit der Geschichte der Kelten beschäftigt und sich außerdem zur Aufgabe gemacht hat, die keltische Kultur und deren Bräuche auch in der heutigen Zeit zu bewahren. Regelmäßig finden dort Vorträge und Ausstellungen statt. Außerdem erhielt das Institut in der Vergangenheit auch immer wieder staatliche Zuwendungen, um Forschungen oder archäologische Untersuchungen voranzutreiben. Man scheint auch von offizieller Seite ein gewisses Interesse daran zu haben, das Institut im internationalen Vergleich konkurrenzfähig zu halten. Es gibt weltweit etwa fünfundachtzig nennenswerte Institute dieser Art.“

„Ja, ich weiß. Das Stuttgarter Institut heißt *Helvetia* und befindet sich im Herdweg, unweit des Eberhard-Ludwigs-Gymnasiums“, stellte Dennis zur Überraschung seines Vorgesetzten fest.

Kurt reagierte verblüfft. Er hielt Dennis zwar für einen guten Polizisten, war jedoch bisher immer der Ansicht gewesen, dass es ihm etwas an Weitsicht fehlte, vor allem in Bezug auf seine Fähigkeit, Wichtiges von weniger Wichtigem zu unterscheiden und daraus für weitere Ermittlungen die richtigen Schlüsse zu ziehen. Kurz gesagt, Kurt zweifelte etwas daran, ob Dennis mit dem erforderlichen Jagdinstinkt ausgestattet war, der seiner Ansicht nach unerlässlich war, um Schwerverbrecher, insbesondere kaltblütige Mörder, zur Strecke zu bringen.

„Schau mal einer an!", sagte Kurt und stellte fest: „Hauptkommissar Rathvan hat seine Hausaufgaben gemacht."

Zaghaft erwiderte Dennis: „Na ja, wie man es nimmt. Eigentlich ist es viel eher ein Zufall, dass ich von diesem Institut erfahren habe. In der Wohnung Wilbeth Snyders – das ist die Frau, deren Kopf im Höhenpark Killesberg gefunden wurde – habe ich zwischen einigem Papierkram eine Info-Broschüre dieses Instituts gefunden."

„Noch ein Grund mehr, den Damen und Herren dieser Einrichtung einen Besuch abzustatten. Natürlich kann es nur ein Zufall sein, aber wenn Wilbeth Snyder eine solche Broschüre in ihrer Wohnung hatte, bedeutet dies, dass sie das Institut zumindest kannte. Und wer weiß – vielleicht hatte sie noch weitere Verbindungen dorthin."

14.
Helvetia

Kurt Schockenried und Dennis Rathvan parkten ihr Auto unmittelbar vor dem Institut für keltische Kultur und Geschichte *Helvetia* am Herdweg in Stuttgart-Nord. Der Zugang zu dem Grundstück mit dem großzügig angelegten, villenartigen Gebäude war durch eine kunstvolle Gittertüre versperrt.

Neben der Türe befanden sich drei Klingeln, wovon lediglich die oberste beschriftet war. Darauf stand der Name Gallagher.

„Hier sind wir richtig", sagte Kurt. „Holger hat unseren Besuch beim Assistenten des Institutsleiters, einem Professor Doktor Martin Gallagher, angekündigt."

„Der Assistent des Institutsleiters ist ein Professor?", fragte Dennis etwas verwundert.

„Nein, Professor Gallagher ist der Institutsleiter. Den Namen des Assistenten kenne ich nicht", erklärte Kurt.

Es war kurz nach dreizehn Uhr, und offenbar war im nahe gelegenen Ebelu, wie das Eberhard-Ludwigs-Gymnasium von den Stuttgartern genannt wurde, gerade der Vormittagsunterricht beendet, denn eine Horde Schülerinnen und Schüler bevölkerten plötzlich sämtliche Gehwege sowie eine direkt gegenüber des Instituts befindliche Bushaltestelle der Linie Dreiundvierzig.

Eine junge Frau, schätzungsweise siebzehn oder achtzehn Jahre alt, kam Kaugummi kauend des Weges und blieb vor

Kurt und Dennis stehen. „Kann ich Ihnen weiterhelfen?“, fragte sie höflich.

„Ich weiß nicht so recht, ob Sie das können. Wir sind von der Kriminalpolizei und haben einen Termin mit Herrn Professor Doktor Gallagher.“

Das Mädchen reichte Dennis und Kurt die Hand, als sie sich vorstellte: „Mein Name ist Amy Gallagher. Professor Gallagher ist mein Vater. Wenn Sie möchten, kann ich Sie gleich zu ihm bringen!“

„Das wäre sehr freundlich von Ihnen!“, entgegnete Kurt und zeigte sich geradezu begeistert von der Höflichkeit der jungen Dame.

Sie folgten Amy Gallagher und schritten eine steile Steintreppe hinauf. Nachdem sie die Villa betreten hatten, befanden sie sich in einer großen Eingangshalle, die irgendwie kühl, regelrecht steril wirkte. Ein riesiges Standbild schmückte das Zentrum des Raums und zog sofort die Blicke der Besucher auf sich. Amy bat die beiden Polizisten, kurz zu warten. Sie wollte ihrem Vater mitteilen, dass sie da waren und mit ihm sprechen wollten.

Kurt und Dennis standen vor der Skulptur und staunten Bauklötze: „Das Ding ist ja mindestens drei Meter hoch!“, mutmaßte Dennis, und Kurt fügte hinzu: „Und es wirkt nicht besonders freundlich, wenn du mich fragst. Soll das ein Krieger sein?“

„Das ist unser Wicker-Man!“, hörten sie daraufhin eine tiefe, raue Stimme sagen, die von unmittelbar hinter ihnen kam. Sie drehten sich um. Beinahe aufdringlich nah, stand dort ein großer und kräftiger, in einen feinen dunklen Anzug gekleideter Mann. Er war etwa um die fünfzig, wirkte jedoch aufgrund seines vollständig ergrauten Haares etwas älter. Kurt und Dennis war etwas unheimlich zumute. Sie hatten den Mann bislang nicht bemerkt und wussten nicht, wie lange er schon direkt hinter ihnen gestanden hatte.

„Ich bin Professor Gallagher", stellte sich der Grauhaarige vor. „Und Sie müssen die Herren von der Kriminalpolizei sein."

„Schön, dass Sie uns so kurzfristig empfangen konnten. Ich bin Hauptkommissar Schockenried und das ist mein Kollege, Hauptkommissar Dennis Rathvan. Wie angekündigt, brauchen wir Ihren fachlichen Rat im Zusammenhang mit den Ermittlungen an schweren und gleichermaßen dubiosen Verbrechen, die sich in jüngster Zeit in Stuttgart ereignet haben. Bestimmt haben Sie davon gehört?"

„Wer hat das nicht?", antwortete der Professor mit einer Gegenfrage. „Sie spielen sicherlich auf die beiden enthaupteten Frauenleichen an, die gefunden wurden?"

„Ja, darum geht es", stimmte Kurt zu und berichtigte: „Es ist korrekt, dass wir die Köpfe zweier Frauen gefunden haben, allerdings nur einen der beiden dazugehörigen Körper. Vom Körper der zweiten Frau, die schon wesentlich länger tot ist als die, deren Kopf zuerst gefunden wurde, fehlt bislang noch jede Spur."

Professor Gallagher wandte sich wieder dem Standbild zu.

Dann sagte er: „Immani magnitudine simulacra habent quorum contexta viminibus membra vivis hominibus complent"!

Kurt und Dennis schauten sich verdutzt an.

„Ich verstehe immer nur Omnibus. Wären Sie so freundlich, das eben Gesagte für uns Banausen zu übersetzen?", bat Kurt.

„Einige Stämme haben riesig große Götzenbilder aus Weidengeflecht, deren Glieder sie mit Lebenden füllen. Beim Wicker-Man handelt es sich um den fragwürdigen Brauch einiger keltischer Stämme, die große Standbilder aus geflochtenen Ruten fertigten, diese mit Menschen füllten und dann anzündeten. Die Prozedur stellte ein Opferritual dar. Wir haben nun einen solchen Wicker-Man nachbilden lassen und hier aufgestellt. Wo könnte er besser hinpassen, als in die Eingangshalle eines Instituts für keltische Geschichte und Kultur?"

„Sehr beeindruckend", stammelte Dennis, als er wenige Minuten später auf die gewaltigen Bücherregale in Professor Gallaghers Büro starrte. „Haben Sie die alle gelesen? Das sind ja mindestens eintausend Bücher?"

„Es sind eintausendachthundertunddreiundneunzig, um ganz genau zu sein. Viele davon habe ich in der Tat einmal gelesen, mindestens genauso viele dienen aber lediglich als Nachschlagewerk."

„Kommen wir zur Sache!", sagte Kurt und legte dem Professor zwei Abbildungen vor, auf denen die an den Hälsen Brigid Shearers und Wilbeth Snyders eingebrannten Zeichen zu erkennen waren.

Gallagher musterte die Aufnahmen, zeigte auf eines der beiden Bilder und erklärte: „Dies ist eine Swastika, auch Saint-Brigid's-Kreuz genannt. Es ist das Symbol der schönen Lichtjungfrau Brigid, zu deren Ehren die Kelten das so genannte Imbolc-Fest veranstalteten. Es entspricht der noch heute verbreiteten christlichen Lichtmess. Imbolc wurde am Vorabend des ersten Februar und am darauffolgenden Tag gefeiert und leitete den Frühling ein. Der Begriff Imbolc leitet sich aus dem Wort Imb-folc ab, was so viel bedeutet wie Reinigung. Demzufolge ist Imbolc eine Andeutung der zu diesem Zeitpunkt stattfindenden rituellen Reinigungen. Im Vordergrund der Feierlichkeiten standen aber die Wiederkehr des Lichts und der Fruchtbarkeitsgöttin aus der Unterwelt, die in Gestalt der Lichtjungfrau die dunkle schwarze Göttin des Winters ablöste."

Dann legte Gallagher die Stirn in Falten und schaute Kurt direkt in die Augen: „Lassen Sie mich raten!", begann er.

Kurt erwiderte den durchdringenden Blick des Professors und hielt diesem auch stand, während Gallagher fortfuhr: „Brigid Shearer wurde in der Nacht vom ersten auf den zweiten Februar dieses Jahres getötet, nicht wahr?"

Dennis und Kurt waren fassungslos, zugleich aber auch in höchste Alarmbereitschaft versetzt, denn sie hatten gegenüber dem Professor nie den Namen eines Opfers erwähnt. Auch in den Medien waren keine Namen bekanntgegeben worden. Was die zeitliche Einschätzung betraf, konnte Professor Gallagher durchaus Recht haben. Den rechtsmedizinischen Berichten Dr. Simon Brandners zufolge konnte der Todeszeitpunkt Brigid Shearers zwar nicht genau bestimmt werden, aber ein Zeitfenster von etwa zwei Wochen zu Beginn des Monats Februar wurde darin genannt, was zur Aussage Gallaghers passen könnte.

„Ich sehe es Ihren Blicken an, meine Herren. Vor wenigen Augenblicken wurde ich für Sie zu einer hochgradig verdächtigen Person, nicht wahr? Sie fragen sich sicherlich, woher ich diese Dinge wissen kann?“

„Ich möchte den Wahrheitsgehalt Ihrer Spekulationen weder bestätigen noch dementieren. Dennoch bin ich äußerst gespannt, wie Sie zu ihrem vermeintlichen Wissen gekommen sind?“, kommentierte Kurt und versuchte dabei, einen ruhigen und souveränen Eindruck zu machen, obgleich er selbst wusste, dass sie durch ihre Körpersprache bestätigt hatten, dass Gallagher ins Schwarze getroffen hatte.

„Brigid Shearer ging, ebenso wie meine Tochter Amy, in die zwölfte Klasse des Eberhard-Ludwigs-Gymnasiums. Sie waren seit einigen Jahren gut befreundet, wobei sicherlich auch die britische Herkunft, die unsere beiden Familien miteinander verbindet, eine Rolle gespielt hat. Die Shearers stammen aus Sheffield, und wir aus Schottland, genauer gesagt aus Danderhall in Midlothian. Amy und Brigid hatten am achtundzwanzigsten Januar einen Ausflug ins *Blühende Barock* nach Ludwigsburg unternommen und sich anschließend mit der S-Bahn wieder gemeinsam auf den Heimweg begeben. Am Arnulf-Klett-Platz trennten sich ihre Wege und sie nahmen verschiedene Busse nach Hause. Amys Bus traf früher ein als der, mit dem Brigid fahren wollte. Sie konnte also nicht sagen, ob Brigid tatsächlich in den Bus eingestiegen war oder nicht.“

Kurt mimte den Wissenden, obwohl er keine Ahnung davon gehabt hatte, dass die Freundin, mit der Brigid Shearer an diesem Tag unterwegs gewesen war, die

Tochter Professor Gallaghers war. „Das ist uns bekannt, Herr Professor. Bitte fahren Sie fort“, forderte er ihn auf.

„Der Name eines Mädchens, das am achtundzwanzigsten Januar spurlos verschwunden ist und deren Schädel man jetzt gefunden hat, ist Brigid. Gleichzeitig wurde ihr das Motiv einer Swastika, dem Symbol der Lichtjungfrau Brigid, eingebrannt. Wie ich Ihnen vorher berichtete, beginnt das keltische Fest zu Ehren Brigids in der Nacht vor dem zweiten Februar. Die Enthauptung des Mädchens erinnert an ein Opferritual, ähnlich denen, die im so genannten keltischen Kopfkult eine große Rolle gespielt haben. Diese Begebenheiten, meine Herren, können nicht dem Zufall geschuldet sein. Mit dem entsprechenden historischen Hintergrundwissen, über welches ich im Gegensatz zu Ihnen verfüge, lassen sich die Puzzle-Teile ganz einfach zusammensetzen.“

***

Kurt und Dennis hatten fürs Erste genug gehört. Ein junger Mann, der sich als Professor Gallaghers Assistent vorstellte, geleitete sie zum Ausgang und verabschiedete die beiden höflich.

„Der Professor gefällt mir nicht!“, sagte Kurt leise zu Dennis, als sie wieder alleine auf dem Weg zum Auto waren.

„Auf jeden Fall ist er ein recht komischer Kauz“, stimmte auch Dennis zu.

„Er empfindet offensichtlich eine gewisse Genugtuung dabei, uns zu belehren. Ich weiß nicht, ob das einfach nur charakteristisch für ihn als Wissenschaftler ist oder ob er mit uns spielt", überlegte Kurt laut.

„Es ist doch sehr merkwürdig, dass ausgerechnet seine Tochter die Freundin Brigid Shearers war, die sie zuletzt gesehen hat. Wir haben also definitiv eine Verbindung gefunden. Meinst du, er könnte unser Mann sein?", fragte Dennis.

„Möglicherweise", entgegnete Kurt.

15.
Im Kerker

Seit mehreren Tagen befanden sich Anbeth Smirek und Hubertus Müller nun schon in Gefangenschaft. Die Schmerzen an ihren Hälsen hatten mittlerweile nachgelassen. Außer einigen Brocken trockenen Brotes bekamen sie nichts zu essen, und zu trinken wurde ihnen gerade so viel zugestanden, wie ihre Körper brauchten, um nicht zu verdursten. Sie fühlten sich elend und waren sowohl körperlich als auch seelisch gebrochen. Die meiste Zeit waren sie, beide auf dem Rücken liegend, an die großen, rauen Holztische fixiert. Nur gelegentlich durften sie die Position wechseln und wurden dafür auf den Bauch gedreht. Der Körper Anbeth Smireks blieb dabei stets bis zu den Schultern mit einem schwarzen Tuch bedeckt, während Hubertus Müller gänzlich nackt war. Ihr Peiniger zeigte sich selten, lediglich ein- bis zweimal täglich kam er, um ihnen Nahrung zu verabreichen oder sie gewaltsam umzudrehen.

Bei seinem heutigen Besuch hatte er einen langen, blauen Mantel an einen Haken in die Ecke ihres Gefängnisses gehängt. Es schien fast so, als würde er bald einen Gast erwarten.

Vielleicht ein weiteres Opfer, das hier gefangen gehalten werden sollte?, dachte sich Anbeth. Weder sie noch ihr Leidensgenosse Hubertus konnten sich einen Reim darauf machen, warum sie hier waren. Es war ihnen ein Rätsel, was der Unbekannte von ihnen wollte und was er mit ihnen vorhatte. Bisher hatte er jegliche Kommunikation mit ihnen verweigert.

Allein der Anblick des offensichtlich Wahnsinnigen ließ einen erschaudern: Seine enorme Körpergröße, die langen Haare, der schwarze Bart und die Hörner auf dem Kopf – all das machte ihn zu einem personifizierten Albtraum.

Anbeth hatte jedoch den Verdacht, dass die Riesenhaftigkeit ihres Entführers nicht etwa seinem natürlichen Körperbau, sondern den dicken Plateau-Sohlen hoher schwarzer Stiefel geschuldet war.

Der Ort, an dem sich Anbeth und Hubertus befanden, konnte schauerlicher kaum sein: Ein großes, dunkles Kellerverlies mit Sandsteinwänden, die an zahlreichen Stellen bereits bröckelten. Die Decke war überzogen mit zahllosen Spinnennetzen. Glücklicherweise zeigten sich die dazugehörigen Tiere recht selten, doch hin und wieder konnten Anbeth und Hubertus beobachten, wie sie aus den Ritzen in den Wänden krabbelten, vermutlich in der Hoffnung, dass ihnen eine fette Beute ins Netz gegangen war. Anbeth hatte Angst vor Spinnen, und die Vorstellung, eines der großen achtbeinigen Tiere würde sich zu ihr abseilen und über ihren Körper kriechen, erfüllte sie mit unbeschreiblichem Ekel.

Alles in allem wirkte ihre Umgebung wie die perfekt ausstaffierte Filmkulisse für eine spektakuläre Horrorszene.

Durch das Feuer im Ofen war die Umgebung immerhin angenehm warm und ausreichend beleuchtet. Allerdings wäre es Anbeth lieber gewesen, sie hätten manches, was sich in ihrem Gefängnis befand, nicht sehen müssen. Die ausladenden Holztische, auf denen sie lagen, nahmen einen erheblichen Teil des Raums ein. Von ihren Plätzen aus hatten sie einen freien Blick auf den Mittelpunkt des Kerkers, den eine große Vorrichtung, die an eine antike Guillotine erinnerte, bildete. Auf dem Boden und an den Wänden waren große, dunkle Flecken zu erkennen. Anbeth und Hubertus war schmerzhaft bewusst, was dies bedeutete.

16.
Lackaffe

Dennis war glücklich und froh darüber, dass Kurt Schockenried wieder zurück im Polizeidienst war. Es war bei Weitem nicht selbstverständlich, dass ihm seine Rückkehr von offizieller Seite so einfach gemacht wurde. Seine Stelle und seine Position waren ihm auf zunächst unbegrenzte Zeit frei und zur Verfügung gehalten worden. Andernorts hätte sich sein Verhalten sicherlich eher zu seinem beruflichen Nachteil ausgewirkt. Kriminalrat Hans-Dieter Scheible aber stand fest hinter seinem Personal und ließ niemanden fallen, auch Kurt nicht, obwohl ihm dessen eigenwillige und bisweilen ungehobelte Art missfiel. Wesentlich entscheidender war, dass Kurts kriminalistische Fähigkeiten über jeden Zweifel erhaben waren.

Kurt machte seit seiner Rückkehr einen entspannten und dennoch motivierten Eindruck. Er war offensichtlich bemüht, mit Gelassenheit und dem notwendigen Fingerspitzengefühl vorzugehen.

Vielleicht sollte ich auch mal für einige Monate im Wald auf Tauchstation gehen, überlegte sich Dennis, als er die Eingangstüre zu dem Mehrfamilienhaus im Stuttgarter Westen aufschloss, in dem er zusammen mit seiner schwangeren Schwester Anna und deren Lebensgefährten Bernd Plums eine Art Wohngemeinschaft bildete. Eine richtige Wohngemeinschaft war es nicht, denn Dennis war der Hauptmieter der Vier-Zimmer-Altbauwohnung und

Bernd war seit einigen Jahren sein Untermieter, der sich mehr schlecht als recht an den anfallenden Kosten und Arbeiten beteiligte. Sie hatten sich über einen Aushang am Schwarzen Brett des Max-Kade-Hauses, einem Stuttgarter Studentenwohnheim, kennengelernt. Auf diese Art und Weise hatte Dennis einen Untermieter gesucht, nachdem die langjährige Beziehung zu seiner damaligen Freundin Sonja in die Brüche gegangen war. Schließlich hatte sich seine jüngere Schwester Anna in den chaotischen Bernd, der seinen Lebensunterhalt hauptsächlich damit verdiente, dass er in verschieden Stuttgarter Szene-Clubs als Disc-Jockey Black Music auflegte, verliebt und war kurzerhand ebenfalls bei ihrem Bruder eingezogen. Über weitere Einnahmequellen Bernds, die vermutlich durch den biologischen Eigenanbau von berauschenden Hydrokulturen erzielt wurden, wollte Dennis lieber gar nichts wissen.

Im ersten Stock des Wohnhauses wohnte das Ehepaar Stiefel. Die Stiefels waren beide bereits pensioniert und hatten ihr Leben nun ganz dem Erhalt der Ordnung in dem schwäbischen Wohnhaus verschrieben, womit sie die Nerven der übrigen Hausbewohner gehörig strapazierten. Frau Stiefel musste wohl mal wieder mitbekommen haben, dass Dennis das Haus betreten hatte, und passte ihn im Treppenhaus ab.

In ihren berüchtigten lilafarbenen Pantoffeln empfing sie ihn und krächzte: „Herr Kommissar! Gut, dass ich Sie zufällig treffe. Wir müssen reden!“

Recht unliebenswürdige Verwünschungen gingen Dennis durch den Kopf, die er jedoch tapfer für sich behielt. Frau Stiefels Zurechtweisungen begannen eigentlich immer mit diesen Worten. Was darauf folgte, unterschied sich mal mehr, mal weniger voneinander.

„Da Ihre Wohngemeinschaft, oder wie immer man diesen ... Zustand auch nennen mag, augenscheinlich in den nächsten Monaten um eine weitere Person anwachsen wird, müssen dringend Vorkehrungen getroffen werden!"

Das war neu. Dennis war gespannt, welche Ideen Frau Stiefel zu diesem Zweck entwickelt hatte.

„Welche Vorkehrungen meinen Sie, Frau Stiefel?", fragte er, Ungutes ahnend.

„Meine Nerven und selbstverständlich auch die meines Mannes liegen ohnehin schon blank. Wir wünschen nicht, tags und nachts von so einem elendiglichen Schreihals belästigt zu werden, der direkt über uns herumbrüllt. Darum fordern wir Sie rechtzeitig auf, entsprechende Lärmschutzmaßnahmen zu ergreifen!"

Dennis blinzelte. „Ach. Und woran hatten Sie dabei gedacht?"

„Zunächst einmal sollten Sie ihren Parkettboden durch einen dicken Teppich ersetzen und mit einer Trittschalldämmung versehen. Und dies möglichst bald, wenn ich bitten darf. Dann würden mein Mann und ich auch nicht so sehr durch das Getrampel des schwangeren Walrosses in Ihrer Wohnung gestört werden. Bei jedem ihrer Schritte auf dem Parkettboden könnte man meinen, die Tunnelarbeiten für Stuttgart 21 würden mitten durch dieses Haus führen!"

Dennis schluckte. Seine Selbstbeherrschung bröckelte.

„Alles was recht ist, Frau Stiefel. Sie haben ja wohl nicht mehr alle Latten am Zaun!", warf er der entrüsteten Frau entgegen. „Nehmen Sie doch einfach Ihre Hörgeräte raus, wenn es Ihnen zu laut ist. Außerdem ist das Schreien eines Säuglings die natürlichste Sache der Welt, ganz im Gegenteil zu dem krankhaften Schnarchen Ihres fettbäuchigen Mannes, das ich mir regelmäßig anhören muss. Was die Ursache für das Gegrunze ist, das zweimal im Jahr aus Ihrem Schlafzimmer dringt, möchte ich mir lieber nicht vorstellen, da sich die Bilder unwiderruflich in mein Gedächtnis einbrennen könnten!"

Frau Stiefels Lippen verengten sich, und die Zornesröte stieg ihr ins Gesicht. Sie sah aus wie eine giftige Kröte kurz vor einem Angriff, was Dennis zum Anlass nahm, sich vom Acker zu machen.

„Unerhört, ich werde mich bei der Hausverwaltung über Sie beschweren. So eine Unverfrorenheit ist mir noch nie untergekommen!", keifte sie Dennis hinterher, der sich bereits auf dem eiligen Weg ins nächste Stockwerk befand. Nachdem er die Wohnungstüre hinter sich zugezogen hatte, atmete er tief durch. Endlich Ruhe.

Diese währte jedoch nicht lange. Kaum hatte Dennis seine Jacke abgelegt, kam ihm auch schon Anna entgegen. Für einen kurzen Moment ertappte er sich bei dem Gedanken, dass Frau Stiefel bei dem Vergleich mit einem Walross gar nicht so Unrecht gehabt hatte, denn seine Schwester hatte ihr Körpergewicht im Verlauf der Schwangerschaft schon um etliche Kilos erhöht.

Den Blick, den sie ihm zuwarf, kannte er nur zu gut. Gleich würde sie ihm irgendetwas mitteilen, das ihn nicht im Geringsten interessierte. Rasch versuchte er, ihr zuvorzukommen: „Tut mir leid, Anna, aber ich habe jetzt absolut keinen Nerv für deine schwangerschaftsbedingten Probleme. Ich hatte echt einen verdammt harten Tag. Bitte gehe dem Vater deines ungeborenen Kindes damit auf den Keks, okay?“

„Hallo Bruderherz! Schade, dass du so mies gelaunt bist, denn eigentlich habe ich eine Nachricht für dich, über die du dich freuen dürftest!“

„Ach“, brummelte Dennis, keineswegs überzeugt. „Und die wäre?“

„Vor etwa einer Stunde hat Jessica Dornfeld hier angerufen, um uns zu sagen, dass sie gerade einmal wieder in Stuttgart sei und uns gerne besuchen würde. Immerhin haben wir uns ja Ende letzten Jahres ganz gut kennengelernt und auch zusammen Silvester gefeiert. Natürlich hat sie auch gesagt, dass sie sich sehr darüber freuen würde, dich zu sehen!“

Jessica Dornfeld war eine national und international bekannte Profilerin und Polizeipsychologin, die früher beim Landeskriminalamt in Stuttgart gearbeitet hatte, bevor sie weiter die Karriereleiter hinaufgeklettert war und zum Bundeskriminalamt nach Wiesbaden wechselte. Sie hatte Dennis und seine Kollegen vergangenes Jahr bei der Klärung zweier spektakulärer Verbrechensserien geholfen.

Dennis und Jessica waren sich zwischenzeitlich auch näher gekommen, doch Dennis fühlte sich von der selbstbewussten Frau immer wieder zurückgewiesen. Die Mitteilung Annas erwischte ihn eiskalt. Ihm war ganz und gar nicht nach weiteren Enttäuschungen und Ärgernissen.

„Natürlich, die tolle Jessica meint, es würde genügen, hier anzurufen, und Dennis Rathvan käme angerannt wie ein Hündchen, dem man einen Knochen hinhält“, sagte er. „Ganz sicher nicht! Der Tussi werde ich gehörig den Marsch blasen, da kannst du Gift drauf nehmen!“

„Äh, Dennis …“, sagte Anna. „Ich war noch nicht fertig.“ In ihrer Stimme klang etwas Dringliches mit, das Dennis aber geflissentlich überhörte. Er ging durch den Flur in Richtung Wohnzimmer und bemerkte: „Wahrscheinlich will sie wieder nur quatschen und neunmalklug von ihren Heldentaten erzählen. Ich kann diesen Mist nicht mehr hören.“

Anna eilte ihm hinterher, doch er beachtete sie kaum.

„Immer nur reden, reden, reden. Dafür ist der nette Dennis gut genug, aber wenn es darum geht, sich flachlegen zu lassen, dann ignoriert sie mich. Bestimmt treibt sie es in Wiesbaden mit irgendeinem Lackaffen vom BKA!“

Dennis betrat das Wohnzimmer und spürte, wie ihm die Röte ins Gesicht schoss. Noch nie hatte er sich das sprichwörtliche Loch im Boden so sehr herbeigewünscht wie in diesem Moment – am besten, um für immer darin zu verschwinden.

„Na, wieder einmal in Hochform, Kommissar Rathvan?“, sagte Jessica Dornfeld ganz gelassen. Sie saß auf dem Sofa und hielt ein Glas Rotwein in der Hand.

17.
Hexen

Es war nicht das erste Mal, dass sich Dennis vor Jessica bis auf die Knochen blamiert hatte. Hastig hatte er daraufhin zwei Gläser Rotwein in sich hineingeschüttet, in der Hoffnung, das Gefühl der Schmach würde dadurch etwas nachlassen. Der gewünschte Effekt des Alkohols blieb aber leider aus. Bernd Plums unternahm zunächst einen erfolglosen Versuch, die Stimmung etwas aufzulockern, indem er fragte: „Dennis, Alter, woher hast du eigentlich die fette Beule auf deiner Stirn?"

Dennis ging nicht näher auf die Frage ein und verwies lediglich zähneknirschend darauf, man solle besser Kurt Schockenried danach fragen.

„Oh, das heißt also, Schockenried ist wieder zurück im Polizeidienst?", griff Jessica Dennis' Aussage auf, was zur Folge hatte, dass das Eis zwischen den beiden endlich gebrochen war.

Auch, nachdem Anna und Bernd sich schon einige Zeit in ihr Zimmer zurückgezogen hatten, unterhielten sich Jessica und Dennis noch angeregt weiter. Sie erzählten sich gegenseitig, wie es ihnen in den letzten Monaten ergangen war und griffen natürlich auch den aktuellen Fall auf, der Dennis und seine Kollegen momentan beschäftigte. Schließlich eröffnete Jessica Dennis, was er bereits geahnt hatte, nämlich, dass sie nicht zufällig in Stuttgart war, sondern wieder einmal vom BKA abgestellt worden war, um der Stuttgarter Kriminalpolizei bei der Suche nach einem vermeintlichen Serienverbrecher zu helfen. Gewissenhaft und gründlich wie sie war, hatte sie sich bereits vor ihrer Ankunft in Stuttgart sämtliche zur Verfügung stehenden Unterlagen und Berichte zukommen lassen, um sich in den Fall einzuarbeiten. Ein längeres Telefonat mit Kriminalrat Scheible und nun das Gespräch mit Dennis brachten sie auf den aktuellen Stand der Ermittlungen.

„Wo wirst du eigentlich wohnen, während du in Stuttgart bist?", fragte Dennis scheinbar ganz nebenbei.

„Um ehrlich zu sein, bin ich nach meiner Ankunft am Hauptbahnhof direkt hierher gefahren. Ich hatte gehofft, für einige Tage bei euch, genauer gesagt bei dir, wohnen zu können. Ist das in Ordnung für dich?"

Dennis jubilierte innerlich, versuchte jedoch, seine aufkommende Euphorie etwas zu zügeln und sich nichts anmerken zu lassen: „Klar, das ist schon okay. In meinem Zimmer ist genug Platz für zwei, wie du ja weißt."

„Schön, ich bin nämlich gerne bei euch!", sagte Jessica, fügte aber postwendend hinzu: „Dass du dir aber bloß nichts darauf einbildest, Cowboy!"

„Ich? Nein, nein", entgegnete Dennis und bemühte sich um einen möglichst gleichgültigen Gesichtsausdruck.

***

Kriminalrat Hans-Dieter Scheible hatte die Runde im kleineren der beiden Besprechungsräume im zweiten Stock des Polizeipräsidiums an diesem Morgen damit eröffnet, dass er Jessica Dornfeld offiziell willkommen hieß. Gleichzeitig teilte er mit, dass auch Oberkommissarin von Senden voraussichtlich in den nächsten Tagen wieder aus dem Krankenstand zurückkehren würde. Holger Grünbaum freute sich sehr und frohlockte: „Oh wie schön, dann sind wir ja endlich wieder alle zusammen. Jetzt geht es dem Mistkerl an den Kragen!"

Nachdem alle mit frischem Kaffee und Butterbrezeln, die Jessica Dornfeld anlässlich ihrer Rückkehr sozusagen als erneuten Einstand spendiert hatte, gestärkt waren, stiegen sie in die Diskussion über den Fall ein.

„Ich möchte nicht behaupten, dass das Institut *Helvetia* der Schlüssel zur Lösung ist – ich bin allerdings überzeugt davon, dass es eine wichtige Rolle spielt. Wir haben es bezüglich der eingebrannten Zeichen mit keltischen Symbolen zu tun. Weiterhin ist der Vorname eines Opfers Brigid, ebenso wie der Name der keltischen Lichtjungfrau. Wenn man den Aussagen dieses Professors Gallagher Glauben schenkt, dann ist das kein Zufall, sondern könnte auf ritualisierte Morde hindeuten, deren Motiv irgendwo in der keltischen Geschichte und Kultur verwurzelt sein könnte", begann Kurt die Diskussion über den Fall, und Dennis ergänzte: „Noch dazu war Gallaghers Tochter die letzte Person, abgesehen von ihrem Mörder, die Brigid Shearer am achtundzwanzigsten Januar lebend gesehen hat. Das ist aus meiner Sicht ebenso bemerkenswert wie die ganz konkreten Hinweise des Professors auf den Tatzeitpunkt. Sicherlich könnte er damit geblufft haben, aber warum hätte er das tun sollen? Darum stellen sich die Fragen, warum Professor Gallagher so genau Bescheid weiß und warum und vor allem inwiefern er und sein Institut in die Sache verwickelt sind."

Nun meldete sich Jessica ausführlich zu Wort: „Für ein aussagekräftiges Täterprofil fehlen mir leider noch einige Mosaiksteinchen. Ich habe den gesamten gestrigen Tag dazu genutzt, die bisherigen Fakten bis ins kleinste Detail zusammenzutragen und aufzuschlüsseln. Darüber hinaus habe ich Recherchen angestellt, indem ich ausführlich mit einigen Archäologen und Historikern telefoniert habe, wobei ich viele wichtige Informationen sammeln konnte. Unter meinen Gesprächspartnern befanden sich einige ausgewiesene Experten der keltischen Geschichte und Kultur. Verbindet man nun die Fakten mit diesen Informationen, ergibt sich daraus ein klares Grundgerüst des Falles.

Zugegebenermaßen ist es nicht völlig frei von Spekulationen, ergibt aber in meinen Augen durchaus einen Sinn."

Alle waren gespannt, was Jessica Dornfeld nun berichten würde. Auch Kurt war sehr neugierig, ließ es sich jedoch trotzdem nicht nehmen, einen seiner flapsigen Kommentare zu platzieren: „Worin zum Henker kann nur der Sinn liegen, unschuldigen Frauen die Köpfe abzutrennen und sie wie Vieh zu brandmarken?"

Kurt hat völlig Recht, dachte sich Dennis und konnte sich ein leichtes Grinsen nicht verkneifen: Die Floskel *Wo zum Henker* entbehrte in diesem Zusammenhang nicht einer gewissen Komik.

Wie eine Lehrerin in der Schule trat Jessica Dornfeld nun vor die Kollegen. „Bitte machen Sie es sich gemütlich. Was ich nun zu berichten habe, wird einige Zeit in Anspruch nehmen!", fing sie an. Dann legte sie los mit ihren Erläuterungen, während sie die Tafel mit Namen, Hinweisen, Stichworten und Pfeilen versah: „Enthauptungen, auch im Rahmen öffentlicher Hinrichtungen, gehören zur Geschichte vieler Kulturen. Im Mittelalter galt die Enthauptung im Gegensatz zum Erhängen am Galgen keineswegs als unehrenhafte Todesstrafe, weshalb sie sogar nur den höheren Schichten und dem Adel vorbehalten war. Zu Zeiten der Französischen Revolution wurde diese Hinrichtungsart dann auf alle Verurteilten ausgeweitet und das Töten durch ein Fallbeil, also die Guillotine, wurde sozusagen zum Volkssport. Für die Kelten hatten Enthauptungen jedoch eine weitaus größere Bedeutung als nur den Vollzug der Todesstrafe. Sie betrieben einen wahren Kopfkult, den Keltologen auch als Schädelmystik oder gar als Schädelfaszination bezeichnen. Es handelt sich dabei um ein Kopfjagd-Ritual, welches auf mystischen Vorstellungen beruht. Der Kopfkult der Kelten basiert auf der Überzeugung, mit dem abgetrennten Kopf eines Feindes einerseits dessen Kraft und Wissen künftig zu besitzen und zum Anderen, den Geist eines Toten in einer anderen Welt unschädlich zu machen. In vielen keltischen Gräbern wurden Kopf und Körper getrennt oder sogar an gänzlich verschiedenen Orten beigesetzt. Ähnlich scheint unser Täter zu verfahren, wobei man angesichts der Fundorte Brigid Shearers Kopf sowie des Kopfes und des Körpers Wilbeth Snyders natürlich nicht von einer Beisetzung sprechen kann. Es erweckt eher den Anschein, als seien sie wahllos irgendwo entsorgt worden. Die britische Herkunft Brigids und Wilbeths stellt eine Gemeinsamkeit zwischen den beiden Opfern dar, dürfte jedoch unter Umständen auch nur dem Zufall geschuldet sein. Es kristallisiert sich jedoch heraus, dass die Vornamen eine bedeutende, wenn nicht gar entscheidende Rolle bei der Auswahl der Opfer spielten. Dies wird umso deutlicher, wenn man auch die Vornamen Anbeth Smireks und Hubertus Müllers berücksichtigt, den beiden Personen, die noch vermisst werden."

Dennis unterbrach Jessica: „Soll das etwa bedeuten, das Verschwinden des jungen Mannes, Hubertus Müller, geht womöglich auf das Konto des gleichen Täters wie das Verschwinden der drei weiblichen Opfer? Damit wäre eine Theorie, nach der die Taten sexuell motiviert sein könnten, vom Tisch, oder?"

„Ja, davon ist auszugehen", stimmte Jessica zu und erläuterte weiter: „Der Körper Brigid Shearers konnte bisher ja noch nicht gefunden werden, aber am Leichnam Wilbeth Snyders gab es laut Obduktionsbericht keine Hinweise auf ein sexuelles Vergehen."

„In welchem Zusammenhang stehen denn nun die Vornamen der genannten Personen?", hakte Hans-Dieter Scheible ungeduldig nach.

Jessica Dornfeld fuhr fort: „Alle vier Vornamen haben eine mehr oder weniger große Bedeutung in der keltischen Mythologie. Während der Christianisierung Europas sahen sich die christlichen Missionare unter anderem immer wieder mit den alten Naturgöttern der Kelten und einem enormen Wissen deren Priester konfrontiert. Das bereitete den Missionaren offenbar eine gewisse Angst, und sie machten aus den von ihnen gehassten Göttern, an die die Menschen so fest glaubten, Gegenspieler ihres einen wahren Gottes, indem sie sie als Dämonen bezeichneten. Einer der mächtigsten keltischen Götter war Cernunnos, der Naturgott, der Herr der Tiere und gleichzeitig Begleiter der großen Erdgöttin war. Er war bei den Missionaren verhasst. Um den Menschen, die noch viele Jahrhunderte an Cernunnos glaubten, die Abkehr von ihm zu erleichtern, wurde beispielsweise die Legende des Heiligen Hubertus erfunden, auf die ich jetzt nicht näher eingehen möchte, denn sie ist in unzähligen verschiedenen Versionen überliefert und inhaltlich nicht relevant für uns. Ebenso wie mit diesem Cernunnos verfuhren die Christen auch mit der großen Heiligen Erdgöttin, der heidnischen Erdmutter. Sie wird bei den Katholiken verkörpert durch die Mutter Gottes, also die Jungfrau Maria. Diese wurde und wird verehrt von allen Frauen, deren Göttinnen-Kulte verboten oder christianisiert wurden. Maria wird in der Regel in den drei Farben der Göttin dargestellt, stets in Verbindung mit dem blauen Mantel, dem Symbol für die Himmelsgöttin. Auch die so genannten drei Bethen gehören zum Kult um die Mutter Gottes. Ihre Namen sind Anbeth, Wilbeth und Borbeth. Sie verkörpern Erde, Sonne und Mond und waren stets in drei unterschiedlichen Farben gekleidet. Die Farben symbolisieren die dreifaltige, große Göttin: Die jungfräuliche Weiße, die reife, menstruierende Rote und die alte Schwarze!“

Jessica unterbrach ihren Monolog einen Moment, um einen Schluck Wasser zu trinken. Dann fuhr sie fort: „Des Weiteren haben Dennis und Kommissar Schockenried ja bereits von Professor Gallagher erfahren, dass Brigid der Name der Lichtheiligen ist, zu deren Ehren die Kelten um den ersten Februar herum das so genannte Imbolc-Fest feierten."

Jessica blickte in die Runde und sah reihenweise fragende Gesichter, die von ihren Ausführungen wie erschlagen wirkten. Holger Grünbaum fand als erster seine Sprache wieder: „Es könnte also sein, dass sich der Täter auf einem Rachefeldzug gegen das Christentum befindet?"

Jessica nickte: „Ja, vereinfacht ausgedrückt könnte man das so sagen!"

„Mir ist das alles ehrlich gesagt ein wenig zu vage. Außerdem ist das doch alles ziemlich an den Haaren herbei gezogen", kommentierte Kurt kritisch.

„Ach wirklich, Herr Schockenried?", hinterfragte Kriminalrat Scheible. „Die Auswahl der Vornamen kann doch kaum ein Zufall sein, oder? Zudem die Enthauptungen und die keltischen Symbole – alles könnte durchaus in das Bild passen, das uns Frau Dornfeld eben gezeichnet hat. Wilbeth Snyder war sechsunddreißig Jahre alt und mit einer Triskele gebrandmarkt. Ihr Kopf war in ein rotes Tuch gewickelt. Rot, wie die Farbe der reifen und menstruierenden dieser drei Bethen. Brigid Shearer war siebzehn Jahre alt, als sie sterben musste. Sie wurde mit einer Swastika, also dem Symbol der Heiligen Brigid versehen. Ihr Schädel war in ein weißes Tuch gehüllt – weiß wie die jungfräuliche Weiße. Sollten wir ihren Körper finden, würde es mich nicht wundern, wenn Dr. Brandner bei den Untersuchungen feststellen würde, dass sie noch Jungfrau war. Ich bin kein Mediziner, aber Anbeth Smirek ist achtundfünfzig Jahre alt und hat vermutlich die Menopause bereits hinter sich. Sie könnte also für die alte Schwarze der drei Bethen stehen. Ich wünsche mir, dass wir sie finden, bevor sie getötet wird. Sollten wir es jedoch nicht schaffen, würde es mich ebenfalls keineswegs überraschen, wenn ihr Kopf in ein schwarzes Tuch gehüllt sein sollte!“

„Ein Punkt, dem wir meiner Meinung nach bisher viel zu wenig Bedeutung beigemessen haben, sind die Tarotkarten, die im Magen Wilbeth Snyders gefunden wurden. Was könnte es damit auf sich haben?“, warf Kurt Schockenried fragend in die Runde.

„Ein Hinweis auf seine nächsten Opfer? Sollte es sich um einen solchen Hinweis handeln, könnten damit Anbeth Smirek und Hubertus Müller gemeint sein, denn Brigid Shearer wurde, wie wir wissen, bereits etwa sechs oder sieben Wochen vor Wilbeth Snyder getötet. Das haben die rechtsmedizinischen Untersuchungen eindeutig ergeben. Außerdem waren es zwei Karten, die im Magen Wilbeth Snyders gefunden wurden. Dies könnte tatsächlich auch auf zwei potentielle Opfer hindeuten“, mutmaßte Dennis und stellte anschließend die Frage in den Raum: „Aber welche tiefere Bedeutung könnten die Tarotkarten haben? Und in welchem Zusammenhang stehen sie mit Müller und Smirek?“

Jessica Dornfeld griff die Frage auf: „Auch hierzu habe ich eine Theorie. Ich war vorhin noch nicht am Ende meiner Ausführungen angelangt“

Über zu viel kulturellen Input stöhnend, sanken die Polizisten in ihren Stühlen immer tiefer in sich zusammen, doch die Profilerin redete unbeeindruckt davon weiter: „Nach Meinung der Experten, mit denen ich sprechen konnte, geben die Karten keinen Hinweis auf die Identität der potentiellen Opfer, sondern auf den Zeitpunkt, an dem die nächste Tat stattfinden soll. Die Tarotkarten mit den Nummern Drei und Fünf, die gefunden wurden, stehen für die Herrscherin und den Hierophanten. Sie bedeuten Verantwortung, Fruchtbarkeit, Natur, Gottvertrauen, Güte, Treue und Berufung. Historisch betrachtet sind die beiden Karten Symbole für Fruchtbarkeitsfeste wie beispielsweise das christliche Marienfest oder das keltische Beltaine. Diese Feste finden in der Nacht zum ersten Mai statt."

Kurt wollte die Runde mit einem kleinen Spaß etwas auflockern, was jedoch nicht sonderlich gut gelang: „Ich dachte, in dieser Nacht treffen sich die Hexen auf dem Blocksberg und reiten auf ihren Besen um ein Feuer. Apropos Hexen-Feier, wann genau wollte Tatjana von Senden doch gleich heiraten?"

Holger Grünbaum warf ihm einen bösen Blick zu, da er es nicht mochte, wenn unter den Kollegen über Abwesende gelästert wurde. Jessica hingegen überging die Bemerkung über Tatjana von Senden und stieg stattdessen direkt auf den ersten Teil des Kommentars ein: „Damit liegen Sie gar nicht so falsch, Herr Schockenried. Die Walpurgisnacht geht auf einen germanischen Brauch zurück, bei dem sich Hexen auf Bergkuppen trafen und mit wilden Spiraltänzen und großen Feuern feierten. Teilweise wurden dort wahre Orgien zelebriert. Was viele Menschen aber nicht wissen, ist, dass Hexen eigentlich gar nicht böse waren, sondern sehr menschenfreundlich. Sie lebten in der Einsamkeit der Wälder und kannten sich bestens mit der Heilkraft von Kräutern aus, ebenso wie mit vielen Methoden der

Empfängnisverhütung und der Abtreibung. Erst die Sexualfeindlichkeit der Kirche ließ die Hexen zu geächteten Frauen werden. Um jeglichen sexuellen Bezug zu unterdrücken, wurde der erste Mai von einem Freudentag zum Tag der Arbeit erklärt. Das keltische Beltaine-Fest leitete in der Nacht auf den ersten Mai den Beginn der Sommerjahreshälfte ein. Es war ein Fest des Anfangs und gleichzeitig ein Fest der Grenzen. Nach keltischer Auffassung entstanden das Leben aus dem Tod, das Licht aus der Dunkelheit und der Tag aus der Nacht. Somit begann für die Kelten jeder Tag in der Nacht, und daher feierten sie jedes Fest bereits in der Nacht vor dem Festtag. Das Beltaine-Fest stand für ein kurzes Zeitintervall der Freiheit, in dem man weder unter den Gesetzen der Gottheit des Winters noch der Gottheit des Sommers stand. Es war eine Nacht der Gesetzlosigkeit, in der Geister, Feen und Hexen ihr Unwesen trieben. Freudenfeuer und Fruchtbarkeitsrituale waren feste Bestandteile der Feierlichkeiten."

Kriminalrat Scheible unterbrach die Geschichtsstunde von Jessica: „Danke für diese äußerst interessanten Informationen. Wir sollten allerdings auf den Punkt kommen, Frau Dornfeld. Es steht also zu befürchten, dass der Täter vorhat, Anbeth Smirek und Hubertus Müller in der Nacht zum ersten Mai zu töten?"

„Darauf wollte ich hinaus", stimmte Jessica Dornfeld zu und untermauerte ihre These: „Den rechtsmedizinischen Untersuchungen zufolge könnte Brigid Shearer tatsächlich in der Nacht zum ersten Februar, also dem Tag, an dem nach dem keltischen Jahreskalender das Imbolc-Fest stattfindet, gestorben sein. Wilbeth Snyder könnte durchaus in der Nacht auf den einundzwanzigsten März getötet worden sein. Die Kelten feierten, und feiern mancherorts noch heute, an diesem Datum die Frühlings-Tag-und-Nacht-Gleiche. Für dieses Fest stehen symbolisch die Tarotkarten mit den Nummern Vier, Sieben und Sechzehn. Ich würde wetten, dass in der Leiche Brigid Shearers diese Karten stecken!“

18.
„Rühr-mich-nicht-an“

„Die Zeit läuft uns davon!“, stellte Dennis Rathvan ernüchtert fest, als er dieses Mal gemeinsam mit Jessica Dornfeld auf dem Weg zum keltischen Institut *Helvetia* im Herdweg war.

Jessica stimmte zu: „Wenn unsere Vermutungen stimmen, werden Anbeth Smirek und Hubertus Müller in der Nacht auf den ersten Mai, also in zwei Tagen getötet werden. Leider haben wir nicht die geringste Ahnung, wann genau der Mord stattfinden wird, geschweige denn wo wir nach den beiden suchen sollen. Kommissar Schockenried arbeitet mit einigen Leuten seit Tagen fieberhaft daran, die Umstände zu rekonstruieren, unter denen die beiden verschwunden sind. Leider ist dabei bisher nicht viel herausgekommen.

Sowohl Smirek als auch Müller waren eher Einzelgänger, so dass niemand genau sagen kann, wo sie sich zuletzt aufgehalten haben und wann genau sie verschwunden sind. Ähnliches gilt leider auch für Wilbeth Snyder und Brigid Shearer. Bei beiden führt die einzige Spur, die wir bisher haben, zu *Helvetia*. In Snyders Wohnung hast du eine Werbebroschüre des Instituts gefunden und Brigid Shearer war eine gute Freundin und Klassenkameradin von Amy Gallagher, mit der sie am Tag ihres Verschwindens einen Ausflug ins *Blühende Barock* nach Ludwigsburg unternommen hatte.“

„Der Flyer, den ich bei Wilbeth Snyder gefunden habe, könnte auch nur zufällig dort gelegen haben. Ob es sich dabei tatsächlich um eine heiße Spur handelt, ist ungewiss. Aber du hast schon Recht – es ist die einzige Verbindung, die wir bisher finden konnten. Wir müssen unbedingt herausfinden, ob Snyder tatsächlich etwas mit dem Institut zu tun hatte und ob sie dort bekannt war", meinte Dennis und fragte dann: „Denkst du eigentlich, dass wir es mit einem Einzeltäter zu tun haben?"

„Darüber habe ich auch schon nachgedacht. Vieles spricht für eine einzelne Person, aber es ist natürlich nicht ausgeschlossen, dass es Mittäter oder Helfer gibt. Ebenso muss in Betracht gezogen werden, dass es Trittbrettfahrer oder Nachahmer geben könnte, die durch die Medien auf die Verbrechen aufmerksam geworden sind und dann auf die Idee kamen, es dem Täter gleich zu tun. Allerdings fallen diese Personen in der Regel sehr schnell auf, da es bei ihren Taten zu viele Unstimmigkeiten und zu viele Abweichungen verglichen mit dem Vorgehen des Haupttäters gibt."

In diesem Moment öffnete sich die Eingangstüre des Instituts, so dass Jessica und Dennis eintreten konnten. Ein hagerer Mann mittleren Alters empfing sie: „Guten Tag. Wie wir Ihnen bereits auf Ihre telefonische Anfrage mitgeteilt haben, ist Professor Doktor Gallagher heute nicht im Hause. Er befindet sich auf einem Kongress in Venedig und wird erst in vier Tagen wieder zurück erwartet."

„Und wer sind Sie, wenn ich fragen darf?", entgegnete Dennis, da der Mann keine Anstalten gemacht hatte, sich vorzustellen.

„Ich bin der persönliche Assistent von Herrn Professor Doktor Gallagher. Mein Name ist Adam Freyr."

Dann buchstabierte er seinen Nachnamen und fügte hinzu: „Nicht zu verwechseln mit Freier, einem Hurenbock!"

„Diese Assoziation wäre mir ehrlich gesagt nicht in den Sinn gekommen. Aber Sie werden sicher Ihre Gründe haben, dies so explizit zu betonen", reagierte Jessica etwas verwundert auf die Art und Weise, mit der sich Adam Freyr vorgestellt hatte.

„So ist es", antwortete dieser kühl.

Kurz darauf schien seine Stimmung jedoch auf wundersame Weise plötzlich umgeschlagen zu sein, denn er zeigte sich sehr kooperativ und freundlich. Er führte Jessica und Dennis durch das ganze Anwesen und erläuterte ihnen ausführlich zahlreiche Sehenswürdigkeiten wie beispielsweise den ihnen bereits bekannten Wicker-Man im Foyer oder die imposante Bibliothek des Instituts. Man konnte fast den Eindruck gewinnen, Adam Freyr genieße es, dass Jessica und Dennis ihm zuhörten und er die Abwesenheit Professor Gallaghers dazu nutzen konnte, sich etwas in den Vordergrund zu spielen.

Was er zu berichten wusste, wirkte sehr kompetent und fundiert. Die Frage, ob er Wilbeth Snyder gekannt hatte, verneinte er zwar, schickte jedoch hinterher, dass dies nicht viel zu bedeuten habe, da er ja schließlich nicht jedermann kenne, der mit dem Institut in irgendeiner Weise in Verbindung stand. Anders verhielt es sich hingegen bei Brigid Shearer, die ihm als gute Freundin Amy Gallaghers sehr wohl bekannt war.

Jessica und Dennis wurden hellhörig, als er sagte: „Brigid ging hier ein und aus. Sie gehörte quasi zur Familie, schließlich war sie Amys beste Freundin."

„Sie kannten sie also?", hakte Jessica nach.

„Natürlich, ich gehöre ja auch zur Familie!", antwortete Freyr stolz.

„Wie dürfen wir das verstehen? Sind Sie mit den Gallaghers verwandt?", wollte Dennis wissen.

„Nein, das bin ich nicht. Aber ich arbeite seit zehn Jahren für das Institut. Bevor ich hier anfing, steckte mein Leben in einer Krise. Professor Doktor Gallagher hat mich dann unter seine Fittiche genommen und mir die Chance gegeben, hier als sein Assistent zu arbeiten. Dafür bin ich ihm sehr dankbar und versuche stets, dieses Vertrauen, das er in mich setzte, mit engagierter Arbeit zurückzuzahlen. Und als Amy noch jünger war, habe ich oft auf sie aufgepasst und mit ihr gespielt. Jetzt, wo sie erwachsen ist, sind wir sehr gute Freunde."

„Sie scheinen sich in der keltischen Kultur sehr gut auszukennen? Woher haben Sie dieses enorme Wissen? Haben Sie etwas in diese Richtung studiert?", fragte Dennis.

„Nein, das habe ich leider nicht. Wie gesagt, mein Leben war, bevor ich hierher kam, ein wahrer Scherbenhaufen. Leider hatte ich nie die erforderlichen Qualifikationen, die Voraussetzung für ein Hochschulstudium gewesen wären. Aber der Professor hat mir viel beigebracht und ich bin sehr wissbegierig."

„Können Sie sich vorstellen, dass jemand in der heutigen Zeit einen Rachefeldzug gegen das Christentum führt, um den Untergang der keltischen Kultur zu sühnen, der durch die christlichen Missionare eingeleitet wurde?", fragte Dennis den Assistenten Gallaghers ganz konkret und etwas provozierend.

Adam Freyr fixierte Dennis scharf, als er antwortete: „Die keltische Kultur wird niemals untergehen. Sie war und ist großartig und nahezu perfekt. Sie ahnen nicht, wie viele Bräuche der heutigen Zeit, die wir alle als selbstverständlich hinnehmen, der keltischen Kultur entstammen. Denken Sie nur an Weihnachten, Ostern, Halloween und das Erntedankfest. Es würde zu weit führen, dies im Einzelnen zu erläutern, aber alle diese großen Feste, die einer immer weiter zunehmenden Kommerzialisierung unterliegen, basieren auf der keltischen Religion. Es ist eine Schande, was durch die Christianisierung der Menschheit daraus geworden ist."

Dann schwieg Freyr für einige Sekunden und legte die Stirn in Falten, als er sagte: „Um auf Ihre Frage zurückzukommen: Ja, ich kann mir sehr gut vorstellen, dass jemand im Namen der Kelten gegen diesen Verfall der Werte und Traditionen ankämpft! Und wissen Sie was?"

Jessica und Dennis waren gleichermaßen verblüfft darüber, was Adam Freyr ihnen nach einer kurzen Pause kundtat: „Ich finde es gut. Es wird höchste Zeit, dass wir uns nicht mehr die Butter vom Brot nehmen lassen und uns zurückholen, was uns gehört!"

In diesem Moment platzte Amy Gallagher herein. Offenbar hatte sie nicht mit Besuch gerechnet. „Oh, die Polizei ist da? Mein Vater ist nicht hier, er wird erst in einigen Tagen aus Venedig zurück sein!"

„Das wissen wir bereits, Frau Gallagher. Herr Freyr war so freundlich, uns ein wenig herumzuführen und uns viele interessante Dinge über die keltische Kultur zu berichten", sagte Dennis freundlich.

Jessica Dornfeld ging direkt auf Amy zu: „Amy, Sie waren, wie wir von einigen Leuten, unter anderem auch Herrn Freyr, erfahren haben, Brigid Shearers beste Freundin?"

Amy Gallagher warf Adam Freyr einen kurzen, bösen Blick zu und antwortete mürrisch: „Ja, wenn Sie so wollen. Warum? Ich kann Ihnen nicht mehr sagen als das, was ich schon mehrfach erzählt habe. Ich weiß nicht, wohin Brigid an diesem Tag gegangen ist, nachdem wir uns nach dem Ausflug nach Ludwigsburg am Bahnhof voneinander verabschiedet hatten."

„Ich verstehe. Eine Frage hätte ich allerdings trotzdem noch", sagte Jessica.

„Ja?", fragte Amy aufmerksam.

„Normalerweise wissen beste Freundinnen in Ihrem Alter so etwas voneinander: War Brigid noch Jungfrau?"

Mit auffällig übertrieben zur Schau gestellter Lockerheit antwortete Amy Gallagher: „Soweit ich weiß, ja. Das ist aber auch kein Wunder, denn sie war ja so prüde. Sie war eine richtige kleine *Rühr-mich-nicht-an*!"

***

„Also ich finde, das war eben ein äußerst interessanter Besuch. Auch wenn wir die Person, die uns eigentlich am meisten interessierte, nicht sprechen konnten", stellte Dennis fest, als er und Jessica das Institut *Helvetia* wieder verlassen hatten. Jessica stimmte ihm zu: „Ja, das sehe ich genauso. Adam Freyr scheint mir ein äußerst merkwürdiger Zeitgenosse zu sein. Und vor allem: Hast du gesehen, welch einen bösen Blick Amy Gallagher ihm zugeworfen hat, als ich ihr gegenüber erwähnt habe, dass Freyr uns über ihr Verhältnis zu Brigid Shearer aufgeklärt hatte?“

„Allerdings. Das ist mir auch aufgefallen. Dieser Blick bedeutete sicher nichts Gutes.“

Scherzhaft fragte Jessica: „Und woher willst du das so genau wissen? Bist du jetzt etwa unter die Psychoanalytiker gegangen?“

„Nein, das nicht. Aber diesen Ausdruck kenne ich sowohl von meiner Ex-Freundin Sonja als auch von meiner lieben Schwester Anna und meiner äußerst geschätzten Kollegin Tatjana. Glaube mir: Diesem Blick einer Frau folgt unweigerlich ein handfestes Problem für denjenigen Mann, dem er galt!“

Jessica begann, lauthals zu lachen.

„Was ist denn jetzt los? Habe ich etwas Lustiges gesagt oder hast du heute Morgen einen Clown gefrühstückt?“

Während Jessica nicht aufhören konnte zu kichern, erklärte sie: „Entschuldige bitte, aber als du eben deine Ex-Freundin Sonja erwähnt hast, musste ich an die Sache im Restaurant *Da Carmine* letzten Winter denken, als du gleichzeitig mit uns beiden dort zum Abendessen verabredet warst, wir aber von der jeweils anderen keine Ahnung hatten. Es war einfach köstlich, wie du verzweifelt versucht hast, es zu vertuschen und immer wieder unter fadenscheinigen Vorwänden aufgestanden bist, um den Tisch zu wechseln. Und ausgerechnet an diesem Abend teilte sie dir ja auch noch aus heiterem Himmel mit, dass sie wieder zu dir zurückkehren wollte, um ein Kind von dir zu bekommen!“

Auch Dennis musste nun schmunzeln, obwohl ihm an diesem besagten Abend ganz und gar nicht zum Lachen zumute gewesen war. „Leider war das ja noch nicht alles an diesem Abend“, sagte er.

„Stimmt“, prustete Jessica und erinnerte an das furiose Finale der gründlich schief gelaufenen Doppel-Verabredung: „Das Beste war, als sie den Lobster aus der Vitrine auf dich abgefeuert hat, nachdem sie die unglückliche Situation durchschaut hatte!“

„Das war kein besonders guter Abend für mich. Ich habe heute noch Hausverbot dort“, resümierte Dennis trocken.

***

Auf der Rückfahrt ins Präsidium hing Dennis seinen Gedanken nach. Ausnahmsweise beschäftigten ihn allerdings nicht seine Ermittlungen und die Rätsel um die aufgefundenen Frauenleichen. Vielmehr kreisten seine Gedanken intensiv um eine sehr lebendige Frau, nämlich Jessica Dornfeld. So unangenehm ihm die Erinnerungen an das Desaster an besagtem Abend auch waren – Jessicas Reaktion darauf hatte ihn positiv überrascht. So ausgelassen und fröhlich wie in diesem Moment hatte er sie noch nie erlebt. Bislang hatte er nur die eisenharte und zielstrebige Kriminalpsychologin gekannt, die meistens schon vor allen anderen wusste, was als nächstes geschehen würde. Dabei hatte er schon einige Male das deutliche Gefühl gehabt, dass alles, was für Jessica zählte, ihre Karriere war und nichts anderes in ihrem Leben Platz fand. Dieser Eindruck schreckte ihn ab, übte aber zugleich eine gewisse Faszination auf ihn aus. Umso erstaunter war er, dass sie bei aller Ernsthaftigkeit und übertriebenem Ehrgeiz doch auch eine ganz andere Seite zu haben schien. Jessicas Anfall plötzlicher Heiterkeit hatte etwas in Dennis bewegt. Er hoffte inständig, dass er sie noch möglichst oft in so ausgelassener Stimmung erleben durfte.

19.
Schwabenalter

„Happy Birthday, du alter Sack, und willkommen im Schwabenalter!“, trillerte Dennis und überreichte Mark Scheck anlässlich seines vierzigsten Geburtstags einen Briefumschlag.

Mark hielt den Umschlag feierlich gegen das Licht, um eventuell erkennen zu können, was sich darin befand. Dann rätselte er: „Geld wird es wohl kaum sein, da du, mein lieber Dennis, ja bekanntlich chronisch knapp bei Kasse bist. Ich tippe eher auf einen Gutschein. Ja, jetzt weiß ich es: Das ist bestimmt der Gutschein für eine Blaulichtfahrt in deinem Auto durch Stuttgart, die du mir seit fast einem Jahr schuldig bist!“

Marks Anspielung bezog sich auf einen Fall aus dem Spätsommer des vergangenen Jahres, als er Dennis auf dem kleinen Dienstweg dabei geholfen hatte, die Genehmigung für das Verhör eines psychisch kranken Serienmörders zu erwirken, die zunächst von Psychiatern verweigert worden war.

„Nein, mein Lieber, so haben wir nicht gewettet. Bis heute hast du mir noch nicht verraten, wie du das damals eigentlich angestellt hast. Bevor ich das nicht weiß, gibt es auch die versprochene Belohnung nicht!“, enttäuschte ihn Dennis jedoch.

Mark öffnete den Umschlag und schien ein wenig irritiert: „Ein Kino-Gutschein für zwei Personen? Vielen

Dank, aber was soll ich denn damit anfangen? Du weißt doch, dass ich nicht besonders gerne ins Kino gehe."

„Warum eigentlich nicht?", wollte Dennis wissen.

Mark erklärte, warum Kinobesuche nicht sehr weit oben auf der Liste seiner beliebtesten Freizeitbeschäftigungen standen: „Es ist doch immer wieder das Gleiche. Vor einem sitzt irgendein Fettsack, der jede Szene kommentiert und ständig mit seiner Chipstüte raschelt. Dann besitzt er meistens noch die Frechheit, sich lauthals zu beschweren, weil er sich durch die Knie an seiner Rückenlehne gestört fühlt. Um seiner unattraktiven Begleiterin zu imponieren, droht er einem schließlich Prügel an, nachdem man ihn darauf hingewiesen hat, dass er von Glück sprechen kann, nicht den Eintrittspreis für zwei Sitze bezahlt haben zu müssen, weil er wohl bei den bisherigen Kinobesuchen in seinem Leben schon viel zu viele lauwarme Nachos mit Käse-Dip verzehrt hat, während er andere friedliche Besucher terrorisierte!"

Jessica Dornfeld, die ihn auf Marks Feier begleitete, kam Dennis zur Hilfe: „Man muss nicht immer gleich vom Schlimmsten ausgehen, vielleicht kommt es ja auch mal ganz anders! Übrigens waren die Umstände, unter denen wir den Gutschein erstanden haben, äußerst merkwürdig."

„Ach ja, habt ihr ihn bei einem Hütchenspiel auf der Königstrasse gewonnen?", fragte Mark scherzhaft.

„Nein, wir haben ihn ehrlich erworben!", schmunzelte Jessica und berichtete über entsprechende, seltsame Begebenheit: „Der Mann an der Kinokasse war recht eigenartig. Er arbeitete unerträglich langsam und schien zunächst geistig völlig abwesend gewesen zu sein, bevor er schließlich begann, mich mit seinen Blicken förmlich auszuziehen und unentwegt auf meine Brüste zu starren!"

„Das kann ich verstehen!", grölte Dr. Simon Brandner, der sich offensichtlich bereits den einen oder anderen Wodka Tonic zu viel hinter die Binde gekippt hatte, aus dem Hintergrund.

Jessica tat so, als würde sie seiner Bemerkung keinerlei Beachtung schenken und fuhr mit ihrer Erzählung unbekümmert fort: „Besonders unheimlich wurde es, als er plötzlich anfing, eine Melodie vor sich hin zu summen. Ich bin mir sicher, dass ich das Lied kannte, komme aber immer noch nicht darauf, welches es war!"

„Der Kerl hatte echt eine Macke. Wir waren heilfroh, als wir irgendwann endlich den Gutschein bekommen hatten", bestätigte Dennis.

***

Wenig später nahm Simon Brandner Dennis zur Seite und konfrontierte ihn mit den eindeutigen Video-Beweisen, auf denen zu sehen war, wie Dennis den Getränkeautomaten in der Eingangshalle des Rechtsmedizinischen Instituts misshandelte und eine riesige Sauerei hinterließ, um sich anschließend aus dem Staub zu machen: „Mein lieber Freund und Kupferstecher, dir ist schon klar, dass ich dir wegen Sachbeschädigung öffentlichen Eigentums gehörig an den Karren fahren könnte?"

„Ja, zum Teufel, das weiß ich. Das Ganze ist mir auch sehr peinlich. Ich hatte allerdings gehofft, dass wir diese Sache vielleicht unter den Teppich kehren könnten? Schließlich sind wir ja Freunde, oder?", startete Dennis einen kleinlauten Versuch, die Angelegenheit beizulegen.

Simon Brandner gab sich gönnerhaft und tätschelte dabei Dennis' Schulter: „Klar sind wir Freunde, aber so einfach kommst du mir nicht davon. Ich erwarte zu gegebener Zeit eine angemessene Gegenleistung von dir!"

„Und woran hast du dabei gedacht?", fragte Dennis sichtlich genervt.

„Beispielsweise könntest du ein gutes Wort bei der Dornfeld für mich einlegen. Das ist echt eine scharfe Braut!"

„Vergiss es, die würde sich niemals auf dich einlassen", sagte Dennis wie aus der Pistole geschossen und schüttelte dabei energisch den Kopf. Dann schlug er Simon vor: „Wir regeln das anders, okay? Du verpfeifst mich nicht und hast dafür einen sehr großen Gefallen bei mir auf der Guthabenliste?"

Noch bevor Dr. Brandner antworten konnte, platzte Mark Scheck, der das Gespräch seiner beiden Freunde auf einem Ohr mitgehört hatte, in die Unterhaltung: „Habe ich da eben etwas von einer Braut gehört? Falls ihr Tatjana von Senden meint – sie wird am zweiten Mai, direkt nach dem Feiertag zum Tag der Arbeit wieder in den Polizeidienst zurückkehren. Die Infektion ihres operierten Kniegelenks konnte, dies ist jedenfalls der aktuelle Stand der Dinge, beseitigt werden. Sie ist wieder arbeitsfähig, und auch ihrer bald stattfindenden Hochzeit steht aus ärztlicher Sicht nichts im Wege!"

„Ich liebe Hochzeiten. Tanz, Musik, kostenlose Drinks für alle und vor allem jede Menge Frauen, die nur darauf warten, einen Kerl wie mich kennenzulernen!", warf Simon selbstverliebt ein.

„Meines Wissens bist du doch überhaupt nicht eingeladen, du alter Angeber!", stutzte Dennis ihn gleich darauf zurecht, und Mark fügte lachend hinzu: „Richtig, Simon, du bist bei Tatjana von Senden ungefähr so beliebt wie das Noro-Virus in Verbindung mit einer ständig besetzten Toilette, auf der es kein Klopapier mehr gibt!"

Während sich Mark und Dennis ob ihrer gelungenen Scherze auf Simons Kosten bestens amüsierten, meinte dieser hochnäsig: „Ihr werdet schon sehen, ihr Armleuchter: Ich werde da sein. Ein Dr. Simon Brandner braucht keine Einladung, um auf einer Hochzeit zu erscheinen!"

***

Jessica Dornfeld und Dennis hatten sich bereits sehr früh wieder von Marks Geburtstagsparty verabschiedet, da die aktuelle Situation einfach keine Zeit für private Feierlichkeiten ließ. Kurt Schockenried hatte die beiden dringend gebeten, an diesem Abend nochmals ins Polizeipräsidium zu kommen.

Als sie Kurts Büro betraten, stand dieser am geöffneten Fenster und blies Zigarettenqualm hinaus in die Nacht. Er wirkte dabei sehr nachdenklich. „Es wird eng, Leute!", stellte er fest. „Wenn unsere Theorien stimmen, könnten Anbeth Smirek und Hubertus Müller bereits morgen, anlässlich dieses keltischen Beltaine-Festes, getötet werden."

„Wenn sie nicht schon lange tot sind", gab Dennis zu bedenken.

„Das kann ich mir nicht vorstellen", widersprach Kurt, und Jessica stimmte ihm zu: „Der Mörder folgt einem festen zeitlichen Schema, das sich an den Festen des keltischen Jahreskalenders orientiert. Ich kann mir nicht vorstellen, dass er davon abweichen wird. Wir müssen davon ausgehen, dass wir es mit rituellen Handlungen zu tun haben. Sicherlich ist er überzeugt davon, dass seine Taten ihre Wirkung verfehlten, wenn er sich nicht an die genauen Zeitpunkte halten würde!"

„Wie bereits mehrfach angesprochen, steckt hinter den Enthauptungen mehr als nur der einfache Vollzug einer Tötung. Sie haben eine tiefere Bedeutung, soviel ist für mich klar!", untermauerte Kurt seinen Standpunkt und fügte hinzu: „Wären Anbeth Smirek und Hubertus Müller bereits tot, wären ihre Leichen oder zumindest deren Köpfe schon gefunden worden – da bin ich mir sicher."

„Ja, er möchte, dass die Köpfe der Toten gefunden werden", sagte Jessica und nickte bestätigend. „Brigid Shearer starb in der Nacht vom ersten auf den zweiten Februar und war vermutlich sein erstes Opfer. Ihr Kopf wurde sehr spät gefunden, da der Täter vermutlich noch nicht wusste, wo er ihn platzieren sollte, um sicher zu gehen, dass er auch bald gefunden wird. Darum konnten wir bisher auch den Rest ihrer Leiche nicht finden. Bei Wilbeth Snyder ging er bereits zielstrebiger und abgeklärter zu Werke."

Jessica und Kurt hatten Dennis überzeugt. Er überlegte einen Moment, bevor er seine Gedanken mit den anderen teilte: „Die Tarotkarten, die der Täter in Wilbeth Snyders Magen versteckt hatte, sollten uns Hinweise geben – worauf auch immer. Und wer Hinweise hinterlässt, möchte nicht im Verborgenen bleiben, sondern Aufmerksamkeit erregen. Dies gilt insbesondere, da er davon ausgehen musste, dass die Karten im Rahmen einer Obduktion auf jeden Fall gefunden würden!"

„Richtig!", sagte Kurt und grübelte: „Leider konnten wir aus den Hinweisen bisher nicht genügend Schlüsse ziehen. Wir wissen ziemlich sicher, dass morgen etwas passieren wird, haben aber keine Ahnung, wo und wie. Über den Verbleib von Müller und Smirek wissen wir nicht das Geringste. Sie sind nach wie vor spurlos verschwunden!" Kurt raufte sich die Haare und atmete tief durch. Die Sache machte ihm sichtlich zu schaffen.

Jessica Dornfeld griff derweil nach der Zigarettenschachtel, die auf der Fensterbank lag. Sie nahm einen der Glimmstängel heraus und zündete ihn an, nachdem Kurt zustimmend genickt hatte.

„Du rauchst?", fragte Dennis entsetzt. Das wusste ich ja überhaupt nicht!

„Ja, gelegentlich brauche ich das. Dann kann ich besser nachdenken", erklärte sie und schickte trocken hinterher: „Es gibt so manches, das du von mir nicht weißt!"

„Das scheint mir auch so", erwiderte Dennis, sichtlich verwundert.

Knappe drei Minuten genügten Jessica, die Zigarette bis auf den Filter komplett zu rauchen. Lässig schnippte sie die Kippe aus dem Fenster und wandte sich wieder an Kurt und Dennis.

„Es ist richtig, dass wir keine konkreten Hinweise darauf haben, wo morgen etwas geschehen wird, was aber nicht gleichzeitig bedeutet, dass wir vollkommen ahnungslos sind“, sagte sie. „In einigen Punkten gibt es Gemeinsamkeiten zwischen den verschiedenen Kulturen, die morgen Abend das Fest auf den ersten Mai begehen. Der Beginn des Sonnen- oder Sommerhalbjahres wird vielerorts mit großen Feuern begrüßt und steht ganz im Zeichen von Fruchtbarkeitsritualen. Freudenfeuer und orgiastische Feste finden deshalb an erhabenen, aber eher einsamen und abgelegenen Örtlichkeiten statt, wie beispielsweise größeren Waldlichtungen oder den Kuppen kleinerer Berge. Die Fruchtbarkeitssymbole sind übrigens auch heutzutage bei uns noch allgegenwärtig!“

Dennis und Kurt schauten Jessica fragend an, als sie fortfuhr: „Ohne ins Detail gehen zu wollen – ein Maibaum stellt nichts anderes dar als ein Koitus-Symbol. Aus meiner Sicht ist es also nicht verwunderlich, dass der Täter für sein morgiges Ritual ein weibliches und ein männliches Opfer ausgewählt hat. Natürlich können wir morgen Abend nicht jeden Ort in Stuttgart und Umgebung kontrollieren, der sich für eine solche Zeremonie eignen würde. Aber die Überwachung des einen oder anderen eventuell besonders geeigneten Ortes ließe sich nach einer gezielten Auswahl durchaus bewerkstelligen. Natürlich müssten wir alle ausnahmslos mit anpacken. Wir sollten ab morgen früh das Tageslicht nutzen, um solche potentiellen Orte ausfindig zu machen. Die größeren und allseits beliebten Orte, an denen morgen Abend viele tausend Menschen in den Mai tanzen, können wir dabei sicherlich außer Acht lassen, da dem Täter dort das Menschenaufkommen zu groß wäre. Wir sollten eher nach kleineren und abgelegenen Plätzen suchen. Die Wahrscheinlichkeit, dass der richtige dabei sein wird, ist zwar nicht besonders groß, aber wer weiß, vielleicht haben wir ja Glück!“

20.
Sag ihnen …

Anbeth Smirek und Hubertus Müller waren nahezu gleich groß. Ihre nackten Körper waren einander zugewandt und durch stramme Fesseln in stehender Position eng miteinander verbunden. Hubertus war außerdem mit dem Rücken an einen Pfahl gebunden, der verhinderte, dass sie umfielen. Beide hatten Knebel im Mund, so dass sie nicht schreien konnten, obwohl sie hier, an diesem gottverlassenen Ort, ohnehin niemand hätte hören können. Sie standen auf einem mindestens zwei Meter hohen Haufen aus Ästen und Reisig, der einem Scheiterhaufen glich. Beide hatten brennende Schmerzen, da sie sich durch die Äste unzählige Risswunden an den Beinen zugezogen hatten. Sie spürten, wie das Blut langsam an ihnen herunterlief. Es war kühl und der stärker werdende Abendwind wirbelte immer mehr kleinere Zweige auf, die sie auch am Kopf und im Gesicht trafen, ohne dass sie sich schützen konnten. Zudem froren sie, auch wenn sie so eng aneinander gebunden waren, dass sie sich gegenseitig durch ihre Körpertemperatur etwas wärmen konnten.

Hubertus richtete seinen Blick nach oben und konnte in der Ferne erkennen, wie die Lichter der Stadt den Himmel trotz der dünnen schwarzen Wolken in ein wundervolles Farbenmeer verwandelten. Wie sehr hatte er es geliebt, wenn er vom kleinen Dachfenster seines WG-Zimmers aus zusehen konnte, wie über der Uhlandshöhe die Sonne unterging und den Stuttgarter Kessel in rotes, warmes Licht tauchte. In diesem Moment wurde ihm endgültig klar, dass er dieses schöne Bild nie wieder sehen würde.

Anbeths Augen wurden auf einmal starr vor Angst. Sie versuchte verzweifelt, sich umzudrehen, hatte jedoch trotz aller Anstrengung nicht die geringste Chance gegen die festgezurrten Fesseln.

Da war ein Geräusch gewesen, und ihr Verdacht wurde sogleich zur grausigen Gewissheit. Es war das gleiche Geräusch, das sie im Botanischen Garten überrascht hatte, kurz bevor sie von diesem Monster überwältigt worden war: Ein sich rasch näherndes, galoppierendes Pferd.

Auf einmal war er da. Aufrecht, wie der stolze Anführer eines Heeres, saß er auf seinem Pferd, das er wenige Meter von ihnen entfernt zum Stehen gebracht hatte. Die langen schwarzen Haare und sein schwarzer Umhang flatterten im Wind. Das Gesicht war nicht zu erkennen, und die Hörner, die beidseits aus seinem Kopf ragten, ließen ihn übermenschlich groß erscheinen.

Elegant stieg er ab, kam auf sie zu und blieb vor dem Scheiterhaufen stehen. Obwohl er einige Meter unter ihnen stand, hatten Hubertus und Anbeth das Gefühl, er würde auf sie herabblicken. Eiskalt lief es ihnen den Rücken hinunter, als plötzlich in einiger Ferne eine schauderhafte Musik einsetzte, die immer lauter wurde.

„Das ist die Musik des Todes!“, ertönte kurz darauf eine entschlossene Stimme.

Anbeth und Hubertus sahen sich verblüfft und zugleich in Todesangst an. Zum ersten Mal hörten sie ihn, ihren Peiniger, sprechen.

„Ich bin Cernunnos, der Gott der Natur und Krieger des Waldes, der Gott der Fruchtbarkeit, des Wachstums und der Reinkarnation. Ich bin der Gott der Rache!"

Er umkreiste den Scheiterhaufen und verteilte eine Flüssigkeit an mehreren Stellen, die er aus einem Fass kippte, das er vom Boden aufgehoben hatte. Schließlich entzündete er eine Stelle nach der anderen, woraufhin das Reisig sogleich begann zu knistern. Rasch erreichte die von unten aufsteigende Hitze des Feuers Anbeth und Hubertus.

Dann kniete Cernunnos, wie sich die Schreckensgestalt selbst genannt hatte, vor ihnen nieder, erhob seine Hände und sprach:

„Sag ihnen, was der Wind den großen Steinen sagt,
was das Meer den hohen Bergen sagt,
sag ihnen, dass eine unendliche Liebe das Universum
seit Urzeiten durchdringt.
Sag ihnen, dass er nicht ist, was sie glauben, sondern
ein lieblicher Wein, den man trinkt, ein gemeinsames
Mahl,
in welchem jeder gibt und empfängt.
Sag ihnen, dass er der Flötenspieler im Mondlicht um
Mitternacht ist;
Er nähert sich zunächst und läuft dann doch weg,
er springt über Bäche und heilige Quellen.
Erzähle ihnen über sein schuldloses Gesicht, über sein
Licht, Schatten und Gelächter.
Sag ihnen, dass er dein Raum und deine Nacht ist,
deine Wunde

Und deine Freude, dein Feind und dein Freund.
Aber, sag ihnen auch, dass er nicht so ist, wie du ihn beschreibst,
und dass du ihn eigentlich gar nicht kennst."

Hubertus und Anbeth schrien vor Angst und Schmerz, als das Feuer fast ihre Füße erreicht hatte. Während sie die kniende Kreatur anblickten, die sich selbst für einen Rachegott hielt, bemerkten sie, wie der Pfahl, an den Hubertus gebunden war, begann, sich zu neigen. Immer weiter sanken sie auf das Feuer zu und spürten unter erbarmungslosen Schmerzen, wie ihre Haut begann, sich durch die Hitze von ihrem Fleisch abzulösen. Ein letztes Mal sahen sich Hubertus und Anbeth in die Augen, als sie sich von der Welt und ihrem Leben verabschiedeten.

21.
Hundeleben

Es war windig und regnete in Strömen, als Kurt Schockenried und Dennis Rathvan am frühen Morgen des ersten Mai auf dem Karlsplatz in der Stuttgarter Innenstadt eintrafen.

Der Platz, der früher im Volksmund auch als Planie bezeichnet wurde, grenzte im Norden an das Alte Schloss und an seiner Ostseite an das Neue Schloss und war atriumartig eingeschlossen von dichten Kastanienbaumreihen. Im Zentrum des Platzes befand sich das Reiterdenkmal des Kaisers Wilhelm I.

An diesem Morgen war es ruhig um das große Standbild des Deutschen Kaisers. Die Straßen waren menschenleer und selbst die sonst üblichen Schaulustigen, die bei jeglicher Präsenz von Polizei, Feuerwehr oder Rettungsdienst eisern verharrten, um zu gaffen, waren an diesem Morgen an den Fingern einer Hand abzuzählen.

„Bei diesem Mistwetter würde ich noch nicht einmal meinen armen Hund vor die Türe jagen!“, jammerte Kurt und stellte dabei den Kragen seines Trenchcoats hoch.

„So ein Hundeleben ist eben manchmal doch besser, als man denkt!“, frotzelte Dennis, gegen eine aufkommende Übelkeit vergeblich ankämpfend.

Er hatte während seiner Karriere bei der Kriminalpolizei schon so Einiges zu sehen bekommen, was ihn hatte schaudern lassen, doch bei dem Anblick, der sich ihnen heute bot, drehte es ihm den Magen um. Er konnte sich nicht mehr beherrschen und musste sich mehrmals übergeben.

In zwei öffentlichen Mülleimern, die sich in unmittelbarer Nähe des Reiterdenkmals befanden, lag jeweils der stark verkohlte Kopf eines Menschen. Es waren die Schädel eines jungen Mannes und einer Frau, wobei der Frauenkopf in ein schwarzes Tuch eingewickelt war. Der Gestank nach verbranntem menschlichem Gewebe war ekelerregend.

Für die Polizisten bestand nicht der geringste Zweifel daran, dass es die Köpfe Anbeth Smireks und Hubertus Müllers waren, die in den frühen Morgenstunden von einem Nachtschwärmer entdeckt worden waren. Auch die Vermutung, den nächsten weiblichen Schädel eingehüllt in schwarzen Stoff vorzufinden, hatte sich bestätigt.

„Ein DNA-Abgleich wird aufgrund des Zustandes der Leichenteile sicherlich nicht einfach werden, sollte jedoch trotzdem gelingen“, gab sich Dr. Simon Brandner zuversichtlich.

Alles war genauso eingetroffen, wie sie es befürchtet hatten. Der keltische Rächer, oder wofür auch immer jener Wahnsinnige sich halten mochte, hatte seine beiden nächsten Opfer anlässlich des Beltaine-Fests getötet und enthauptet. Das Schlimmste an allem war, dass sie geahnt hatten, dass es so kommen würde, jedoch nichts dagegen hatten tun können. Verzweifelt hatten sie den gesamten Vortag damit verbracht, unzählige in Frage kommende, potentielle Tatorte in und um Stuttgart zu inspizieren und im Rahmen der personellen Möglichkeiten auch bis in die

Nacht hinein zu überwachen. Kurt Schockenried hatte sich höchstpersönlich an einer versteckten Waldlichtung in der Nähe der Grabkapelle auf dem Württemberg im Stadtteil Rotenberg auf die Lauer gelegt. Doch sie hatten kein Glück gehabt. Der richtige Ort war nicht dabei gewesen. Zwei weitere, unschuldige Menschen hatten ihr Leben verloren, und nach wie vor tappten sie im Dunkeln, ohne zu wissen, wie sie dem unbekannten Täter oder den Tätern auf die Spur kommen sollten.

„Wie üblich", stammelte Kurt. „Vom Rest der Leichen ist nichts zu finden. Wo bringt er sie nur hin?"

Jessica Dornfeld, die in einer für sie typischen Art den Fundort zunächst scheinbar teilnahmslos aus einiger Distanz betrachtet hatte, äußerte eine Vermutung: „Ich denke nicht, dass er die Leichen beseitigt oder entsorgt. Vielmehr vermute ich, dass er sie bei sich behält. Uns serviert er lediglich die Köpfe, als Symbol seiner Macht und seines Sieges über den Feind, ganz so, wie es früher die keltischen Krieger getan haben. Mit den Körpern hat er etwas anderes vor. Es erschließt sich mir jedoch nicht, was."

Dennis, dessen Gesichtsfarbe sich wieder einigermaßen normalisiert hatte, merkte fragend an: „Aber warum haben wir dann den Körper Wilbeth Snyders gefunden? Das passt nicht ins Gesamtbild und würde bedeuten, dass er bei ihr von seinem Schema abgewichen ist."

„Richtig", stimmte Jessica zu. „Dafür gibt es zwei mögliche Erklärungen: Entweder wollte er, dass wir sie finden, um uns etwas mitzuteilen oder um mehr Aufmerksamkeit zu bekommen. Oder aber es gab einen handfesten

Grund dafür, warum er ihren Körper nicht mitnehmen konnte und zurücklassen musste. Möglicherweise wurde er gestört?"

„Auch das ergibt keinen Sinn", mischte sich Kurt ein und erklärte: „Wilbeth Snyders Kopf wurde von Mark Scheck im *Tal der Rosen* auf dem Killesberg gefunden. Der Rest ihres Leichnams lag etwa drei Kilometer von dort entfernt im Kräherwald. Den Analysen zufolge ist definitiv keiner der beiden Fundorte auch Tatort gewesen. Warum sollte jemand Kopf und Körper getrennt durch die halbe Stadt transportieren, um sie dann an unterschiedlichen Orten zurückzulassen?"

Auch Dr. Brandner meldete sich nun nochmals zu Wort: „Was ich mit Sicherheit sagen kann, ist, dass diese zwei Köpfe, die hier in den Mülleimern gefunden wurden, im Gegensatz zu den Köpfen Wilbeth Snyders und Brigid Shearers, erst post mortem abgetrennt wurden. Der Füllungszustand, sowohl der beiden Halsschlagadern als auch der abführenden venösen Blutgefäße, entspricht nicht dem, der bei einem am lebendigen Leibe abgetrennten Kopf zu erwarten wäre."

„Das bedeutet, er variiert seinen Modus Operandi, was wiederum eine Menge Fragen aufwirft", stellte Dennis fest.

„Für mich erweckt es den Anschein, als ob ihm diese Details nicht so wichtig seien. Vermutlich passt er sich dabei nur der jeweiligen Situation an. Es geht viel eher um die rituelle Handlung des Enthauptens. Ob tot oder lebendig, scheint dabei keine große Rolle zu spielen", sagte Jessica Dornfeld. Anschließend wollte sie von Simon Brandner wissen, ob die beiden Opfer, wie die bisherigen auch, mit Brandzeichen versehen worden waren.

„Ja, höchstwahrscheinlich“, antwortete der Rechtsmediziner. „Die Haut und das darunter befindliche Gewebe sind verbrannt, so dass sich darauf keine Spuren mehr finden lassen, jedoch sind tiefere Schichten an jeweils einer Halsaußenseite der Opfer in einer Art und Weise beschädigt und traumatisiert, die diesen Schluss durchaus zulässt!“

„Lassen sich die Motive der Brandzeichen denn rekonstruieren?“, fragte Kurt hoffnungsvoll.

„Wir werden es probieren, es dürfte jedoch sehr schwer werden. Ich kann also überhaupt nichts versprechen!“, bremste ihn Dr. Brandner postwendend.

22.
Ursula & Casandra

Es regnete so stark, dass es den Scheibenwischern an Kurt Schockenrieds dunkelblauem VW-Passat nicht gelang, die Windschutzscheibe ausreichend von den Wassermassen zu befreien, um Kurt eine gute Sicht auf die Straße zu gewähren. Die unzähligen LKW, die tagtäglich vorbei am Stuttgarter Hauptbahnhof über die Schillerstraße zu den Großbauprojekten im Europaviertel und dem umstrittenen Bahnhofsprojekt Stuttgart 21 rollten, hatten, zusammen mit den endlosen Autoschlangen in Deutschlands Stau-Hauptstadt Stuttgart, die Spurrillen in den letzten Jahren immer tiefer werden lassen. Viele Zentimeter hoch sammelte sich das Wasser darin und wurde durch die fahrenden Autos zu einer Bedrohung für Passanten und nachfolgende Fahrzeuge, die sich nicht gegen das Spritzwasser schützen konnten.

Sicherlich bestand vielerorts ein Problem mit den unendlichen Blechkolonnen, die sich täglich über die Straßen der Großstädte schleppten, aber in Stuttgart war die Situation mittlerweile fast unerträglich, wie Kurt nun einmal mehr feststellen musste. Nirgendwo in Deutschland verbrachten die Menschen so viel Zeit in sinnlosen Staus wie in der Schwabenmetropole. Durch die Kessellage der Stadt existierte ein nicht zu behebender Platzmangel, so dass Stuttgart jeden Tag aufs Neue aus allen Nähten zu platzen schien; hinzu kamen diverse Großbauprojekte in der Innenstadt, nicht enden wollende Demonstrationen, alberne Geschwindigkeitsbegrenzungen und stationäre Radarkontrollen, ein inadäquater öffentlicher Nahverkehr sowie eine teils mangelhafte Organisation. Ein nicht einmal ausverkauftes Bundesligaheimspiel des VfB Stuttgart und eine gleichzeitig stattfindende Konzertveranstaltung in der benachbarten Porsche-Arena hatten erst unlängst wieder den Straßenverkehr im und um den Neckarpark vollständig zum Erliegen gebracht. Kurt hatte gesehen, wie sich infolgedessen sogar ein öffentlich rechtlicher Fernsehsender zu der Aussage hinreißen ließ, dass nirgendwo in Deutschland die An- und Abfahrt zum Stadion so chaotisch geregelt sei wie in Stuttgart.

Der Schrecken fuhr Kurt in die Glieder, als er viel zu spät erkannte, dass wenige Meter vor ihm ein Fußgänger bei dem Versuch, die vielbefahrene Straße zu überqueren, achtlos auf die Fahrbahn gerannt war. Trotz einer Vollbremsung war es reines Glück, dass Kurt eine Kollision mit dem Passanten gerade noch verhindern konnte. Als sein VW-Passat zum Stehen gekommen war, kurbelte er das Seitenfenster herunter und reckte den Hals zum Fenster hinaus. Der offensichtlich etwas angetrunkene Mann war gestürzt, hatte sich aber bereits schon wieder aufgerappelt und schien weitestgehend unversehrt zu sein. Kurt bedachte ihn mit einer bemerkenswerten Reihe schwäbischer Schimpfwörter, die den Fußgänger allerdings nicht sonderlich zu beeindrucken schienen. Hartnäckig verfolgte er sein unbekanntes Ziel auf der gegenüberliegenden Straßenseite weiter und machte sich daran, auf eine geradezu selbstmörderische Art und Weise auch die Gegenfahrbahn zu überqueren, was ihm glücklicherweise unfallfrei gelang.

Kurt beschloss, seinen Wagen in einer der Haltebuchten vor dem Haupteingang des Bahnhofs zu parken, um kurz durchatmen zu können und auf ein Nachlassen des Regens zu warten.

Er stieg aus und begab sich in den überdachten Bereich, um eine Zigarette zu rauchen. Einem Taxifahrer, der ihn, obwohl er gerade einmal zwei Minuten dort geparkt hatte, patzig darauf hinwies, dass dies kein Dauerparkplatz sei, hielt Kurt seinen Dienstausweis unter die Nase und empfahl ihm, sich schnellstmöglich zu verdrücken, bevor er seine Lizenz und sein Fahrtenbuch durch die Kollegen der Schutzpolizei überprüfen lassen würde. Beleidigt stapfte der Taxifahrer davon und ging ohne weitere Kommentare zurück zu seinem Fahrzeug.

Sekunden später tauchte ein großer Mann in einem feinen Anzug auf. Geschützt durch einen Regenschirm visierte er das Taxi an und ging darauf zu. Als er den Regenschirm zugeklappt hatte, um in den Wagen zu steigen, erkannte Kurt verblüfft, dass es der Leiter des keltischen Instituts *Helvetia*, Professor Doktor Martin Gallagher, war.

Kurt beobachtete aufmerksam, was passierte. Sofort fielen ihm die Worte des Assistenten Adam Freyr ein, der behauptet hatte, der Professor würde erst am zweiten Mai, also einen Tag später, wieder von einem Kongress aus Venedig zurückkehren.

Kurt ließ die Zigarette in eine Pfütze fallen, stieg eilig in sein Auto und startete den Motor, um das Taxi zu verfolgen.

Der Professor war ihm suspekt. Mal sehen, wo er hin wollte.

Das trotz des Feiertags ziemlich hohe Verkehrsaufkommen und die schlechte Sicht erschwerten die Verfolgung immens. Immer wieder wischte Kurt mit der Innenseite seines Trenchcoat-Ärmels über die von innen beschlagene Windschutzscheibe seines Autos, um seine Sicht auf die Straße etwas zu verbessern. Hierbei rächte es sich nun, dass er seinen Wagen seit Jahren keiner gründlichen Innenreinigung mehr unterzogen hatte, denn durch die Wischerei hinterließ der sich auf der Scheibe befindliche Film, bestehend aus einem Staub- und Nikotingemisch, fürchterliche Schmierstreifen. Kurt klebte förmlich mit dem Gesicht an seiner Scheibe, was die Sache allerdings kaum optimierte. Doch immerhin verlor er das Taxi nicht aus den Augen.

Professor Gallagher ließ sich nicht etwa zum Institut *Helvetia* im Herdweg bringen, sondern verfolgte offenbar ein Ziel in der entgegengesetzten Richtung.

Über die Stadtteile Südheim und Heslach gelang es Kurt, dem Wagen mit Professor Gallagher zu folgen. Dann verlor er das Taxi für einige Minuten aus den Augen, konnte es aber auf der kurvenreichen Karl-Kloß-Straße wieder einholen. Vor dem Haupteingang des Stuttgarter Waldfriedhofs im Stadtbezirk Degerloch hielt das Taxi schließlich an. Der Waldfriedhof war als Stuttgarts größter Friedhof in zwei Teile mit insgesamt etwa 15000 Gräbern aufgeteilt: den älteren und etwas größeren westlichen Hauptteil sowie den weiter östlich gelegenen Waldfriedhof-Viereichenhau.

Kurt blieb in einiger Entfernung auf dem großen Parkplatz stehen und schaltete den Motor ab. Gleich darauf verließ Professor Gallagher das Taxi und betrat, augenscheinlich in großer Eile, den Hauptteil des Friedhofs.

Noch immer regnete es in Strömen. „Was will der ausgerechnet jetzt hier auf dem Friedhof?“, murmelte Kurt und stieg, leise fluchend, aus, um Gallagher zu folgen. Er konnte sich durchaus Angenehmeres vorstellen, als bei diesem Sauwetter über einen Leichenacker zu spazieren. Seine Neugier gewann jedoch rasch die Überhand, so dass er dem Regen bald kaum mehr Beachtung schenkte. Über einen Seiteneingang betrat er das Friedhofsgelände, das zu diesem Zeitpunkt, abgesehen von ihm selbst und dem Institutsleiter menschenleer war.

Kurt sah, wie Gallagher zielstrebig auf ein Grab zusteuerte und davor stehen blieb. Dann blickte sich der Professor plötzlich um und hätte seinen Verfolger dabei fast entdeckt. Mit einem gewagten Sprung hinter einen Grabstein brachte sich Kurt in letzter Sekunde in Deckung. Leider blieb dieses mutige Manöver nicht ganz ohne Folgen, denn bei seiner Landung rutschte Kurt auf dem regennassen Boden aus und fiel rücklings auf das gepflegte Grab einer gewissen Ursula Klara Plums, geborene Haberberg.

Während er sich nasse Erde, Bärenfellgras und einige Blätter einer Muschelzypresse vom Mantel klopfte, fluchte er abermals, wandte sich dann aber zu dem Grab, auf das er eben gestürzt war und flüsterte respektvoll: „Verzeihung. Es tut mir sehr leid, dass ich Ihre Ruhestätte demoliert habe, es war jedoch für einen guten Zweck. Sicherlich haben Sie nette Angehörige, die sich rührend darum kümmern und das Ganze wieder in Ordnung bringen. Ich muss dann mal weiter!"

Obwohl Kurt mit seinem Missgeschick einen ganz schönen Radau veranstaltet hatte, schien ihn Professor Gallagher nicht bemerkt zu haben. Die Geräusche des prasselnden Regens und des Windes hatten ihn glücklicherweise übertönt. Kurt sah, wie Gallagher an dem Grab, vor dem er einige Augenblicke zuvor stehen geblieben war, in die Hocke ging und zunächst eine Schale mit einem großen Pflanzengesteck zur Seite stellte. Daraufhin fing er an, mit seinen Händen in der Erde zu wühlen. Er buddelte eine ganze Zeit lang und schien bald eine beachtliche Tiefe erreicht zu haben, denn seine Arme verschwanden bereits bis über die Ellenbogen in der Grabstätte. Mittlerweile kniete der Professor und war völlig verdreckt. Immer wieder blickte er sich nervös um und erweckte dabei den Anschein, nicht gesehen werden zu wollen, was angesichts dessen, was er da tat, kaum verwunderlich war.

Etwa zehn Minuten später hatte Gallagher das gegrabene Loch wieder zugeschüttet und die Gesteckschale zurück an ihren ursprünglichen Platz gestellt.

Kurt konnte sich nicht den geringsten Reim darauf machen, was der Professor mit dieser seltsamen Maßnahme bezweckt hatte. Trotz aufmerksamen Beobachtens war weder zu erkennen gewesen, dass Gallagher etwas vergraben hatte, noch, dass er der Grabstelle etwas entnommen hatte. „Vielleicht hat er etwas gesucht?", dachte Kurt laut. „Und es nicht gefungen …"

Nachdem Gallagher wieder zum Ausgang des Friedhofs geeilt war, näherte sich Kurt dem Grab, an dem der

Professor sich zu schaffen gemacht hatte. Auf einem Holzkreuz stand:

Casandra S. Gallagher
1963-2014

23.
Der Rachegott

Tatjana von Senden schien wieder ganz die Alte zu sein, als sie sich am nächsten Morgen, wie immer überpünktlich, zum Dienstbeginn im Polizeipräsidium einfand. Ihre ersten Amtshandlungen bestanden darin, das mit Dennis gemeinsam genutzte Büro zunächst einmal gründlich durchzulüften und bei sperrangelweit geöffneten Fenstern ihren Schreibtisch mit einem feuchten Tuch vom Staub der letzten Wochen, in denen sie nicht anwesend gewesen war, zu befreien.

„Was macht das Reinigungspersonal in diesem Haus eigentlich beruflich?", beschwerte sie sich, während sie Dennis den erhobenen Zeigefinger ihrer rechten Hand entgegenstreckte und darauf einen kleinen, aber feinen Staubfilm präsentierte. „Ihr hättet während meiner Abwesenheit ruhig auch ein wenig auf die Sauberkeit in diesem Büro achten können. Wie es hinter dieser Türe aussieht, möchte ich lieber gar nicht wissen", bemerkte sie schließlich bissig und zeigte dabei auf die Verbindungstüre zu Kurt Schockenrieds Büro.

„Ich freue mich auch sehr, dich wiederzusehen, liebe Tatjana", entgegnete Dennis. Eine überschwängliche Herzlichkeit hatte er nicht erwartet, aber eine zumindest etwas freundlichere Begrüßung wäre für seinen Geschmack angemessen gewesen. Allein der Begriff *Herzlichkeit* schien für Tatjana allerdings ein Unding, jedenfalls am Arbeitsplatz.

Im nächsten Moment füllte sich das Zimmer mit Menschen. Kurt kam aus seinem Büro gestapft, und zeitgleich platzte Holger Grünbaum aus dem Flur herein. „Kinder, endlich sind wir wieder vereint. Oh, wie ist das wundervoll!“, frohlockte er und schloss Tatjana dabei fest in seine Arme, was dieser sichtlich unangenehm war.

„Ist ja gut, Holger. Wir sollten mit den Gefühlsduseleien aufhören, denn immerhin haben wir einen Mörder zu finden“, sagte sie und befreite sich aus der leidenschaftlichen Umarmung des leitenden Sachbearbeiters des Dezernats 1.1.

„Solltest du dich nicht noch etwas schonen, Tatjana?“, fragte Holger gleich darauf mitfühlend.

„Ach, papperlapapp. Wer zum Dienst kommt, kann auch arbeiten. Ansonsten wäre es besser, sie bliebe zu Hause!“, platzte Kurt schroff dazwischen.

„Da sind wir ja ausnahmsweise einmal einer Meinung, Herr Schockenried!“, stimmte Tatjana zu und überraschte gleich darauf alle, als sie nach vorne preschte: „Wir suchen einen keltischen Rächer oder, besser gesagt, jemanden, der sich für einen solchen hält. Wir suchen also den Rachegott Cernunnos!“

„Cer-wer?“, stammelte Holger.

Tatjana buchstabierte: „C-E-R-N-U-N-N-O-S, Cernunnos. Er ist der allmächtige Naturgott der Kelten, der im Rahmen der Christianisierung durch die Missionare bei den Menschen in Misskredit gebracht wurde, da er den Christen zu mächtig und zu herrlich war. Um den Menschen die Abkehr von Cernunnos zu erleichtern, wurden schreckliche Legenden über ihn verbreitet, die jedoch von einigen als das entlarvt wurden, was sie tatsächlich auch waren, nämlich billige Lügen. So wandelte sich das Bild Cernunnos' im Laufe der Jahrhunderte wieder, und er mauserte sich vom schwer in Verruf geratenen Naturgott zum herrlichen Rachegott, der einen unbarmherzigen Feldzug gegen diejenigen führte, die ihn diskreditiert hatten."

„Tatjana, du bist mir unheimlich. Woher weißt du solche Dinge? Und dabei bist du heute den ersten Tag seit Wochen wieder im Dienst!", stellte Dennis erstaunt fest.

„Das hat etwas mit Engagement zu tun, meine Herren!", schaltete sich die Stimme Jessica Dornfelds ein, die, von allen unbemerkt, schon seit einigen Minuten in der Türe stand, um der Unterhaltung zu lauschen.

„So ist es. Jessica war so freundlich, mich am gestrigen Feiertag in alle bekannten Einzelheiten des Falles sowie in ihre Theorien einzuweihen. Gemeinsam haben wir dann noch einige Stunden recherchiert, und das sind unsere Ergebnisse!"

Kurt, Holger und Dennis waren beeindruckt und verwundert zugleich. Als sich Tatjana von Senden und Jessica Dornfeld im vergangenen Spätsommer zu den Ermittlungen im Fall Tobias Bachmann alias Sebastian Redlow kennengelernt hatten, waren die beiden Damen sich zunächst alles andere als wohlgesonnen gewesen. Viel eher war ihre Zusammenarbeit durch zickiges Imponiergehabe geprägt gewesen, welches die Nerven der Kollegen teils hochgradig strapaziert hatte.

Kurt wurde es allmählich zu bunt. Die Selbstbeweihräucherungen Tatjanas und Jessicas gingen ihm gehörig auf den Keks. Er schlug mit der Faust so fest auf Tatjanas Schreibtisch, dass ein gerahmtes Bild, das Tatjana und ihren zukünftigen Ehemann Jörg Maurer zeigte, vom Tisch fiel und der Glasrahmen in tausende Scherben zersprang.

„Sie ungehobelter Klotz. Hiermit sind Sie ganz offiziell von meiner Gästeliste für die Hochzeitsfeier gestrichen. Es war so herrlich ruhig hier ohne Sie in den letzten Monaten. Wären Sie doch bloß in Ihrer Hütte am Ebnisee geblieben, dann wäre der Welt und vor allem uns Ihr steinzeitliches Benehmen erspart geblieben. Selbst Fred Feuerstein hat bessere Manieren als Sie!", keifte Tatjana daraufhin.

Nach einigen Sekunden betretenen Schweigens unterbrach Holger Grünbaum die Stille und versuchte, die Runde etwas aufzuheitern: „Also ich finde ja Fred Feuerstein gar nicht so toll, aber sein Freund und Kompagnon Barnie Geröllheimer ist echt eine Wucht. Schade, dass die beiden mit Wilma und Beckie verheiratet sind – ich hatte immer gehofft, sie würden irgendwann noch zusammen kommen. Sie würden bestimmt ein wundervolles Paar abgegeben!"

Genervt rollte der Erste Kriminalhauptkommissar mit den Augen. „Das darf ja wohl nicht wahr sein. Barnie Geröllheimer … Bin ich denn hier im Irrenhaus?", kommentierte er den Schlichtungsversuch des harmoniebedürftigen Holger Grünbaum. Bereits wenige Wochen nach seiner Rückkehr in den Polizeidienst schien Kurts Gelassenheit wie weggeblasen, und er war wieder reizbar wie eh und je. Er atmete einmal tief durch und berichtete dann kurz und knapp in monotonem Tonfall über seine Beobachtungen und die Begebenheiten des vergangenen Tages. Das einzige, was er geflissentlich ausließ, war sein Sturz auf das Grab einer gewissen Ursula Klara Plums.

„Na dann, Feuer frei. Lasst uns das Institut *Helvetia* auseinandernehmen!“, meinte Tatjana von Senden und fügte triumphierend hinzu: „Jessica und ich haben nämlich noch etwas herausgefunden!“

„Und das wäre?“, fragte Dennis, nun ebenfalls etwas genervt von der Wichtigtuerei seiner Kollegin.

Tatjana blickte auffordernd zu Jessica Dornfeld, die daraufhin erklärte: „Der keltische Rachegott Cernunnos wurde oft als bösartiger, bärtiger und ganz in Schwarz gekleideter Mann mit langen schwarzen Haaren, einem Bart und zwei Hörnern oder einem Geweih auf dem Kopf dargestellt. Oft trug er auch andere Namen wie beispielsweise Cernowain, Esus, Pan, Dionysos oder Satyr. Sein späterer germanischer Name – in diesem Zusammenhang lediglich weitaus weniger bekannt – war jedoch Freyr!“

24.
Lemberger, Kennedy und Intuitionen

„Casandra Susan Gallagher wurde am zweiundzwanzigsten November 1963 in Dundee in Schottland geboren. Sie studierte später Kunstgeschichte an der Universität von Glasgow. In dieser Zeit lernte sie auch ihren zukünftigen Ehemann, den fünf Jahre älteren Martin Gallagher kennen. 1990 heirateten die beiden in Danderhill, Midlothian, woher die Familie der Gallaghers ursprünglich stammte. 1993 kamen sie nach Stuttgart, weil Martin Gallagher eine Professur in Geologie und Archäologie angeboten bekommen hatte. Drei Jahre später gründeten sie das keltische Institut *Helvetia*, und im April desselben Jahres, 1996, wurde ihre Tochter Amy geboren. Weitere gemeinsame Kinder existieren nicht", berichtete Kurt, der zusammen mit Dennis Rathvan auf dem Weg zum Büro des Kriminalrats Hans-Dieter Scheible war.

Dennis legte die Stirn in Falten: „Zweiundzwanzigster November 1963? Was sagt mir dieses Datum denn nur?"

„An diesem Tag ereignete sich in Dallas das tödliche Attentat auf den damaligen amerikanischen Präsidenten John F. Kennedy. Ein gewisser Lee Harvey Oswald wurde kurz darauf verhaftet. Doch noch bevor es zu einer Anklage oder einem Prozess kommen konnte, wurde er von einem Nachtclub-Besitzer namens Jack Ruby erschossen. Der Fall wurde daraufhin abgeschlossen, obwohl er nie richtig aufgeklärt worden war. Aus kriminalistischem

Interesse habe ich mich intensiv mit dieser Sache beschäftigt und bin, wie so viele, zu dem Schluss gekommen, dass Oswald nicht der Täter war, sondern nur ein Bauernopfer, das der Öffentlichkeit zum Fraß vorgeworfen worden war. Wenn wir unseren Fall abgeschlossen haben, können wir uns gerne einmal ausführlich über dieses Thema unterhalten, wenn du magst", schlug Kurt vor.

„Klar, gerne. Das interessiert mich sehr", ging Dennis darauf ein, während ihm bewusst wurde, dass er Kurt mal wieder unterschätzt hatte. Er war bislang immer der Meinung gewesen, Kurt würde sich außerhalb seines Berufes lediglich für Fußball, Bowling, seinen Hund namens Schorsch, schwäbischen Zwiebelrostbraten und Trollinger interessieren, jedoch keinesfalls für geschichtliche Ereignisse.

„Aber zurück zu Casandra Gallagher", wechselte Kurt das Thema. „Sie kam am fünften Februar dieses Jahres unter dubiosen Umständen ums Leben. In der Nähe von Weyhingsheim, einem kleinen, beschaulichen Ort auf der Schwäbischen Alb, gibt es eine Stahlseil-Hängebrücke, die über ein Tal führt.

Bei einer gemeinsamen Wanderung mit Martin und Amy Gallagher, stürzte sie von dieser Brücke annähernd einhundert Meter in die Tiefe. Amy und ihr Vater hatten übereinstimmend berichtet, Casandra habe trotz ihrer ausgeprägten Höhenangst darauf bestanden, die Brücke zu überqueren. Dann habe sie sich einige Meter zurückfallen lassen, um sich dann ungehindert selbst hi-nunterstürzen zu können. Die polizeilichen Untersuchungen vor Ort konnten dies nicht widerlegen und gaben auch keinen

Anlass, an den Schilderungen Amy und Martin Gallaghers zu zweifeln."

„Das ist äußerst merkwürdig, findest du nicht?", fragte Dennis.

„Ja, mein Lieber. Das stinkt zum Himmel, wenn du mich fragst! Wer macht denn schon Anfang Februar eine Bergwanderung auf der Schwäbischen Alb, und das nur wenige Tage, nachdem die beste Freundin der Tochter, die irgendwie fast zur Familie gehörte, spurlos verschwunden ist. Die Höhenangst, unter der Casandra Gallagher litt, war schon seit Jahrzehnten bekannt. Ich bin kein Psychologe, aber ich denke, dass eine Höhenangst nicht zwingend dazu führt, sich in einem unbemerkten Moment zu Tode zu stürzen. Depressiv veranlagt war sie auch nicht, jedenfalls war weder davon noch von selbstmörderischen Tendenzen irgendetwas bekannt gewesen. Die im auswärtigen Zuständigkeitsbereich durchgeführten rechtsmedizinischen Untersuchungen erbrachten aber auch keinerlei Erkenntnisse, die die Behauptung vom Freitod widerlegt hätten."

„Dann kann man wohl sagen, dass die erste Februarwoche keine gute Woche für die Familie Gallagher war. Wer in diesen Tagen einen Ausflug mit Amy Gallagher unternahm, war kurze Zeit später tot. Das kann doch alles kein Zufall sein, oder? Außerdem sind Amy und Martin Gallagher äußerst gefasst und scheinbar unbeeindruckt davon, dass sie erst vor wenigen Monaten zwei sehr nahestehende Menschen verloren haben", bemerkte Dennis grübelnd.

***

„Was, bitteschön, wollen Sie von mir? Sagen Sie mal, Schockenried, sind Sie etwa betrunken?“, brüllte Hans-Dieter Scheible mit hochrotem Kopf.

„Leider nein, Herr Kriminalrat. Betrunken lässt sich so manches wesentlich besser ertragen, doch der Alkohol löst selten Probleme, vielmehr verursacht er weitere Schwierigkeiten!“, entgegnete Kurt sachlich.

„Hört, hört. Das sind ja ganz neue Töne aus dem Munde eines Mannes, der dafür bekannt ist, auf Betriebsweihnachtsfeiern sogar seine Hüllen fallen zu lassen, um nach dem eigentlichen Veranstaltungsende noch ein Glas Rotwein zu ergattern!“, stichelte Scheible.

Kurt stimmte zunächst etwas kleinlaut zu: „Dieses Ereignis liegt nun schon beinahe drei Jahre zurück. Und ich räume ja auch durchaus ein, dass es sich dabei nicht gerade um eine meiner Sternstunden handelt!“

Dann fügte er jedoch noch grinsend hinzu: „Aber am Ende habe ich immerhin bekommen, was ich wollte, und sogar noch mehr, nämlich eine ganze Flasche Lemberger mit Trollinger!“

„Nun ja. Zurück zum Thema“, schloss der Kriminalrat ruppig das Thema und fuhr fort: „Ich soll dem Herrn Staatsanwalt tatsächlich die Anordnung einer Exhumierung Casandra Gallaghers Leiche vorschlagen, nur weil Sie nicht an einen Selbstmord glauben und weil Casandras Ehemann – der angesehene Professor Doktor Gallagher – gestern in der Erde ihres Grabes herumgewühlt hat? Ich gebe ja zu – diese Buddelei ist schon durchaus sonderbar. Aber dennoch, Schockenried: Sind Sie denn noch zu retten? Wie kommen Sie denn nur auf einen solchen Blödsinn?“

„Dieser Blödsinn nennt sich Intuition! Ich möchte, dass unser dicker Dr. Brandner nochmals Casandra Gallaghers Leiche untersucht, weil ich den Verdacht habe, nein, weil ich mir sogar sicher bin, dass diese Frau keinen Selbstmord begangen hat!“, konterte Kurt energisch.

Scheible winkte ab und blaffte zurück: „Das sind reine Spekulationen ohne die geringsten Indizien. Die Leiche wurde bereits rechtsmedizinisch untersucht, und zwar mit dem Ergebnis, dass es keinen Hinweis auf Fremdeinwirkung gab. Stellen Sie sich den Skandal vor, den eine erneute Obduktion auslösen würde, die letztendlich zum gleichen Ergebnis käme! Klar ist auch, wer dann am Ende den Kopf dafür hinhalten müsste, nämlich ich, Herr Schockenried!“

„Aha, darum geht es also. Ich verstehe. In diesem Laden hat sich nichts geändert. Jeder ist nur darauf bedacht, seinen eigenen Arsch auf möglichst weichen Kissen zu betten. Sie ahnen gar nicht, wie leid ich es bin!“

Prompt folgte Scheibles Retourkutsche: „Und Sie ahnen nicht, wie leid ich es bin, mich seit Jahren mit Ihnen herumärgern zu müssen! Warum sind Sie überhaupt in den Polizeidienst zurückgekehrt? Hat Sie etwa irgendjemand darum gebeten?“

Nun sah Dennis den Moment gekommen, sich in die Auseinandersetzung einzumischen: „Allerdings, Herr Scheible. Ich hatte ihn darum gebeten. Und wissen Sie auch, warum?“

„Nein, ich habe beim besten Willen keine Ahnung!“, geiferte der Kriminalrat, wobei seinem Mund einige Spucketröpfchen entfleuchten.

„Weil er der beste Polizist ist, dem ich jemals begegnet bin. Dank seiner Intuitionen konnten wir schon so manchen fast aussichtslosen Fall lösen. Wir brauchen Herrn Schockenried. Bitte denken Sie nochmals über das nach, was er eben gesagt hat!"

„Sind Sie denn auch seiner Meinung, Herr Rathvan?", fragte Scheible, sich offenbar etwas beruhigend.

„Ja, das bin ich. Außerdem könnten wir mit einer Exhumierung Casandra Gallaghers noch einer weiteren offenen Frage auf den Grund gehen", sagte Dennis entschlossen.

„Von welcher Frage sprechen Sie?", wollte Scheible wissen.

„Wir fragen uns, was Professor Gallagher gestern bei strömendem Regen im Grab seiner Ehefrau gesucht hat, als er mit bloßen Händen darin herumwühlte."

Für einige Sekunden schwiegen alle. Hans-Dieter Scheible zog ein weißes Stofftaschentuch aus der Seitentasche seines braunen Nadelstreifenanzugs und tupfte sich damit den Schweiß von der Stirn. Es war ihm anzusehen, dass er angestrengt nachdachte. Dann sagte er: „Nichts da, es bleibt dabei. Ich werde nicht um eine Genehmigung zur Exhumierung Casandra Gallaghers Leiche ersuchen. Und damit basta!"

Kurt Schockenried sprang daraufhin fluchend auf, warf den Stuhl um, auf dem er eben noch gesessen hatte und verließ im Stechschritt Scheibles Büro. Dennis folgte ihm wortlos und hatte großes Glück, dass er es noch rechtzeitig und unversehrt durch die Türe schaffte, kurz bevor Kurt dieselbe mit einem beherzten Tritt zuschmetterte.

***

Dennis hatte große Mühe, seinem Kollegen weiter bis in dessen Büro zu folgen. Dort ließ sich Kurt in seinen Schreibtischstuhl fallen, legte die Beine auf den Tisch, zündete sich eine Zigarette an und bat Dennis, die Türe zu schließen, obwohl sonst niemand in der Nähe zu sehen war, der hätte mithören können.

„Heute Nacht, Dennis, werden wir uns darum kümmern. Aber wir brauchen Hilfe!“, sagte er.

Dennis ahnte, welches Unheil sich in Kurts Gedanken zusammengebraut hatte, doch er tat so, als hätte er nicht begriffen: „Worum werden wir uns kümmern? Und wofür brauchen wir Hilfe?“

Kurt blies drei große Rauchkringel aus und erklärte: „Heute Nacht werden wir zum Waldfriedhof fahren und eigenhändig Casandra Gallaghers Leiche ausgraben. Dann bringen wir sie ins Rechtsmedizinische Institut, wo Dr. Brandner sie untersuchen kann, und bevor die Sonne wieder aufgeht, haben wir sie wieder in ihr Grab zurückgelegt, ohne dass jemand etwas bemerkt haben wird. Bist du dabei?“

Dennis hatte noch einen Funken Hoffnung gehabt, seine Vermutung würde sich nicht bestätigen, doch leider hatte er mit seinem Verdacht richtig gelegen.

„Kurt, das ist echt ein Hammer, das können wir nicht machen. Es könnte uns alle den Job kosten!“

Kurt erhob sich aus seinem Stuhl und drückte die Zigarettenkippe aus, bevor er in einem etwas herablassenden Ton feststellte: „Entweder bist du dabei oder nicht. Aber wenn dir dein eigener Arsch wichtiger sein sollte als neue Erkenntnisse, die unter Umständen dazu führen, dass wir weitere Morde verhindern können, dann kannst du mich mal an dem meinen lecken, und zwar kreuzweise!"

Dennis sah sich gefangen in einer Zwickmühle aus Dienstvorschriften und emotionaler Verbundenheit zu seinem Mentor und Vorbild. Er überlegte einen Moment, dann folgte er seinem kriminalistischen Bauchgefühl und antwortete aus innerer Überzeugung: „Also gut, Kurt, ich bin dabei! Ich werde Mark Scheck fragen, ob er uns helfen kann, wenn das für dich in Ordnung geht?"

Kurt nickte anerkennend: „Gut so. Wir können jeden gebrauchen, der zupacken kann und dem wir vertrauen können. Falls die Sache in die Hose gehen sollte, werde ich alles in meiner Macht stehende tun, um dich und die anderen aus der Angelegenheit herauszuhalten! Ich kümmere mich darum, dass Holger Grünbaum und Dr. Brandner ebenfalls mit von der Partie sind. Zu fünft sollten wir das doch hinbekommen, oder? Die Operation „Casandra" startet gegen dreiundzwanzig Uhr. Um diese Zeit dürften wir auf dem Friedhof im Degerlocher Wald wohl ungestört sein."

25.
Charisma und Impulse

„Mein Knie ist wieder einigermaßen in Ordnung", beantwortete Tatjana von Senden Jessica Dornfelds Nachfrage, ob sie denn wieder voll einsatzfähig sei. Die beiden befanden sich ausnahmsweise allein in Tatjanas und Dennis' Büro und konnten sich ungestört unterhalten. „Laut Dr. Scheck hält es nur noch keinen übermäßigen Belastungen stand und muss noch immer geschont werden", fügte Tatjana hinzu. „Unter anderem darum, aber auch aufgrund unserer aktuellen Ermittlungen habe ich beschlossen, meine Hochzeit um einige Wochen zu verschieben. Sie wird nun am zwanzigsten Juni, einen Tag vor der längsten Nacht des Jahres stattfinden. Es wird also sozusagen ein kleines Mittsommerfest!"

„Und dein Zukünftiger war mit der Verlegung der Feierlichkeiten einverstanden?", gab sich Jessica skeptisch.

Tatjana winkte ab: „Als ob er dabei irgendetwas mitzureden hätte. Jörg kann froh sein, dass ich ihn überhaupt heirate."

„Ach. Warum das?", fragte Jessica interessiert und zugleich ein wenig irritiert.

„Da ich zugestimmt habe, rückt es auch mich in kein gutes Licht, aber mal ganz ehrlich und unter uns: Der Heiratsantrag, den Jörg mir gemacht hat, war unter aller Sau. Der Typ kann sich glücklich schätzen, dass ich trotzdem Ja gesagt habe!"

„Ich möchte mich ja nicht einmischen, aber wenn ich mich recht erinnere, war es doch so, dass du ihn über Jahre dazu gedrängt hattest, dir endlich einen Antrag zu machen. Um ehrlich zu sein, kann ich verstehen, dass er unter diesem emotionalen Druck nicht gerade zur Höchstform aufgelaufen ist, was die Originalität des Antrags betrifft."

Vermutlich wäre Tatjana jeder anderen Person für diese versteckte Kritik mit Anlauf ins Gesicht gesprungen, doch bei Jessica reagierte sie erstaunlich ruhig und zugleich ehrlich: „Weißt du, ich hatte es einfach satt, weiterhin nach dem Richtigen suchen zu müssen. Höchstwahrscheinlich gibt es noch irgendwo auf dieser Welt jemanden, der besser zu mir passen würde als Jörg. Aber für mich ist es schon in Ordnung, den Rest meines Lebens mit ihm zu verbringen."

Jessica war entsetzt: „Schon in Ordnung? Um Himmels Willen, Tatjana, wenn du nicht einhundertprozentig davon überzeugt bist, dass Jörg die Liebe deines Lebens ist, dann darfst du ihn unter keinen Umständen heiraten! Das würde doch niemals gut gehen, und du würdest dich und gleichermaßen auch ihn ins Verderben stürzen. Das wäre nicht fair!"

„Keine Sorge, ich weiß schon, was ich tue!"

„Ganz ehrlich, für mich käme ein solcher Kompromiss nicht in Frage. Das Leben ist doch, vor allem für uns Kriminalisten, viel zu kurz, um es mit einer Art Notlösung zu vergeuden. Lieber bliebe ich für immer Single!"

Tatjana fühlte sich nun doch ein wenig von Jessica in die Defensive gedrängt und versuchte, von sich abzulenken:

„Ach ja, und was machst du mit Dennis Rathvan? Ist er nicht nur ein Spielzeug für dich?“

Jessica antwortete postwendend: „Nein, ich mag Dennis sehr. Und im Grunde bringt er alles mit, was ich von einem Mann erwarte. Er ist authentisch und intelligent, humorvoll und attraktiv, beruflich erfolgreich, aber gleichzeitig bodenständig. Eigentlich wäre er perfekt, wenn er sich nicht selbst so oft im Weg stünde. Dabei kommt meiner Meinung nach sein einziges Manko ins Spiel, nämlich teilweise mangelndes Rückgrat und ein fehlender sprichwörtlicher Arsch in der Hose, was verhindert, dass er auch in unangenehmen Situationen seinen Mann steht, besonders, wenn es darum geht, die Interessen und Anliegen verschiedener Leute unter einen Hut zu bringen!“

Tatjana überlegte kurz und stimmte dann zu: „Damit könntest du Recht haben. Dennis ist ein herzensguter Kerl und ein guter Kriminalist, aber hier und da fehlt es ihm durchaus ein wenig an Charisma. Hattet ihr denn schon Sex?“

Jessica machte ob dieser direkten Nachfrage einen recht verblüfften Gesichtsausdruck und schüttelte entschieden den Kopf. „Nein! Bisher ist überhaupt nichts passiert. Wie gesagt – ich habe ihn gern. Aber wie und ob überhaupt wir uns irgendwann einmal näher kommen, steht in den Sternen. Ich bin mir nicht einmal sicher, ob er eigentlich weiß, was er will.

***

„Herr Professor Gallagher, unsere Überprüfungen haben bestätigt, dass Sie in der vergangenen Woche tatsächlich auf einem Kongress in Venedig waren. Allerdings sind Sie einen Tag früher als geplant zurückgekehrt. Warum?“, fragte Tatjana.

Martin Gallagher räusperte sich: „Ähem, nun ja, das wissenschaftliche Programm war deutlich früher zu Ende als ursprünglich anberaumt, so dass ich mich dazu entschlossen habe, einen Tag früher wieder nach Stuttgart zu reisen. Nach einer privaten Zusammenkunft mit den Kollegen, die noch für den Abend des ersten Mai angesetzt war, stand mir nicht der Sinn. Also habe ich kurzfristig meine frühere Abreise organisiert, da ich hier in Stuttgart gewisse Verpflichtungen habe, die keinen Zeitaufschub dulden.“

„So so“, sagte Tatjana und nickte. „Ist es richtig, dass Sie um die Mittagszeit des ersten Mai am Stuttgarter Hauptbahnhof angekommen sind?“

„Ja, das ist korrekt“, bestätigte Gallagher.

„Was haben Sie im Anschluss daran getan?“

„Ich bin direkt hierher ins Institut gefahren. Wie Sie ja sicherlich wissen, befinden sich im Obergeschoss des Gebäudes auch unsere privaten Räumlichkeiten, in denen wir wohnen.“

Nach einem kurzen Moment der Stille konfrontierte Jessica Dornfeld den Wissenschaftler mit der Tatsache, dass er auf dem Waldfriedhof gesehen wurde: „Warum lügen Sie uns an, Herr Professor Gallagher? Sie haben sich von einem Taxi direkt zum Waldfriedhof nach Degerloch fahren lassen. Was haben Sie dort getan?“ Gallagher zeigte sich empört: „Na, hören Sie mal. Man wird doch wohl noch das Grab seiner Ehefrau besuchen dürfen, ohne sich dafür rechtfertigen zu müssen, oder etwa nicht?"

„Natürlich dürfen Sie das. Trotzdem ist es Fakt, dass Sie uns eben nicht die Wahrheit gesagt haben. Ich stelle die Frage also nochmals, formuliere sie nur etwas konkreter: Was haben Sie in dem Grab gesucht?", hakte Jessica nach, ohne Gallaghers Rechtfertigung weiter zu kommentieren.

„Nichts. Wie gesagt, ich habe lediglich die Ruhestätte meiner Gattin besucht!"

Jessicas Augen verengten sich zu Schlitzen. „Und warum haben Sie sich dabei die Mühe gemacht, mit den Händen ein tiefes Loch in die Erde zu graben und es anschließend wieder zu verschließen? Das scheint doch ein recht merkwürdiges Verhalten – zumal zu diesem Zeitpunkt ein bestialisches Wetter herrschte."

Man konnte Gallagher förmlich ansehen, dass er überlegte, wer in aller Welt ihn bei seiner Tat beobachtet haben könnte. Schließlich hatte er niemanden auf dem Waldfriedhof bemerkt. Etwas hölzern versuchte er, sich aus der Sache herauszuwinden: „Ach, das meinen Sie! Ich wollte lediglich etwas Ordnung schaffen und habe dabei kontrolliert, ob die neuen Grabpflanzen bereits tief genug verwurzelt sind."

Natürlich glaubten Tatjana und Jessica kein Wort von dem, was er ihnen versuchte weiszumachen, wechselten jedoch nach einem kurzen Blickkontakt das Thema.

„Wie ist Ihre Frau am fünften Februar eigentlich genau ums Leben gekommen?", fragte Tatjana.

Gallagher war einen kurzen Moment lang die Spur der Erleichterung anzusehen. Vermutlich war er froh, dass die Sache mit dem Friedhof fürs Erste vom Tisch war. Dann gab er sich erneut empört, als er sagte: „Es geht Sie zwar nicht das Geringste an, aber ich werde es Ihnen trotzdem erzählen. Wir waren bei einer Bergwanderung auf der Schwäbischen Alb und mussten dabei über eine Hängebrücke gehen. Casandra litt unter einer stark ausgeprägten Höhenangst, bestand jedoch darauf, die Brücke dennoch zu überqueren. Sie meinte, es sei Amy und mir nicht zuzumuten, ihretwegen einen Umweg von mindestens zwei Stunden in Kauf nehmen zu müssen. So lange hätte es ungefähr gedauert, wenn wir einen anderen Weg außen herum gewählt hätten. Sie versicherte uns, sie würde das schon schaffen. Auf der Brücke ließ sie sich dann immer mehr zurückfallen. Als Amy und ich dies bemerkten, war es bereits zu spät. Wir sahen, wie sie sich gegen das Brückengeländer lehnte, sich dann darüber beugte und schließlich herabstürzte. Es ging alles so schnell, dass wir nichts mehr dagegen unternehmen konnten. Es war furchtbar. Wir leiden sehr darunter und machen uns natürlich große Vorwürfe. Ich bin allerdings froh darüber, dass es Amy mittlerweile wieder besser geht!“

„Haben Sie denn für sich oder Ihre Tochter um seelischen oder psychologischen Beistand ersucht?“

„Nein, das habe ich nicht. Es gibt Dinge im Leben, bei deren Bewältigung einem niemand helfen kann. Es stärkt den eigenen Charakter, wenn man solche Krisen ohne fremde Hilfe gemeistert hat.“

„Interessanter Ansatz“, bemerkte Jessica knapp, während sie und Tatjana sich vielsagende Blicke zuwarfen.

***

Im Anschluss an das Gespräch mit dem Professor hatten Jessica und Tatjana noch die Möglichkeit, sich mit Amy Gallagher zu unterhalten, welche die von ihrem Vater geschilderte Version vom tragischen Tod Casandras nahezu wörtlich bestätigte.

Den Assistenten des Professors, Adam Freyr, konnten sie leider nicht befragen. Für eine polizeiliche Vorladung auf das Präsidium reichte die Tatsache, dass er den Namen trug, unter welchem auch der keltische Rachegott Cernunnos teilweise bekannt war, natürlich nicht aus.

„Die lügen doch beide wie gedruckt!", ärgerte sich Tatjana, als sie wieder auf dem Weg zum Auto waren.

Jessica bestätigte ihre Ansicht: „Ja, das denke ich auch. Martin Gallagher wirkte auf einmal sehr verunsichert. Scheibchenweise gab er immer nur so viel preis, wie wir ohnehin schon wussten. Und dabei bediente er sich meiner Meinung nach ziemlich schlechter Lügen. Wenn die Geschichte eines Ereignisses von zwei getrennt befragten Menschen nicht nur inhaltlich, sondern auch im Wortlaut nahezu identisch wiedergegeben wird, dann ist sie in der Regel untereinander abgestimmt und auswendig gelernt!"

„Warum sollte jemand, der unter einer so ausgeprägten Höhenangst leidet, freiwillig über eine einhundert Meter hohe Hängebrücke gehen?" stellte Tatjana in Frage.

Jessica entgegnete: „Das ist gar nicht so ungewöhnlich. Menschen hoffen, ihre Ängste und Phobien besiegen zu können, indem sie sie versuchen zu ignorieren und sich bewusst einer auslösenden Situation stellen. Manchmal wird dieser Ansatz auch von therapeutischer Seite unter dem Überbegriff der Desensibilisierung angewandt, jedoch sollte dies niemals ohne professionelle Aufsicht erfolgen. Teil der Akrophobie, also der Höhenangst, ist nicht nur die Angst vor der Höhe, sondern tatsächlich auch ein innerer Impuls, sich gegen den eigenen Willen in die Tiefe fallen zu lassen. Vereinfacht ausgedrückt könnte man auch sagen, sie beschreibt nicht die Angst zu fallen, sondern die zu springen. Amy und Martin Gallagher verfügen offenbar über dieses Wissen und machten es sich zu Nutze, um den Tod Casandras als Freitod darzustellen. Ich bin mittlerweile der gleichen Ansicht wie Kurt Schockenried, nämlich, dass Casandra Gallagher getötet wurde. Und zwar höchstwahrscheinlich von ihrem Ehemann oder ihrer Tochter."

„Oder von beiden zusammen!", fügte Tatjana hinzu.

26.
Operation „Casandra“

Kurt Schockenried, Holger Grünbaum, Dennis Rathvan und Mark Scheck standen in konspirativer Runde auf dem Parkplatz vor dem Degerlocher Waldfriedhof und warteten gemeinsam auf den Rechtsmediziner Dr. Simon Brandner, der sich offenbar etwas verspätete. Sie waren äußerst angespannt. Die illegale Bergung einer Leiche war schließlich keine alltägliche Sache.

Kurt zündete sich bereits die dritte Zigarette in Folge an, und auch Mark Scheck griff vor lauter Aufregung zum Glimmstängel. „Ihr wisst schon, dass wir uns hier alle strafbar machen, auch wenn ihr Polizisten seid, oder?“, warf er in die Runde.

Holger gab daraufhin zu bedenken: „Wäre es nicht besser gewesen, wenn wir unser Auto woanders geparkt hätten und hier nicht so auffällig auf dem Parkplatz herumstehen würden?“

„Ach Quatsch. Das ist ein öffentlicher Parkplatz. Wir können hier herumstehen wann und so lange wir wollen, auch mitten in der Nacht und bei strömendem Regen!“, blaffte Kurt.

„Genau, wir könnten ja Freizeit-Gruftis sein, die sich von der düsteren Stimmung inspirieren lassen wollen“, stimmte Dennis nicht ganz ernst gemeint zu.

„Endlich, da kommt er ja!“, bemerkte Mark, als die beiden Scheinwerfer eines Lieferwagens am Eingang des

Parkplatzes aufleuchteten und langsam näher kamen. Der Wagen hielt an und Simon Brandner stieg gut gelaunt aus, während er den letzten Rest eines Schokoriegels in seinem Mund verschwinden ließ. Lässig begrüßte er seine Mitstreiter: „Hi Leute. Endlich passiert mal etwas Aufregendes. Als Kommissar Schockenried mich heute anrief, um zu fragen, ob ich bei der Operation „Casandra" mit von der Partie sein würde, habe ich natürlich sofort zugestimmt. Was für eine abgefahrene Aktion, ihr Halunken! Lasst uns hineingehen, den Sarg ausbuddeln und in den Lieferwagen schleppen. Ich habe spezielle Befestigungsgurte beschafft. Mark, du wirst mir dann bei der Obduktion im Institut helfen, damit es schneller geht und wir gemeinsam die Spuren wieder beseitigen können. Zu zweit geht das wesentlich schneller und gründlicher als alleine. Anschließend bringen wir alle zusammen die Leiche zurück und verschließen das Grab wieder. Dass die Bepflanzung der Ruhestätte dabei etwas in Mitleidenschaft gezogen wird, wird natürlich morgen bemerkt werden, kann uns aber egal sein. Das könnte ja schließlich jeder gewesen sein, oder?"

Die fünf Männer zogen sich Ganzkörperanzüge mit Kapuzen an, ganz so, wie sie die Mitarbeiter der Spurensicherung an den Tatorten zu tragen pflegten, um selbst möglichst wenig Spuren zu hinterlassen. Sie bedeckten ihre Schuhe mit Überziehern, um keine Abdrücke mit Profil zu hinterlassen, zogen sich Handschuhe an und bewaffneten sich mit Schaufeln. Angeführt vom Ersten Kriminalhauptkommissar Kurt Schockenried, der wusste, wo sich Casandra Gallaghers Grab befand, schritten sie bei

Nacht, Nebel und Regen im Gänsemarsch über den Waldfriedhof. Sie passierten das Fliegeropferfeld, auf welchem 482 von 4562 Luftkriegsopfern bestattet waren, die bei den Luftangriffen auf Stuttgart in den Jahren 1943 bis 1945 ihr Leben verloren hatten.

An der nächsten Weggabelung sagte Kurt: „Gleich da vorne muss es sein!“ Selbst er flüsterte jetzt nur noch, obwohl nicht anzunehmen war, dass sich außer ihrer Truppe ein weiterer lebender Mensch auf dem Friedhof befand.

Am richtigen Grab angekommen, machten sie sich umgehend an die Arbeit. Nachdem sie die Pflanzen unsanft aus dem Weg geräumt hatten, begannen sie, begleitet von den Schreien eines Nachtkauzes, zu graben. „Ach du liebes bisschen, ist das unheimlich. Ich kann es einfach nicht fassen, dass ich gerade mitten in der Nacht auf einem Friedhof bin und meinen polizeilichen Vorgesetzten dabei helfe, ohne Genehmigung eine Leiche auszugraben. Wenn das meine Mutter wüsste, sie würde sich in ihrem Grab herumdrehen!“, bemerkte Holger.

Dabei war allerdings nicht zu überhören, dass eine gehörige Portion Stolz in seinen Worten mitschwang.

Auch Mark und Dennis war es nicht ganz wohl bei der Sache: „Ich kann auch nicht fassen, was ich hier mache!“, sagte Mark, und Dennis fügte sachlich hinzu: „Wenn die Sache auffliegt, und das wird sie unweigerlich, wenn ihr mich fragt, dann sind wir alle geliefert!“

Nur Kurt Schockenried und Simon Brandner waren gelassen bei der Arbeit und schienen keineswegs nervös zu sein, wobei der Rechtsmediziner seine maßgebliche Beteiligung an der Aktion offensichtlich keineswegs darin sah, sich besonders eifrig an der anstrengenden Aushebung des Grabes zu beteiligen.

„Jetzt hört endlich mal auf zu jammern, ihr Weicheier. Mit euch kann man wirklich kein Scheißhaus stürmen!", raunzte Kurt und forderte außerdem Simon Brandner unmissverständlich und energisch dazu auf, etwas tatkräftigeren Gebrauch von seiner Schaufel zu machen.

Dieser war nicht um eine Ausrede verlegen: „Meine Bandscheiben, Herr Schockenried. Diese Arbeit ist Gift für meinen Rücken. Außerdem ist sicherlich niemandem damit geholfen, wenn ich nachher nicht mehr aufrecht am Seziertisch stehen kann!"

Kurt, der nicht sonderlich zum Scherzen aufgelegt war, erhob drohend seine Schaufel: „Sicher ist jedenfalls, dass ich mit dieser Schaufel gleich Ihren werten Schädel bearbeite, wenn Sie nicht augenblicklich Ihren dicken Hintern bewegen und mit anpacken!"

Simon Brandner, der sich normalerweise eine solche Unverschämtheit nicht gefallen lassen würde, lenkte schließlich wortlos ein, um den Erfolg der Operation „Casandra" nicht unnötig zu gefährden, und fing ebenfalls an zu graben. Es dauerte nicht lange, und sie stießen auf etwas Hölzernes. „Ich hab's! Das muss der Sarg sein!", jubelte Holger ganz aufgeregt.

„Moment mal!", unterbrach Mark und stellte eine Frage, die durchaus berechtigt war: „Habt ihr Super-Polizisten eigentlich vorher überprüft, ob Casandra Gallaghers Leichnam überhaupt als solcher bestattet wurde oder ob von ihr eventuell nur noch ein Häufchen Asche übrig ist?

Ihre Asche zu obduzieren dürfte nämlich keine besonders interessanten Erkenntnisse liefern!"

Plötzlich hielten alle inne. Das Schweigen in der Runde verriet Mark, dass daran keiner gedacht hatte. Er schüttelte den Kopf und schnalzte mit der Zunge. „Na toll. Am Ende machen wir uns hier wegen eines Häufchens Staub strafbar. Also wirklich – ganz große Klasse, Männer!"

Kurt erstickte die Bedenken sofort im Keim, war jedoch insgeheim nicht ganz so gelassen wie er sich gab: „Ach, Unsinn. Die Urnen- und Kleingräber befinden sich in einem anderen Teil des Friedhofs. Es muss ein Körper in der Kiste sein!"

Und tatsächlich hatten sie, nur wenige Minuten später, einen Sarg freigelegt, wie er für Erdbestattungen üblich war. Kurt setzte ein Stemmeisen an und hebelte den Deckel auf. Die Luft, die daraufhin dem Inneren des Sargs entwich, war alles andere als angenehm. „Pfui Teufel!", kreischte Holger, und auch Kurt und Dennis hielten sich schützend die Hände vors Gesicht.

„Na, was habe ich gesagt? Eine astreine Leiche!", freute sich Kurt. „Los, Jungs. Wir müssen den Kasten heraus hieven!", forderte er die anderen auf.

Dennis, Mark und Simon stiegen in das Grab hinunter und mühten sich nach Leibeskräften, den Sarg anzuheben, während Holger und Kurt ihn oben im Empfang nehmen wollten.

„Warum nehmen wir denn nicht nur den Leichnam mit und lassen den Sarg, wo er ist?", schlug Holger schwitzend und stöhnend vor.

„Weil wir die Leiche niemals unversehrt bis zum Auto und ins Institut bringen könnten. Sie würde in alle Einzelteile zerfallen“, erklärte Dr. Brandner sachlich.

Unter Aufbietung aller vereinten Kräfte schafften es die fünf schließlich, den Sarg mit Casandra Gallaghers Leichnam nach oben zu wuchten.

„Das glaubt mir keiner, wenn ich das jemals jemandem erzählen werde“, konnte Dennis gerade noch sagen, bevor er beim Versuch, aus dem Grab wieder herauszuklettern, abrutschte und rückwärts wieder hineinfiel. Krachend schlug er auf dem Boden auf und spürte einen starken Schmerz am Hinterkopf. Seine Hand war voller Blut, nachdem er seinen Schädel abgetastet hatte. Er war mit dem Kopf gegen etwas Hartes gestoßen und hatte sich eine klaffende Platzwunde zugezogen. Holger Grünbaum wollte ihm gerade zur Hilfe eilen, als Dennis plötzlich aufgeregt bemerkte: „Leute, hier ist noch etwas!“ Ungeachtet seiner Verletzung buddelte er eifrig mit den Händen weiter in der Erde und umfasste plötzlich das Bein eines Menschen. Es war kein Stein gewesen, gegen den er mit dem Kopf geprallt war, sondern der Knochen eines menschlichen Knies. Unter dem Sarg, in dem Casandra Gallaghers Körper lag, war noch eine weitere Leiche vergraben.

27.
Örtliche Betäubung

„Jetzt wird es einen kleinen Stich geben!“, kündigte Mark Scheck lapidar an, bevor er ein Mittel zur lokalen Betäubung in die Ränder der Platzwunde an Dennis’ Hinterkopf injizierte, um sie wenig später nähen zu können.

Die Einstiche waren dabei weniger das Problem als der Druck, den Dennis verspürte, während das Mittel eingespritzt wurde. Er rang nach Luft und verlor fast das Bewusstsein.

„Das Schlimmste hast du überstanden. Wir werden nun einige Minuten warten müssen, bis das Mittel seine volle Wirkung entfaltet hat. Dann kann ich beginnen, die Wunde zu nähen. Schätzungsweise werde ich vier Stiche benötigen, vielleicht schaffe ich es auch mit dreien“, erklärte Mark.

Dennis saß auf einem Stuhl in Dr. Brandners Büro im Rechtsmedizinischen Institut und fühlte sich erbärmlich. Ein Blick in den Spiegel ließ ihn entsetzt auffahren: Seitlich am Hinterkopf, wo sich die Wunde befand, klaffte eine kreisrunde kahle Fläche, die den Durchmesser einer Untertasse zu haben schien. „Sag mal, du Idiot! Warum hast du mir nicht gleich den ganzen Schädel kahl rasiert?“, pflaumte er Mark an, der gerade dabei war, die Utensilien für die Wundversorgung bereitzulegen.

„Ich brauche nun einmal ausreichend Platz, um die Wunde sauber versorgen zu können. Haare stören dabei nur und stellen außerdem eine potentielle Infektionsgefahr dar. Aber jetzt, wo du es sagst – du könntest dir tatsächlich mal die Haube rasieren. Ich hatte nämlich in letzter Zeit einige Male den Eindruck, dass du langsam, aber sicher eine Platte bekommst!", kommentierte Mark amüsiert.

„Was für ein Unsinn. Ich und eine Glatze, das ist ja lächerlich!", giftete Dennis. „Lass meine Haare mal meine Sorge sein."

In diesem Moment betrat Holger Grünbaum das Büro. Er hatte den letzten Teil der Unterhaltung mit angehört und ließ es sich nicht nehmen, seine eigene Meinung zum Thema kundzutun. Sehr zu Dennis' Leidwesen bestätigte Holger, dass bei ungünstigen Lichtverhältnissen tatsächlich der Eindruck entstehe, Dennis' Haupthaar würde sich allmählich etwas lichten.

„Na großartig, Holger. Jetzt fällst du mir auch noch in den Rücken!", gab sich Dennis enttäuscht.

Holger ging jedoch nicht mehr näher darauf ein, sondern verkündete aufgeregt: „Sobald Dennis' Platzwunde genäht ist, müsst ihr sofort in den Sektionssaal kommen. Es gibt sehr interessante Neuigkeiten. Das müsst ihr euch unbedingt anschauen!"

***

Im Sektionssaal sah es aus wie auf einem Schlachtfeld. Stark verweste Organe lagen in Metallschalen, und auf den Seziertischen lag ein Gemisch aus Leichenflüssigkeiten, toten und lebendigen Insekten, verrotteter Kleidung sowie Matsch und Erde. Auf einem separaten Tisch sammelten sich unzählige, provisorisch beschriftete Proben aller Art. Und inmitten des Chaos stand der äußerst gelassen und souverän wirkende Dr. Simon Brandner. Man konnte ihm förmlich anmerken, wieviel Spaß ihm seine Arbeit bereitete. Im Eiltempo untersuchte er parallel den Körper Casandra Gallaghers und den der zweiten Leiche, die sie rein zufällig entdeckt hatten. Mark Scheck war ihm keine große Hilfe dabei gewesen, da er in den letzten Monaten offensichtlich schon wieder eine Menge an rechtsmedizinischem Fachwissen eingebüßt hatte und sich obendrein noch um die Versorgung der Platzwunde an Dennis' Hinterkopf hatte kümmern müssen.

Trotz aller Coolness standen Simon Brandner die Schweißperlen auf der Stirn. Schließlich war große Eile geboten, wenn sie Casandra Gallagher wieder rechtzeitig zum Waldfriedhof bringen wollten, bevor bei Tageslicht die ersten Besucher dort auftauchten.

„Was ist denn das für ein komisches Knäuel? Sieht irgendwie aus wie Blumenkohl mit Schimmelpilzen", fragte Holger und hielt sich angewidert die Nase zu, als er noch hinzufügte: „Es riecht auch mindestens genauso scheußlich!"

„Das ist der Dünndarm, du Ignorant. Genauer gesagt, die Abschnitte, die Jejunum und Ileum heißen!", setzte Simon Brandner gerade zu seinen Erläuterungen an, als auf einmal Dennis' Handy klingelte. Kurt Schockenried war vereinbarungsgemäß beim Waldfriedhof in Degerloch geblieben, um die Stellung zu halten, während die anderen ins Rechtsmedizinische Institut gefahren waren. Kurt wurde so langsam ungeduldig. Er wollte einerseits wissen, wann er endlich damit rechnen konnte, dass die vier mit den zwei Leichen zurückkamen, andererseits war er natürlich auch äußerst neugierig zu erfahren, welche Erkenntnisse die Untersuchungen bisher eingebracht hatten. Um nicht alles zweimal erklären zu müssen, übernahm Simon Brandner das Gespräch und ließ alle mit anhören, was er zu berichten hatte. Er kam direkt zur Sache: „Es folgt nun die Kurzversion meiner bisherigen Erkenntnisse. Wie wir schon befürchtet hatten, konnte ich am Körper Casandra Gallaghers bisher nichts finden, was die Behauptungen Amy und Martin Gallaghers widerlegen würde. Nichts deutet daraufhin, dass sie ermordet wurde. Die weit fortgeschrittene Verwesung und der Sturz aus etwa einhundert Metern Höhe machen es zum jetzigen Zeitpunkt unmöglich zu differenzieren, ob sie gefallen, gesprungen oder etwa gestoßen wurde. Diesbezüglich war unsere Aktion also ein Schlag ins Wasser. Bei der zweiten Leiche allerdings, die, wie wir ja alle gesehen haben, keinen Kopf mehr hat, handelt es sich mit neunundneunzig prozentiger Sicherheit um Brigid Shearer. Ebenso wie beim Leichnam Wilbeth Snyders konnte ich im Ausgang ihres Magens einen kleinen Plastikbeutel finden, in dem sich zwei Tarotkarten befanden. Selbsterklärend war sie aufgrund ihrer Enthauptung bereits tot, als sie in das Grab gelegt wurde. Todesursache war, wie bereits nach den Untersuchungen des Schädels vermutet, eben diese Dekapitation. Ich habe keinen Anlass, von einem anderen als dem bisher angenommenen Todeszeitpunkt auszugehen. Es bleibt dabei, dass sie vermutlich Anfang Februar getötet wurde. Weiter konkretisieren kann ich es leider nicht. Die

Nacht vom ersten auf den zweiten Februar kommt somit aber durchaus in Frage!“

Nachdem er mit Nachdruck darum gebeten hatte, die beiden Leichen auf dem allerschnellsten Wege wieder zusammenzuflicken und zurück zum Friedhof zu bringen, legte Kurt auf. Die Dämmerung brach bereits herein, und bald würde schon die Sonne aufgehen. Es blieb also nicht mehr viel Zeit, wenn sie nicht in flagranti erwischt werden wollten.

Da sie Casandra Gallaghers Leiche unerlaubt ausgegraben und untersucht hatten, durfte natürlich auch niemand vom Fund Brigid Shearers wissen. So blieb ihnen nichts anderes übrig, als die beiden Körper fürs Erste wieder in das Grab zurückzulegen. Da aber schon in wenigen Stunden unweigerlich bemerkt werden würde, dass sich in dieser Nacht jemand am Grab Casandra Gallaghers zu schaffen gemacht hatte, war Kurt guter Hoffnung, ein weiteres Argument für die offizielle Genehmigung zur Exhumierung präsentieren zu können. Sollte sich Kriminalrat Scheible überzeugen lassen und bei der Staatsanwaltschaft einen entsprechenden Antrag stellen, stünden die Chancen sicherlich nicht schlecht, eine solche Genehmigung tatsächlich zu erhalten. Natürlich rein zufällig würde im Rahmen der Exhumierung Casandra Gallaghers dann die Leiche Brigid Shearers gefunden werden. Möglicherweise könnten sie so tatsächlich verhindern, dass irgendjemand von ihrer unerlaubten nächtlichen Aktion erfuhr. Die neuen Erkenntnisse könnten dann ganz offiziell in die Ermittlungen mit einbezogen werden, ohne dass sie strafrechtliche Konsequenzen, unter anderem wegen Leichenschändung, zu befürchten hatten.

***

Holger, Dennis, Mark und Simon schleppten den Sarg Casandra Gallaghers und den Leichnam Brigid Shearers eilig wieder zum Lieferwagen, der vor dem Rechtsmedizinischen Institut geparkt war. Als sie am Kaffeeautomaten in der Eingangshalle vorbeikamen, ließ es sich Simon Brandner nicht nehmen, einen spitzfindigen Kommentar abzugeben: „Ihr werdet nicht glauben, was neulich hier passiert ist. Irgendwelche Idioten haben mutwillig unseren Kaffeeautomaten beschädigt und sind dann einfach getürmt!“

„Nein, wer macht denn so etwas?“, entgegnete Holger entsetzt. „Ihr habt doch erst im letzten Jahr ein neues Kamera-Überwachungssystem im Gebäude installieren lassen, oder? Darauf müssten die Schurken doch zu sehen sein!“

Simon überlegte kurz und räumte dann ein: „Ja, es gibt ein neues Überwachungssystem, aber leider ist der Zeitraum der Tat darauf nicht festgehalten!“

„Warum denn nicht?“, wollte Holger wissen.

Simon erfand eine Ausrede und erklärte: „Der Vorfall muss sich in den späten Abendstunden ereignet haben, und da sind die Kameras häufig im Stand-by-Betrieb, so dass sie nicht durchgehend aufzeichnen. Ich habe im Übrigen sichergestellt, dass dies auch heute Nacht der Fall ist, ansonsten gäbe es jetzt ein hübsches Filmchen von uns, wie wir hier mitten in der Nacht zwei Leichen hinein- und wieder hinausgetragen haben!“

„Das wäre vielleicht nicht so gut“, meinte Holger.

Dennis, dem immer mehr der Schädel brummte, wollte das Thema keinesfalls weiter vertiefen und nutzte die Gelegenheit, um Mark Scheck zu beschimpfen: „Du bist ein Scharlatan und Quacksalber. Nicht genug damit, dass du mich geschoren hast wie ein Schaf und ich jetzt aussehe wie ein Mönch, dem ein Besoffener versucht hat, eine Tonsur zu rasieren. Nein, ich musste darüber hinaus auch noch unerträgliche Qualen erleiden! Die Tortur mit der Betäubungsspritze war völlig umsonst, denn ich habe jeden einzelnen deiner sechs Stiche sowie das Verknoten der Fäden gespürt, als hättest du mir nur ein Placebo injiziert. Außerdem hattest du vollmundig lediglich drei bis vier Stiche angekündigt, letztendlich waren es aber doppelt so viele!“

Mark nahm Dennis’ Bekundungen nur achselzuckend zur Kenntnis und bemerkte: „Jetzt stell dich mal nicht so an, mein Lieber. Immerhin kannst du froh sein, dass ich mich um dich gekümmert habe und du nicht stundenlang in irgendeiner Notaufnahme herumsitzen musstest. Mit der Anzahl der zu erwartenden Stiche hat sich schon so mancher verschätzt, und was die örtliche Betäubung betrifft: Bei manchen Patienten wirkt sie eben einfach nicht so gut. Niemand weiß genau, woran das liegen mag. Jedenfalls hat es nichts mit der Person zu tun, die sie verbreicht hat!“

28.
Opossum auf Chemo

Dennis war restlos bedient, als er nach dieser Nacht nach Hause kam. Bevor er wieder ins Präsidium fuhr, wollte er sich wenigstens etwas frisch machen, in Ruhe frühstücken und sich ein klein wenig ausruhen. Schwer gezeichnet von den Strapazen der vergangenen Stunden betrat er die Küche, wo seine Schwester Anna, Bernd Plums und Jessica Dornfeld gemütlich am Frühstückstisch saßen und sich bei frischen Croissants und Kaffee angeregt unterhielten. „Mein Gott, Dennis! Wie siehst du denn aus?", begrüßte ihn Anna.

„Ach, frag lieber nicht!", winkte Dennis erschöpft ab.

Jessica, die natürlich gleich ahnte, dass hier etwas nicht mit rechten Dingen zuging, fragte lediglich: „Warum trägst du denn eine Mütze?"

„Nur eine kleine Verletzung!", stammelte Dennis.

Bernd wollte sich einen kleinen Scherz erlauben und zog Dennis die Wollmütze vom Kopf. Alle erschraken, und Bernd brachte es in seiner einfältigen Direktheit auf den Punkt: „Meine Güte, Alter. Was ist denn mit dir passiert? Du siehst ja aus wie ein Opossum während einer Chemotherapie!"

„Sehr schmeichelhaft. Vielen Dank für die netten Worte, Bernd, aber es besteht kein Grund zur Sorge. Ich hatte lediglich einen kleinen Unfall, bei dem ich mir eine Platzwunde zugezogen habe. Was ihr an meinem Kopf seht, ist das Resultat, das dabei herauskommt, wenn ein befreundeter Unfallchirurg einem mitten in der Nacht eine Kopfplatzwunde näht, während man auf einem Schreibtischstuhl sitzt!“

„War er betrunken? Diesen Prozess würdest du in jedem Falle gewinnen!“, erlaubte sich Anna einen kleinen Scherz auf Kosten ihres älteren Bruders.

Im Radio liefen gerade die Nachrichten. Es wurde berichtet, dass bisher unbekannte Täter in der vergangen Nacht gewaltsam ein Grab auf dem Stuttgarter Waldfriedhof verwüstet hatten. Aus ermittlungstaktischen Gründen könne die Polizei jedoch zum jetzigen Zeitpunkt noch keine weiteren Details preisgeben.

Jessica wusste sofort, woher der Wind wehte und warf Dennis einen finsteren Blick zu. Bernd war empört: Nicht zu fassen! Was sind das nur für Idioten, die so etwas tun? Das Grab meiner Oma Ursula ist auch auf dem Waldfriedhof und wurde vor einigen Tagen von so einem Spinner beschädigt. Das waren bestimmt die gleichen Vollpfosten! Oh Mann, ich wünschte, ich würde denjenigen in die Finger bekommen, der so etwas Widerwärtiges getan hat. Ich würde ihn vierteilen, teeren und federn!“

***

Als Dennis wenig später endlich mit Jessica alleine war, erzählte er ihr lückenlos die ganze Geschichte der vergangenen Nacht. Auf ihre Nachfrage hin schwor er Stein und Bein und versicherte dabei glaubhaft: „Nein, mit der Verwüstung des Grabes von Oma Ursula haben wir wirklich nichts zu tun. Ich weiß nicht, was es damit auf sich hat!“

29.
Oscarreif

Im Präsidium herrschte große Aufregung an diesem Tag. Kurt Schockenrieds Plan schien aufzugehen: Außer Jessica Dornfeld, die mittlerweile von Dennis eingeweiht worden war, ahnte niemand, was es mit der Beschädigung und Verwüstung von Casandra Gallaghers Grab auf sich hatte und was wirklich dahinter steckte. Viel eher machte sich nun die Vermutung breit, dass Kurt Schockenried mit seinen Mutmaßungen Recht gehabt hatte und in dem Grab tatsächlich etwas verborgen war. Und um was auch immer es sich dabei handelte – für die weiteren Ermittlungen war es jedenfalls von großem Interesse.

Als hätte er immer an Kurts Thesen geglaubt, verkündete Kriminalrat Hans-Dieter Scheible vor versammelter Mannschaft: „Nichts für Ungut, Herr Schockenried. Ich hätte ihr Vorhaben bezüglich der Exhumierung Casandra Gallaghers ja gerne unterstützt, aber mir waren die Hände gebunden. Sie wissen ja, wie das ist, nicht wahr?"

„Was für ein scheinheiliger Kerl. Das werde ich diesem kleinwüchsigen Deo-Roller mit Haaren bei Gelegenheit heimzahlen, darauf kannst du dich verlassen!", flüsterte Kurt Holger bissig ins Ohr.

Scheible fuhr indessen fort: „Ich habe mit Staatsanwalt Ansgar Frey bereits alles Notwendige besprochen und geklärt. Noch heute wird die Leiche Casandra Gallaghers exhumiert und das Grab genauestens untersucht werden.

Eine darauffolgende rechtsmedizinische Untersuchung ist ebenfalls bereits angeordnet, wobei Dr. Simon Brandner heute Morgen leider noch nicht persönlich zu erreichen war. Offenbar muss er verschlafen haben, wie eine Mitarbeiterin des Instituts mitteilen ließ."

Tatjana nahm Jessica zur Seite: „Was ist denn heute nur los? Alle scheinen verschlafen zu haben! Ich wollte heute Morgen, bevor ich ins Präsidium fuhr, bei Dr. Scheck am Killesberg ein neues Rezept abholen, stand aber, ebenso wie fünf andere Patienten, die einen Termin hatten, vor verschlossener Tür!"

Jessica tat so, als hätte sie keine Ahnung, denn sie waren sich alle einig darüber, dass es keine gute Idee wäre, Tatjana in die Geschehnisse der vergangenen Nacht einzuweihen, da Loyalität gegenüber den Kollegen nicht gerade eine ihrer hervorstechendsten Eigenschaften war. Also sagte sie: „Ich habe keine Ahnung. Möglicherweise ist es nur Zufall oder aber die beiden Ärzte haben gestern Abend vielleicht zusammen einen drauf gemacht, schließlich kennen sie sich ja schon aus Studienzeiten und haben im letzten Jahr, wenn auch nur für kurze Zeit, zusammen gearbeitet."

***

Dennis Rathvan und Kurt Schockenried überwachten am späteren Vormittag die Exhumierung Casandra Gallaghers auf dem Waldfriedhof. Unter den Kollegen vor Ort herrschte allseits große Verwunderung über den Zustand des Grabes. Aufgrund der Spurenlage war es nicht zu übersehen, dass sich mehrere Personen an der Ruhestätte zu schaffen gemacht hatten. Auch, dass der Sarg gewaltsam geöffnet worden war, wurde schnell festgestellt, doch niemand hegte auch nur den leisesten Verdacht, dass sich die Täter mitten unter ihnen befanden. Mit einer geradezu oscarreifen schauspielerischen Glanzleistung heuchelten Kurt und Dennis allergrößte Überraschung und Verwunderung, als nach der Bergung Casandra Gallaghers Sarges eine weitere weibliche Leiche entdeckt wurde, die keinen Kopf mehr hatte.

Dr. Simon Brandner, der mittlerweile auch wieder aus der Versenkung aufgetaucht war, beeindruckte ebenso mit seiner Darbietung. Mit der strikten Anordnung, von nichts und niemandem gestört werden zu wollen, zog er sich später mit den beiden Leichen in den Sektionssaal zurück. Gemeinsam mit Hauptkommissar Rathvan, der von polizeilicher Seite den Obduktionen beiwohnen sollte, verschanzte er sich in seinem Büro, wo die beiden bei Kaffee und Kuchen über alles Mögliche plauderten und sogar noch Zeit für ein kleines Nickerchen auf Simons Ausziehcouch fanden, die er für Notfälle und arbeitsreiche Nächte dort platziert hatte. Am frühen Abend präsentierten sie dann stolz die Ergebnisse, die ihnen bereits seit der vergangenen Nacht bekannt waren.

Auf Holger Grünbaum und Jessica Dornfeld war ebenfalls Verlass, so dass nichts von dem abenteuerlichen nächtlichen Intermezzo und der Operation „Casandra“ ans Tageslicht gelangte.

30.
Zufälle?

Als Jessica Dornfeld und Kurt Schockenried den Verhörraum betraten, saß Martin Gallagher lässig zurückgelehnt auf seinem Stuhl, hatte die Beine übereinander geschlagen und nippte an einem Plastikbecher, aus dem der Dampf heißen Pfefferminztees entwich. Er selbst hingegen wirkte kühl, distanziert und fast ein wenig überheblich. Kurt startete das Verhör, indem er Gallagher mit der Tatsache konfrontierte, dass Brigid Shearers Leiche unter dem Sarg seiner Frau Casandra gefunden wurde.

„Dafür gibt es sicherlich eine Erklärung. Ich kann Ihnen diese allerdings leider nicht liefern!“, antwortete Gallagher kurz.

„Wollen Sie mir ernsthaft weismachen, Herr Professor, dass der Körper der besten Freundin Ihrer Tochter, die nur wenige Tage vor Ihrer Frau ums Leben gekommen ist, rein zufällig in das Grab Ihrer Gattin gelangt ist?“, hakte Kurt nach.

„Von einem Zufall habe ich nichts gesagt. Ich bin Wissenschaftler, und wir glauben nicht an Zufälle. Jedoch ändert das nichts an der Tatsache, dass ich nicht weiß, wie und warum Brigids Leiche dort hingekommen ist!“

„Was haben Sie am ersten Mai gesucht, als Sie mit bloßen Händen in der Erde des Grabes Ihrer Frau gegraben haben? Sie wirkten sehr nervös; ich selbst habe Sie dabei beobachtet!“

Gallagher schaute Kurt an: „Sie waren das also? Für einen kurzen Moment hatte ich damals das Gefühl, jemanden gesehen und gehört zu haben. Sie waren bei den Gräbern zu meiner Linken, in etwa zwanzig Metern Entfernung, stimmt's?"

„Kann schon sein, tut aber jetzt nichts zur Sache", sagte Kurt und ärgerte sich zugleich, dass ihn sein kleines Missgeschick mit dem Sturz auf das Grab von Ursula Klara Plums oder wie auch immer die Dame geheißen hatte, fast verraten hätte.

„Wie ich Ihrer Kollegin hier schon einmal bei mir im Institut erklärt hatte, habe ich lediglich etwas für Ordnung auf dem Grab meiner Frau gesorgt. Das tut ja sonst keiner", erklärte Gallagher und zeigte dabei auf Jessica.

Kurt haute wütend mit der Faust auf den Tisch und fauchte: „Schluss jetzt mit dem Theater! Wenn Sie es nicht sagen wollen, dann verrate ich Ihnen eben, was Sie dort bei strömendem Regen zu suchen hatten: Sie wussten schon die ganze Zeit, dass Brigid Shearer im Grab Casandras versteckt war und waren aus irgendeinem Grund besorgt, dass dies nicht mehr so sein könnte. Sie waren sogar in so großer Sorge, dass Sie früher als eigentlich geplant aus Venedig zurückgereist und direkt vom Bahnhof mit einem Taxi zum Waldfriedhof gefahren sind, um dort in der Erde zu wühlen. Als Sie dann zu dem Schluss kamen, dass sich in jüngerer Zeit niemand vor ihnen an dem Grab zu schaffen gemacht hatte, waren Sie beruhigt und verschlossen die Grube wieder, die sie gegraben hatten!"

„Lächerlich!", kommentierte Gallagher Kurts Aussage mit einer abfälligen Handbewegung.

Nun trat Jessica Dornfeld auf den Plan und schaltete sich in das Verhör ein: „Ist Ihnen eigentlich bewusst, Herr Professor Gallagher, in welch einer misslichen Lage Sie sich befinden?“

Martin Gallagher schwieg, schaute Jessica aber mit großen Augen an, als sie verdeutlichte: „Sie stehen in dringendem Tatverdacht, in der Nacht vom ersten auf den zweiten Februar Brigid Shearer und wenige Tage später auch Ihre Frau Casandra getötet zu haben. Brigid ist die Lichtjungfrau, zu deren Ehren am ersten Februar das Imbolc-Fest gefeiert wird. Keltischer Kopfkult hin oder her, aber die Leiche musste verschwinden. Da war es doch eine gute Idee, sie gemeinsam mit Ihrer Frau zu bestatten. Nur: Warum musste Casandra sterben? War sie Ihnen etwa auf die Schliche gekommen? Oder wusste sie gar schon längere Zeit von Ihren Machenschaften und wollte Sie nicht mehr decken?“

Gallagher sank in seinem Stuhl zurück. Seine Körpersprache signalisierte eindeutig, dass er beschlossen hatte, von nun an nichts mehr zu sagen. Jessica hingegen kam gerade so richtig in Fahrt und konfrontierte Gallagher nun mit jeder Menge Detailwissen.

Nicht selten führte diese Taktik in Verhören dazu, dass sich der potentielle Täter in die Enge getrieben fühlte und geständig wurde oder aber sich aus zunehmender Unsicherheit in fadenscheinige Ausflüchte stürzte und begann, Fehler zu machen.

„Brigid war mit ihren siebzehn Jahren noch Jungfrau, genau, wie ihre heilige Namensvetterin. Darum war ihr Kopf auch in ein weißes Tuch eingewickelt. Weiß wie die

Farbe der Jungfrau. Sie war gebrandmarkt mit der Swastika, die auch heute noch als Saint-Brigid's-Kreuz gebräuchlich ist. In ihrem Magen fanden wir die Tarotkarten mit den Nummern Vier und Sieben. Sie stehen eigentlich für den Herrscher und den Wagen, also für Stärke, Kraft, Verwirklichung, Aufbruch und Erneuerung. Sie symbolisieren jedoch auch die keltische Frühlings-Tag-und-Nacht-Gleiche, die am einundzwanzigsten März gefeiert wird. Warum haben Sie eigentlich die Karten in ihrem Körper versteckt, wo doch niemand den Leichnam finden sollte? Ein Hinweis kann es nicht gewesen sein, also viel eher ein Ritual? Am einundzwanzigsten März wurde Wilbeth Snyder getötet. Sie kannten sie, weil sie in irgendeiner Form, die uns nicht bekannt ist, Kontakt zu Ihrem Institut hatte. Wir haben einen Flyer Ihrer Einrichtung in Snyders Wohnung gefunden. Sie sagten vorhin, Sie glaubten nicht an Zufälle. Dieser Meinung sind wir auch. Sie haben Wilbeth Snyder, ebenso wie später Anbeth Smirek, nicht zufällig ausgewählt, sondern aufgrund ihrer ungewöhnlichen Vornamen. Anbeth, Wilbeth und Borbeth waren die Drei Bethen, die zum Kult um die große Erdgöttin gehörten. Die Erdgöttin trug viele Namen wie beispielsweise Noreia, Dana, Isis oder Demeter. Sie war stets in Begleitung der Drei Bethen, die Erde, Sonne und Mond verkörperten. Der Literatur ist zu entnehmen, dass sie immer in Weiß, Rot und Schwarz gekleidet waren. Weiß war die Jungfrau, rot die reife Menstruierende und schwarz die alte Unfruchtbare. Wilbeths Kopf, der im *Tal der Rosen* auf dem Killesberg gefunden wurde, war in Rot gehüllt. Sie war sechsunddreißig Jahre alt, als sie sterben musste, also reif und menstruierend. Doch was war geschehen, Herr Professor? Warum ist es Ihnen nicht gelungen, ihre Leiche verschwinden zu lassen? Wurden Sie gestört und mussten sie deshalb im Kräherwald zurücklassen? Wilbeth trug als Brandzeichen eine keltische Triskele an ihrem Hals, und in ihrem Bauch fanden wir die Tarotkarten mit den Nummern Drei und Fünf. Diese symbolisieren unter anderem das Beltaine-Fest, das in der Nacht zum ersten Mai gefeiert wird. Mit den Karten kündigten Sie Ihr nächstes Opfer an. Das Beltaine-Fest ist ein Fest der Fruchtbarkeit. Darum wählten Sie für diesen Anlass zwei Opfer aus, nämlich ein weibliches und ein männliches, um mit Fruchtbarkeitsritualen diesen Tag gebührend zu würdigen, ganz so, wie die Tradition es vorsieht. Im Rahmen eines solchen Rituals haben Sie Anbeth, die alte und schwarze Unfruchtbare der Drei Bethen, zusammen mit Hubertus Müller, einem jungen und fruchtbaren Mann, bei lebendigem Leibe auf einem Scheiterhaufen verbrannt. Auch Hubertus haben Sie alles andere als zufällig erwählt. Die Legende des Heiligen Hubertus wurde von den christlichen Missionaren erschaffen, um den Menschen die Abkehr vom großen keltischen Gott Cernunnos zu erleichtern. Doch wo sind die Leichen Anbeths und Hubertus'? Würden wir in ihrem Inneren die Tarotkarten mit den Nummern Sechs und Elf finden? Ja, das würden wir, nicht wahr? Denn diese stehen auch symbolisch für das nächste große keltische Fest Saura oder auch Alban Hevin, das zur Sommersonnenwende am einundzwanzigsten Juni stattfindet. Wer sollte Ihr nächstes Opfer sein, Herr Professor Gallagher? Haben Sie eine Frau gefunden, die den Namen der dritten der Drei Bethen trägt, nämlich Borbeth? Oder planten Sie den ganz großen Coup, indem Sie nach einer Frau suchten, die den Namen der christlichen Verkörperung der großen Erdgöttin trägt? Diese Frau, die in Begleitung der Drei Bethen auftrat, war niemand Geringeres als die Jungfrau Maria, also die Mutter des einzigen christlichen Gottes. Hätten Sie ihren Leichnam dann, wie auf vielen Gemälden zu sehen, in einen blauen Mantel gehüllt, wie er der Himmelsgöttin gebührte?"

Martin Gallagher wirkte geschockt. Er war kreidebleich im Gesicht und begann zu weinen. Jessicas geballte Ausführungen hatten tatsächlich Wirkung gezeigt. Die Profilerin ließ sich von Gallaghers Reaktion jedoch keineswegs verunsichern. Nach einer kurzen Pause holte sie erneut aus und kam schließlich zur entscheidenden Frage: „Herr Professor Gallagher, mir ist bewusst, dass Sie für den dreißigsten April ein Alibi haben. Mehrere Leute bezeugten, dass Sie sich an diesem Tag und an diesem Abend noch in Venedig aufgehalten haben. Auch, als wir am frühen Morgen des ersten Mai die Schädel von Anbeth Smirek und Hubertus Müller gefunden haben, waren Sie offiziell noch nicht in Stuttgart, so dass Sie eigentlich als Täter nicht in Frage kommen können. Ich weiß noch nicht, wie Sie es angestellt haben, ich bin mir jedoch sicher, dass Ihre Alibis falsch sind. Herr Gallagher, ich gebe Ihnen jetzt die einmalige Möglichkeit zu einem Geständnis. Haben Sie Brigid Shearer, Wilbeth Snyder, Anbeth Smirek, Hubertus Müller und Ihre Ehefrau Casandra Susan Gallagher getötet?"

Gallagher wimmerte, als er wieder in der Lage war zu sprechen: „Ich habe Casandra nicht getötet, sie ist gesprungen. Ich hätte ihr niemals etwas antun können, das müssen Sie mir glauben. Ich habe sie doch geliebt!"

„Wir werden herausfinden, ob es so war oder nicht. Darauf können Sie sich verlassen! Was ist mit den übrigen Morden, Herr Professor Gallagher?", blieb Jessica hartnäckig.

„Ja, Sie haben Recht. Ich habe die Morde begangen!", knickte Martin Gallagher wesentlich schneller ein als erwartet.

Was nun folgte, war ein ruhiges und souverän vorgetragenes, umfassendes Geständnis. Kurt und Jessica waren überrascht, denn sie mussten nur an wenigen Stellen nachhaken. Martin Gallagher schilderte ausführlich, wie er seine Opfer ausgewählt und getötet hatte. Dabei stimmte vieles mit den Anschuldigungen überein, die Jessica zuvor an ihn herangetragen hatte. Auch sein Motiv erläuterte er eindrücklich. Darauf schien er besonders großen Wert zu legen und betonte immer wieder, dass er kein psychopathischer Schlächter sei, sondern vom Idealismus getrieben war. Schon seine aus Danderhall in Midlothian, Schottland, stammende Familie war sehr traditionsbewusst und hatte es sich zur Aufgabe gemacht, keltisches Kulturgut zu schützen sowie dessen Bräuche und Traditionen aufrechtzuerhalten. In einer von Christen- und Heidentum geprägten Gesellschaft sei dies jedoch ein sehr schweres Unterfangen, wie Gallagher erläuterte. Von einer Generation zur nächsten seien die Inhalte und Werte der keltischen Kultur innerhalb seiner Familie weitergegeben worden.

Martin Gallagher hatte schon in seiner frühesten Jugend den Drang verspürt, den Kampf gegen die angeblich infamen Lügen des Christentums aufzunehmen, die über die Jahrtausende seiner Ansicht nach dazu geführt hatten, keltische Bräuche, Werte und Traditionen, aber auch die keltischen Gottheiten in Misskredit zu bringen, so dass sie nach und nach aus dem Bewusstsein der Menschen verschwunden waren. Sein Vater und sein Großvater hatten ihn bereits gelehrt, dass zu diesem Zwecke das Recht und gegebenenfalls auch die Pflicht bestünde, Gewalt einzusetzen. Niemand schien ihm für die symbolische Umsetzung seiner Mission besser geeignet zu sein als der ehemals strahlende Naturgott Cernunnos, der am stärksten unter den Diffamierungen der christlichen Missionare gelitten hatte und schließlich irgendwann ganz aus den Köpfen der Menschen verschwunden war, ehe er, stärker als jemals zuvor, als Rachegott wieder aus der Versenkung auftauchte.

Gallagher räumte ein, dass Wilbeth Snyder, Anbeth Smirek, Hubertus Müller und Brigid Shearer im Grunde als unschuldige Menschen ihr Leben verlieren mussten; so etwas wie Reue verspürte er jedoch augenscheinlich nicht. Er war felsenfest davon überzeugt, dass sie für eine gute Sache gestorben waren und dass ihr Tod notwendig gewesen war, um Cernunnos in den Herzen der Menschen weiter leben lassen zu können. In diesem Zusammenhang bezeichnete er seine Opfer gar als Märtyrer, wobei er einräumte, dass die Bezeichnung nicht ganz korrekt sei, da sie leider nicht freiwillig bereit gewesen seien, für diese große Sache zu sterben.

Kurt schäumte vor Wut: „Für meinen Geschmack machen Sie es sich ziemlich einfach. Sie sitzen hier in der warmen Stube und erzählen uns in aller Seelenruhe, dass Sie mal eben vier unschuldige Menschen töten mussten, weil sie das Pech hatten, den falschen Vornamen zu tragen. Und das alles nur, damit Ihr bekloppter Cernunnos weiterleben könne. Dieser Kerl ist nichts weiter als ein Hirngespinst mit zwei Hörnern auf dem Kopf. Und es ist verdammt vernünftig, dass die Leute nicht mehr an ihn glauben! Aber das werde ich Ihnen wohl kaum begreiflich machen können. Sie sind ja krank! Sie sind ein psychisches Wrack!"

Kurts Stimme war immer lauter geworden. Seine letzten Worte brüllte er regelrecht heraus und schlug dabei mit der flachen Hand so heftig auf den Tisch, dass selbst Jessica Dornfeld kurz zusammenzuckte. Professor Gallagher nahm alles vollkommen regungslos zur Kenntnis.

„Wie haben Sie sich die falschen Alibis beschafft?", wollte Jessica nun wissen.

Gallagher zuckte mit den Schultern: „Ach, wissen Sie, mit Geld kann man heutzutage fast alles regeln!"

„Es dürfte Ihnen klar sein, dass sich die Personen, die Ihnen ein falsches Alibi gegeben haben, ebenfalls strafbar gemacht haben, oder?"

„Das bedaure ich sehr, aber so ist es nun einmal. Sie haben es für eine große Sache getan; zudem habe ich gut dafür bezahlt", antwortete Gallagher fast gleichgültig.

„Ich muss sofort den Raum verlassen, sonst kann ich für nichts mehr garantieren. Es liegt jenseits jeglicher Vorstellungskraft, wie sehr ich so kranke Schweinehunde wie dich hasse! Geht dir eigentlich einer dabei ab, wenn du ihnen die Köpfe abschlägst, du niederträchtige Bestie?", fauchte Kurt, der nun endgültig drohte, seine Beherrschung zu verlieren. Verachtungsvoll sah er Martin Gallagher an und fragte sich, wie ein Mensch nur zulassen konnte, dass sich der Wahn in seinem Hirn so hartnäckig festsetzte, dass er nicht einmal mehr davor zurückschreckte, unschuldige Menschen zu töten. Kurt marschierte zum Ausgang des Verhörzimmers und knallte beim Verlassen des Raums die Türe mit voller Wucht hinter sich zu.

Jessica, die nun mit Professor Gallagher alleine im Raum war, führte die Befragung souverän fort: „Wo sind die Leichen von Anbeth Smirek und Hubertus Müller?"

„Das kann ich Ihnen leider nicht sagen!", entgegnete Gallagher.

„Warum nicht?"

„Das ist ganz einfach, Frau Dornfeld. Weil ich es nicht weiß!"

„Wollen Sie mich auf den Arm nehmen? Sie haben doch die beiden getötet, anschließend enthauptet und dann ihre Köpfe auf dem Karlsplatz entsorgt. Und jetzt wollen Sie mir weismachen, Sie wüssten nicht, wo Sie die Leichen hingebracht haben?", sagte Jessica, die nun auch begann, etwas ärgerlich zu werden. Zynisch fügte sie hinzu: „Haben Sie sie etwa unterwegs verloren?"

„Nein, Sie verstehen nicht, was ich Ihnen schon die ganze Zeit sagen möchte. Ich weiß nicht, wo sich die Leichen von Anbeth und Hubertus befinden, weil ich mich nur um die Köpfe gekümmert habe!"

„Soll das etwa heißen, Sie haben die Taten nicht alleine begangen?"

„Bravo, Frau Dornfeld. Endlich haben Sie es kapiert!", klatschte Gallagher in die Hände

„Wer war noch mit dabei? Adam Freyr?"

„Kluges Kind. Meinen Sie etwa, es sei Zufall, dass ich einen persönlichen Assistenten habe, dessen Nachname Freyr ist? Wenn Sie ihre Hausaufgaben gemacht hätten, dann wüssten sie, dass Cernunnos mehrere Namen trug. Und einer davon war Freyr!"

„Sparen Sie sich Ihre Belehrungen, Herr Gallagher. Diese Tatsache war uns längst bekannt. Selbstverständlich geriet Adam Freyr, ebenso wie Sie, ins Visier unserer Ermittlungen. Wir suchen ihn seit Tagen, wissen aber leider nicht, wo er sich aufhält. Wissen Sie es?"

„Ich würde es Ihnen sagen, wenn ich es wüsste. Doch leider habe ich keine Ahnung", sagte Martin Gallagher großmütig.

Jessica war bemüht, die Fassung zu bewahren: „Hat er auch getötet oder war er nur Ihr Adjutant?"

„Ich bin Cernunnos. Nicht er. Ich alleine habe die Tötungen vollstreckt. Er hat mir nur dabei geholfen, alles zu organisieren. Sie ahnen ja gar nicht, was das für ein Aufwand ist! Leider kann man sich nicht immer auf ihn verlassen. Er sollte Wilbeth Snyders Leiche entsorgen, fühlte sich dabei aber von einem Jäger gestört, der ihn jedoch gar nicht bemerkt hatte. Völlig unnötigerweise ließ er dann die Leiche im Kräherwald zurück, so dass es nur noch eine Frage der Zeit war, bis sie entdeckt werden würde. Und so kam es ja dann auch!"

31.
Affe mit kreisrundem Haarausfall

Es war wieder etwas Ruhe eingekehrt in den vergangenen Tagen. Die schreckliche Mordserie um den Fall „Cernunnos“ war aufgeklärt, wenn auch noch einige Dinge offen waren. Adam Freyr war nach wie vor flüchtig, und die Leichen von Anbeth Smirek und Hubertus Müller waren immer noch nicht gefunden worden.

„Was nun wohl aus Amy Gallagher wird?“, fragte Holger Grünbaum, woraufhin Dennis mitfühlend ergänzte: „Was das arme Mädchen in den letzten Monaten durchmachen musste, ist wirklich fürchterlich. Ihr Vater entpuppte sich als wahnsinniger Mörder, der sich für den keltischen Rachegott Cernunnos hält und unter anderem ihre beste Freundin tötete, nur weil ihr Vorname zufällig Brigid war. Und ihre Mutter nahm sich unter tragischen Umständen das Leben. Wirklich ein hartes Schicksal, das sie da zu ertragen hat!“

Kurt sagte: „Immerhin ist sie volljährig und kann selbst entscheiden, wie es für sie weitergehen soll. Ich nehme an, dass sie am Ebelu erst einmal ihr Abitur zu Ende bringen wird. Finanzielle Sorgen wird sie zumindest nicht haben. Die Gallaghers waren sehr wohlhabend. Und auch, wenn ihr Vater ein Verbrecher ist, kann sie über einen Großteil seiner Besitztümer verfügen, unter anderem über die Villa am Herdweg, wo sich momentan noch das Institut

Helvetia befindet. Vielleicht führt sie dieses ja sogar weiter, wer weiß das schon!"

„Habt ihr eure Hemden schon gebügelt?", fragte Holger plötzlich völlig aus dem Zusammenhang gerissen.

Kurt lachte: „Ich habe noch nie in meinem ganzen Leben ein Hemd gebügelt und dabei wird es auch bleiben. Brigitte kümmert sich glücklicherweise um diese Dinge, allerdings nicht ganz uneigennützig. Ihr ist nämlich vollkommen klar, dass ich ansonsten mit einem nicht gebügelten Hemd herumlaufen würde, und das wiederum wäre ihr sehr peinlich. Wesentlich größere Sorgen mache ich mir um meinen einzigen Anzug. Den habe ich nämlich seit der Beerdigung meiner Schwiegermutter vor drei Jahren nicht mehr getragen. Und schon damals saß er etwas stramm um die Hüften."

„Und schlanker bist du in den letzten drei Jahren sicherlich nicht geworden", sagte Dennis grinsend.

„Vielen Dank, lieber Dennis. An deiner Stelle würde ich mich jedoch nicht so weit aus dem Fenster lehnen!"

„Wie meinst du das?"

„Weil du dich auf Tatjanas Hochzeit auf jeden Fall zum Affen machen wirst. Entweder kann jeder deinen Kopf bewundern und wird unweigerlich vermuten, dass du unter kreisrundem Haarausfall leidest, oder du musst eine Mütze tragen, die bis über den Hinterkopf reicht, um die kahle Stelle zu verbergen – und das dürfte auf einer Hochzeit ebenfalls Grund zur Verwunderung geben."

„Ein Affe mit kreisrundem Haarausfall …", kicherte Holger.

„Sehr witzig, ihr Pappnasen. Ja, das alte Sprichwort *Wer den Schaden hat, braucht für den Spott nicht zu sorgen* bewahrheitet sich einfach immer wieder!", sagte Dennis und schaute dabei auf die Uhr. „Die standesamtliche Trauung müsste Tatjana bereits hinter sich haben!"

„Wie gut, dass wir nicht erscheinen mussten und die Zeremonie nur im Kreise der Familien stattfand!", sagte Kurt erleichtert.

„Also ich wäre sehr gerne dabei gewesen. Trauungen sind etwas Großartiges. Ich muss dabei immer weinen!", schwärmte Holger gerührt.

„Ja, das kann ich mir vorstellen", meinte Dennis. „Wir sehen uns dann heute Abend bei der Feier? Ich muss jetzt los, um Jessica rechtzeitig vom Bahnhof abzuholen!"

„Ja, die Arme war ja schon wieder für das BKA im Einsatz. Das ist wohl der Preis des Ruhmes! Seid ihr denn jetzt eigentlich zusammen? Ihr gäbet so ein schönes Paar ab!", wollte Holger neugierig wissen.

Dennis winkte ab. Das Thema „Jessica" war ihm sichtlich unangenehm. „Ach … Madame Dornfeld interessiert sich doch lediglich für ihre Kriminalfälle. Aber was soll's … Ich werde ihr sicher nicht hinterherlaufen wie ein Hündchen und mich zum Idioten machen."

Holger klopfte Dennis aufmunternd auf die Schulter: „Glaube, was der alte Holger dir jetzt sagt: Das wird schon noch, denn für so etwas habe ich ein untrügliches Gespür. Ich sehe doch, wie sie dich anschaut. Also: Kopf hoch. Aufgeben gilt nicht, du darfst nur nicht die Geduld verlieren. Sie will dich sicherlich nur noch etwas zappeln lassen!"

„Ja, ja“, sagte Dennis nur und verabschiedete sich.

32.
Vogelhochzeit

„Tatjana Maria von Senden, geboren am 11. Januar 1978 in Chemnitz, möchten Sie hier und heute aus freien Stücken den anwesenden Jörg August Maurer, geboren am 24. November 1973 in Berlin, heiraten? So antworten sie bitte mit Ja!"
„Ja, ich will!"

Tosender Beifall brandete unter den etwa achtzig geladenen Gästen im Marmorsaal unterhalb des Stuttgarter Teehauses auf, nachdem auch Jörg Maurer in die Eheschließung eingewilligt und die sympathische Standesbeamtin verkündet hatte: „Hiermit erkläre ich Sie Kraft meines Amtes zu Mann und Frau!"

Es war die nette Idee eines engen Freundes von Tatjana und Jörg gewesen, die schönsten Szenen der standesamtlichen Trauung, die an diesem Vormittag im Standesamt Stuttgart-Mitte in der Eberhardstraße stattgefunden hatte, mit einem Videobeamer an eine Wand im Marmorsaal zu projizieren. Die Zeremonie hatte nur im engsten Familien- und Freundeskreis stattgefunden, und auf diese Weise konnten alle Gäste der abendlichen Feier an den einzigartigen Momenten teilhaben.

Tatjana und Jörg waren sehr froh darüber, dass sie trotz ihrer kurzfristigen Terminverschiebung in diesem wunderschönen Ambiente feiern konnten, denn der Marmorsaal war, vor allem während der warmen Jahreszeit, in der Regel auf Monate mit Veranstaltungen ausgebucht. Die kurzfristige Absage eines anderen Paares hatte es den beiden ermöglicht, sozusagen im Nachrückverfahren, die begehrte Location für diesen Abend buchen zu können. Das Stuttgarter Teehaus lag im Weißenburgpark, einer Grünanlage im Stadtteil Bopser. Es befand sich dort auf einer Anhöhe und war ein beliebtes Ausflugsziel. An der höchsten Stelle des Parks gab es eine Aussichtsplattform mit einem einmaligen Blick auf Stuttgart. Früher zierte den Weißenburgpark eine Villa im klassizistischen Stil, aus der nach einer Umgestaltung Anfang des zwanzigsten Jahrhunderts das Teehaus sowie der etwas unterhalb am Hang gelegene Marmorsaal hervorgingen. Das Teehaus war ein runder Pavillon mit Säulenkranz und von einer Kuppel mit Oberlichtern überwölbt. Besonders in der Dunkelheit bot das beleuchtete Gebäude einen schönen und romantischen Anblick.

Der Abend war bisher sehr harmonisch und ohne bemerkenswerte Zwischenfälle verlaufen. Das Service-Personal war gerade dabei, das Geschirr des Hauptgangs von den Tischen abzuräumen, als sich Kurt Schockenried und Dennis Rathvan an der Bar auf einen Drink trafen.

„Mann, habe ich einen Durst!“, sagte Kurt und orderte bei einem Kellner zwei Pils.

Dennis schaute äußerst verdutzt drein, als das frisch gezapfte Bier serviert wurde und Kurt beide Gläser zu sich heranzog. Kurzerhand leerte er das erste Glas in einem Zug und fragte anschließend verwundert: „Und was trinkst du, Dennis? Warum hast du denn nichts bestellt?"

Kopfschüttelnd bestellte sich Dennis daraufhin ebenfalls ein Bier.

„Jetzt ist es so weit. Der arme Jörg Maurer kann nicht mehr zurück. Hoffentlich weiß er, worauf er sich da eingelassen hat. Aber schließlich hatte ich ihn ja bei unserem gemeinsamen Besuch auf dem Weihnachtsmarkt eindringlich davor gewarnt zu heiraten, insbesondere vor einer Eheschließung mit Tatjana von Senden. Du erinnerst dich doch, Dennis?", fragte Kurt, der es sich selbst auf der Hochzeitsfeier nicht verkneifen konnte, den einen oder anderen bissigen Kommentar zu platzieren.

„Wie könnte ich diesen legendären Abend jemals vergessen? Ich erinnere mich noch genau an die Parolen, die du gedroschen hast. Leider konnte ja dein Sohn Harald nicht dicht halten und hat alles direkt deiner Frau Brigitte weitererzählt!", schmunzelte Dennis.

Auch Kurt lächelte, als er bestätigte: „Oh ja, Brigitte war daraufhin alles andere als gut auf mich zu sprechen!"

Im nächsten Moment setzte Dennis eine ernstere Miene auf: „Kurt, ich weiß, dass die Zeit, über die wir gerade reden, tiefe Spuren bei dir hinterlassen hat. Du hast dir persönlich die Schuld dafür gegeben, dass wir den Kindermörder Severin Treuhertz erst fassen konnten, nachdem er ein weiteres Kind umgebracht hatte. Dann wäre es ihm fast auch noch gelungen, deinen Sohn und deinen Enkel-Sohn zu töten. Das muss alles unglaublich schwer für dich gewesen sein, auch, weil deine Ehe mit Brigitte sehr darunter gelitten hat."

„Nett von dir, dass du das ansprichst, Kleiner. Aber mach dir um mich mal keine Sorgen. Ich wäre nicht in den Polizeidienst zurückgekehrt, wenn ich mich nicht dazu in der Lage gefühlt hätte. Harald und mein Enkelsohn Kevin-León sind ebenfalls wieder wohlauf, und die Sache mit Brigitte – na ja, wie soll ich es ausdrücken? Lass es mich einmal so sagen: Wir haben uns arrangiert!", erklärte Kurt.

„Das ist schön zu hören und freut mich wirklich sehr!", entgegnete Dennis.

Doch dann setzte er zu einer Frage an, mit der Kurt überhaupt nicht gerechnet hatte. „Eine Sache möchte mir aber einfach nicht aus dem Kopf gehen!"

„Und welche Sache ist das?"

„Nachdem wir Severin Treuhertz in den Wäldern der Waldebene Ost tot aufgefunden hatten, war Nikolai Schiller, der Treuhertz im Sinne der Selbstjustiz getötet hatte, ja flüchtig. Nikolai Schiller war es aber damals auch, der Kevin-León das Leben gerettet hatte."

„Komm zur Sache, Dennis. Worauf willst du hinaus?", wurde Kurt zunehmend ungeduldig.

Dennis räusperte sich kurz, dann rückte er heraus mit der Sprache: „Deinen Schilderungen zur Folge, die allerdings niemand bezeugen konnte, war dir Nikolai Schiller am Stuttgarter Flughafen unter seltsamen Umständen entwischt. Weißt du was, Kurt? Das kaufe ich dir nicht ab. Du bist ein so guter und erfahrener Polizist – der Kerl hätte dir niemals entkommen können, wenn du das nicht gewollt hättest!"

Kurt, der inzwischen auch das zweite Pils-Glas fast ausgetrunken hatte, schwieg und schaute zu Boden. Dann blickte er Dennis fast ein wenig traurig an, als er fragte: „Du wusstest es schon die ganze Zeit, nicht wahr?“

„Ich habe zumindest geahnt, dass es so gewesen sein muss. Auch darum hast du dich daraufhin vom Dienst befreien lassen, denn immerhin hattest du dich strafbar gemacht, indem du einen Flüchtigen hast entkommen lassen.“

Kurt hielt kurz inne und klopfte Dennis dann auf die Schulter.

Das hatte er schon öfter getan, aber dieses Mal fühlte es sich für Dennis anders an. Es war kein anerkennendes Tätscheln eines Vorgesetzten, sondern die Geste eines Freundes. Dann erhob Kurt sein fast leeres Glas: „Auf dich, Dennis Rathvan. Du bist ein feiner Kerl. Danke, dass du mich nicht verraten hast!“

„Ich würde es jederzeit wieder so machen, Kurt. Denn es war einfach nur menschlich, wie du gehandelt hast. Du hast einem Mann die Freiheit geschenkt, der einen Kindermörder getötet hatte; aber schließlich hatte derselbe Mann auch deinem Enkelsohn das Leben gerettet!“

Nachdem sich die beiden zugeprostet hatten, sagte Kurt: „Wenn wir schon dabei sind, die Karten auf den Tisch zu legen, dann kann ich dir jetzt auch sagen, was sich in dem Päckchen befand, das Severin Treuhertz mir zukommen ließ.“

„Oh, da bin ich aber sehr gespannt!“, reagierte Dennis neugierig.

„Eigentlich hatte ich nicht vor, es dir jemals zu sagen, doch ich denke, dass nun der richtige Moment dafür gekommen ist. Du erinnerst dich an die Fotos in der so genannten Galerie der Totenbilder des Sankt-Ferdinand-Krankenhauses?“

„Natürlich! Was ist damit?“

„Anhand der Fotos lieferte uns Treuhertz doch Hinweise auf seine bisherigen Opfer und auf die, die er als nächstes ins Visier genommen hatte. In dem Päckchen befanden sich vier Hochglanzfotos im Postkartenformat. Sie waren von Eins bis Vier durchnummeriert. Auf der Nummer Eins war das Bild von Kevin-León, auf Nummer Zwei war ich.“

Dennis unterbrach Kurt: „Und wer waren die Nummern Drei und Vier?“

„Nummer Drei warst du und die Nummer Vier stand unter einem Bild deiner Schwester Anna!“

Diesen Schock musste Dennis erst einmal verdauen, indem er an der Bar eine weitere Runde Bier bestellte. „Das heißt also, er hat uns alle die ganze Zeit beobachtet und auch in unserem Privatleben herumgeschnüffelt? Und wir haben nicht das Geringste bemerkt?“

„Ja, ganz genau. Ganz schön beängstigend, nicht wahr?“

***

Nachdem Kurt und Dennis noch ein wenig darüber gesprochen hatten, was sie in den nächsten Tagen bezüglich der Suche nach dem verschwundenen Adam Freyr und den ebenfalls noch nicht gefundenen Leichen von Anbeth Smirek und Hubertus Müller geplant hatten, richteten sie ihr Augenmerk auf den zweiten aktuellen Fall, der eigentlich in ihren Zuständigkeitsbereich fiel, derzeit aber schwerpunktmäßig noch von den Kollegen des Landeskriminalamtes bearbeitet wurde: Der Tod einer jungen Frau in der Stuttgarter Innenstadt, deren Mörder sich Zutritt zu ihrer Wohnung verschafft hatte und sich nach dem Verbrechen noch stundenlang bei lauter Musik in ihrer Wohnung aufgehalten haben musste, gab nach wie vor große Rätsel auf.

Mitten in ihre angeregte Unterhaltung platzte plötzlich die lautstark über ein Mikrofon vorgetragene Ankündigung des Zeremonienmasters: „Liebe Gäste, meine Damen und Herren, ich bin stolz darauf, Ihnen einen Höhepunkt des heutigen Abends ankündigen zu dürfen. Freuen Sie sich nun mit mir gemeinsam auf die berüchtigte Männertanzgruppe *Stuttgart Eins* mit ihrem neuesten Stück *Die Vogelhochzeit*!"

Der Beifall wurde jäh unterbrochen, als auf einmal das Licht im Saal ausging. Die bereits angestimmte Musik verstummte und es war mucksmäuschenstill. Die Gäste vermuteten einen Stromausfall, als nach etwa dreißig Sekunden immer noch alles dunkel und ruhig war. Ein Raunen ging durch die Menge und die ersten verließen bereits ihre Plätze, um sich vorsichtig in die Richtung des Ausgangs zu begeben. In diesem Augenblick ging das Licht wieder an und bunte Scheinwerfer erhellten die Bühne, auf der vier Männer in kunterbunten Vogelkostümen standen. Einer war als dicke schwarze Amsel verkleidet und hatte sein Gesicht mit einer Maske verdeckt. Neben ihm standen zwei große Kerle in Strumpfhosen und bunten Röckchen, die sich einen langen Schnabel über die Nase gestülpt hatten. In vorderster Reihe stand der Anführer des Quartetts, nämlich der als schillernde Lerche verkleidete Holger Grünbaum. Künstlicher Nebel umhüllte die vier, die sich präsentierten, als seien sie Rockstars. Die Lerche reckte den ausgestreckten Zeigefinger in die Richtung des Disc Jockeys, dessen Aufgabe vorübergehend von Anna Rathvan übernommen wurde. Der eigentlich dafür engagierte Bernd Plums war aktuell verhindert, denn er stand in Gestalt eines Spatzes, zusammen mit Holger Grünbaum, dem als Rotkehlchen verkleideten Mark Scheck und einer unbekannten dicken Amsel auf der Bühne. Lautstark setzte die Musik ein. Zu den mit Rock-Musik und Techno-Beats untermalten Klängen des bekannten Kinder- und Volksliedes *Die Vogelhochzeit*, hüpften die vier Männer mehr oder weniger elegant tanzend über die Bühne. Einer nach dem anderen schnappten sie sich das Mikrophon und taten so, als trällerten sie abwechselnd die verschiedenen Strophen, indem sie die Lippen zur Musik aus den Lautsprechern bewegten. Licht und Schatten wechselten sich in der humorvollen Darbietung der Männer ab, die von allerhand kleineren und größeren Missgeschicken geprägt war. Das Rotkehlchen verhedderte sich bei einem einbeinigen Sprung über die Bühne in einer Kabeltrommel und stürzte in das zu Dekorationszwecken aufgestellte Vogelhäuschen, das daraufhin am Boden zerschellte. Der Spatz verpasste einen Einsatz und hatte obendrein noch seinen Text vergessen, als er ganz offensichtlich die Lippen zur falschen Strophe bewegte. Die Kräfte der pummeligen Amsel schwanden mit zunehmender Dauer der Aufführung, und beim Bocksprung über die Lerche blieb sie an deren Gesäß hängen. Beide stürzten kopfüber von der Bühne und landeten direkt vor den Füßen der Gäste aus der ersten Reihe. Der Höhepunkt der Performance war endlich erreicht, als die Lerche, in Anlehnung an den Liedtext, die Braut Tatjana von Senden auf die Bühne holte und zur Kirche führte. Unter Standing-Ovations und der unentwegten Forderung des Publikums nach einer Zugabe ließen drei der vier Künstler ihre Masken fallen. Holger Grünbaum, Mark Scheck und Bernd Plums, die ohnehin bereits von allen erkannt worden waren, nahmen lachend den Applaus des Publikums entgegen, während der vierte Mann, die Amsel, sich bedeckt hielt und nicht zu erkennen gab.

***

Etwa zwei Stunden später, als sich die meisten Gäste üppig am reichhaltigen und sehr leckeren Dessert-Buffet bedient hatten und das Tanz-Parkett eröffnet war, standen Jessica Dornfeld und Dennis Rathvan an der Bar und stießen bei einem Gin-Tonic auf das Brautpaar an.

„Würdest du eigentlich, ebenso wie Tatjana, deinen Nachnamen behalten wollen, wenn du heiraten würdest?“, fragte Dennis.

„Das soll jetzt aber bitte kein Heiratsantrag werden, Hauptkommissar Rathvan, oder?“, entgegnete Jessica leicht irritiert.

Auf diese Frage hin schoss Dennis die Röte ins Gesicht. „Äh … nein! Wo denkst du hin?“, stotterte er. Immerhin war er aber – vermutlich auch ein wenig der Wirkung des

Alkohols geschuldet – inzwischen mutig genug, um hinterherzuschicken: „Wie könnte ich dir einen Heiratsantrag machen, wo ich dich bisher noch nicht einmal küssen durfte!“

Jessica schaute ihm tief in die Augen, verzog dabei aber keine Miene. Als Dennis bereits der felsenfesten Überzeugung war, sich einmal mehr vor Jessica blamiert zu haben, zog ihn diese zu sich heran und sagte: „Zumindest das mit dem Kuss lässt sich ändern!“

Dennis sah Sternchen und schwebte im siebten Himmel, während Jessicas Lippen ihn zärtlich berührten. Für seinen Geschmack trennte sie sich viel zu schnell wieder von seinem Mund und fing an, etwas zu erzählen. Erst konnte sich Dennis kaum auf ihre Worte konzentrieren. Dann horchte er aber plötzlich auf, und ein beinahe seliges Lächeln breitete sich auf seinem Gesicht aus, als sie ihm eröffnete, dass sie beim Bundeskriminalamt in Wiesbaden um Auflösung ihres Arbeitsvertrages gebeten hatte, weil sie genug davon hatte, pausenlos durch die gesamte Republik geschickt zu werden, um bei der Aufklärung grausamer Verbrechen mitzuwirken.

Sie erklärte, dass dieser Entschluss schon längere Zeit in ihr gereift sei und dass sie wieder in ihre Heimatstadt Stuttgart zurückkehren wolle. Künftig wolle sie nur noch freiberuflich tätig sein und überlegte unter anderem, ihre Erfahrungen in einem oder gar mehreren Büchern niederzuschreiben.

„Hast du dir denn das auch gut überlegt?“, fragte Dennis, der sich schon etwas albern vorkam, weil er merkte, dass das Lächeln wie Klebstoff in seinem Gesicht haftete.

„Ja, das habe ich. Du solltest mich inzwischen so gut kennen, dass du weißt, dass ich keine Entscheidungen aus dem Bauch heraus treffe, sondern stets genau abwäge. Freust du dich denn ein bißchen?“

„Äh … ja, natürlich! Ich würde mich allerdings noch mehr freuen, wenn wir vielleicht noch einmal da ansetzen könnten, wo wir gerade aufgehört haben, bevor du … du weißt schon“, antwortete Dennis, fasste Jessicas Hand und zog sie sanft an sich heran. Als sich die beiden gerade erneut küssen wollten, platzte Mark Scheck, der in Begleitung der dicken Amsel ebenfalls an die Bar gekommen war, recht taktlos dazwischen. „Stören wir etwa?“, fragte er scheinheilig und schickte hinterher: „Bitte entschuldigen Sie, Jessica, aber nachdem ich mich vorher da oben auf der Bühne so lächerlich gemacht habe wie selten zuvor in meinem Leben, muss ich mit meinem Freund Dennis kurz darauf anstoßen, denn ich bin mir sicher, er hat es sehr genossen, wie ich mich zum Affen gemacht habe!“

Dennis hätte Mark in diesem Moment den Hals umdrehen können, musste aber dennoch schmunzeln: „In der Tat, du hast mir sehr gut gefallen in deinem bunten Röckchen und mit dem gelben Schnabel im Gesicht!“

„Ja, Mark, Sie haben es erfasst. Sie stören allerdings. Aber wo Sie schon einmal da sind – wollen Sie uns bei dieser Gelegenheit nicht Ihre charmante Begleitung vorstellen?“, ergriff Jessica das Wort und schaute dabei auf die Gestalt im Amselkostüm, die sich krampfhaft und verlegen an ein Glas Ramazzotti klammerte.

In diesem Moment wurde es wieder stockfinster im Marmorsaal und die Musik verstummte abermals.

Alle glaubten an einen erneuten Show-Effekt und warteten gespannt darauf, was nun passieren würde. Die Nervosität unter den Gästen stieg, und die Spannung war auf ihrem Höhepunkt angelangt, als sich nach fast zwei Minuten immer noch nichts getan hatte. Der kurze Aufschrei einer Frau unterbrach die Stille. Nun bemerkten die meisten, dass dieses Mal etwas nicht mit rechten Dingen zuging.

Kurt Schockenried war zu hören, wie er laute Anweisungen gab. Nach wenigen Minuten, die sich für alle Anwesenden wie eine Ewigkeit angefühlt hatten, gelang es endlich, das Licht wieder anzuschalten. Jemand hatte eine Hauptsicherung deaktiviert und so vorübergehend die Elektrik im gesamten Saal lahmgelegt. Doch auch, als das Licht wieder an war, konnte man kaum die eigene Hand vor Augen erkennen, da dicke Rauchschwaden den gesamten Raum durchzogen. Die Rauchmelder begannen in diesem Moment, lautstark schrillend Alarm zu geben; gleichzeitig wurden die Sprinkler-Anlagen automatisch aktiviert. Panik brach aus, und die Hochzeitsgäste drängten ängstlich zum Ausgang. Einige stürzten und konnten sich im Getümmel und bei der schlechten Sicht aus eigener Kraft nicht alleine wieder aufrichten, da sie immer wieder von nachstürmenden Menschen zu Boden gerissen wurden. Auch Dennis, der Jessica an der Hand gepackt hatte, schaffte es nicht, gemeinsam mit ihr ins Freie zu gelangen. Er war über einen Stuhl gestürzt und musste dabei Jessicas Hand loslassen. Er konnte hören, wie sie verzweifelt nach ihm rief, doch es gelang ihnen nicht, sich wieder zu finden. Erst, als alle Gäste nach draußen gelangt und in Sicherheit waren, trafen sie sich wieder.

Glücklicherweise war niemand, von leichteren Blessuren einmal abgesehen, ernsthaft verletzt worden. Naturgemäß versuchte in dem allgemeinen Chaos jeder zunächst einmal, die ihm nahestehenden Personen aufzufinden.

Entsetzen machte sich breit, als sich die Stimme des Bräutigams über alle anderen hinwegsetzte: „Sie ist weg!“, brüllte er. „Tatjana! Tatjana! Wo bist du?“

33.
Des Teufels Pferdeäpfel

„Frische Pferdeäpfel!", staunte Kurt Schockenried, der den ebenfalls frischen Hufspuren gefolgt war, die am Hang, der sich unterhalb des Teehauses erstreckte und talwärts führte, im feuchten Gras eindeutig zu erkennen waren.

„Sie sind sogar so frisch, dass sie noch dampfen!", fügte Dennis hinzu.

Vergeblich hatten sie Tatjana von Senden gesucht, die seit dem Stromausfall im Marmorsaal verschwunden war. Eine großangelegte Suchaktion war mittlerweile eingeleitet worden; es kreisten sogar zwei Hubschrauber über dem Stadtteil Bopser und dem Stuttgarter Kessel. Bisher waren jedoch alle Bemühungen umsonst gewesen – von Tatjana fehlte jede Spur.

„Als wäre sie vom Erdboden verschluckt worden!", stellte Holger fest.

„Ich denke eher, dass sie auf dem Rücken des Pferdes, dessen Hinterlassenschaften wir hier bewundern können, fortgebracht wurde. Den Saal mit einem Auto zu erreichen, ist nicht möglich, außerdem gibt es keine entsprechenden Spuren. Und zu Fuß hätte man sie niemals so schnell von hier wegbringen können", mutmaßte Kurt, der wie Sherlock Holmes die Spurenlage in Augenschein nahm, um die einzig möglichen Schlüsse daraus zu ziehen.

Der frisch gebackene Bräutigam, Jörg Maurer, kämpfte derweil mit den Tränen. „Ich verstehe das nicht", schluchzte er. „Als das Licht ausging, stand sie noch direkt neben mir. Kurz darauf meinte sie, dass etwas nicht in Ordnung sein könne und sie sich darum kümmern würde. Dann war sie weg. Ich habe sie noch schreien gehört, konnte sie aber nirgends finden!“

„Niemand verlässt das Gelände, bevor ich es nicht ausdrücklich erlaubt habe!“, befahl Kurt, der sich zwar sehr um Tatjana sorgte, jedoch wenig Sinn für ihren in Tränen aufgelösten Bräutigam hatte. Er schaute in die Runde. Die Gäste der Hochzeitsfeier schienen durchweg fassungslos ob des mysteriösen Verschwindens der Braut. Die meisten hatten sich in kleinen Grüppchen versammelt und tauschten ihre Mutmaßungen, Ahnungen und Sorgen aus. Ein Gast stach jedoch deutlich hervor, nämlich der, dessen Gesicht nach wie vor durch eine Vogelmaske verdeckt war.

„Vielleicht wäre auch die fette Amsel einmal so freundlich, sich zu erkennen zu geben!“, sagte Kurt in Richtung des Mannes im schwarzen Amselkostüm, der zwischen Mark Scheck und Holger Grünbaum stand. Der Mann zögerte, doch schließlich streifte er sich die Maske vom Kopf. Alle staunten nicht schlecht, als darunter das Gesicht des schweißgebadeten Rechtsmediziners Dr. Simon Brandner zum Vorschein kam.

Brandner war etwas peinlich berührt, versuchte jedoch gleich, sich zu rechtfertigen: „Was schaut ihr mich denn alle so an? Habt ihr noch nie einen Arzt in einem Amselkostüm gesehen? Außerdem habe ich doch angekündigt, dass ich heute Abend auch ohne Einladung mit von der Partie sein werde!“

Jessica, Kurt und Dennis schüttelten den Kopf. „Ich

kann es nicht fassen, Simon. Du schreckst auch vor nichts zurück, oder? Du hast dich tatsächlich in einem Amselkostüm auf der Hochzeitsfeier eingeschlichen?“, fragte Dennis und blickte dann vorwurfsvoll zu Holger und Mark: „Und ihr habt das natürlich die ganze Zeit gewusst, richtig?“

Kleinlaut gestand Holger: „Na ja, wir brauchten unbedingt noch einen vierten Mann für unsere Vogelhochzeits-Performance. Du und Kurt hatten es ja abgelehnt, uns zu unterstützen – was ich im Übrigen ziemlich feige fand!“

„Es tut mir leid! Ich war einfach sehr enttäuscht darüber, dass ich nicht eingeladen wurde. Als ich dann zufällig von dem geplanten Auftritt erfahren habe, sah ich darin meine Chance, doch an der Feier teilnehmen zu können. Eigentlich wollte ich mich nach der Aufführung beim Brautpaar zu erkennen geben und dann auch entschuldigen. Irgendwie habe ich es aber nicht fertig gebracht!“, sagte Brandner.

Jessica glättete die Wogen, konnte sich dabei jedoch einen kleinen Seitenhieb gegen Dr. Brandner nicht verkneifen: „Ich denke, dass wir momentan ganz andere Probleme haben als einen angesehenen forensischen Pathologen, der in einem Vogelkostüm heimlich an der Feier teilgenommen hat. Irgendetwas stimmt mit Ihnen nicht, Dr. Brandner, aber das sollten wir zu einem anderen Zeitpunkt klären. Gerne biete ich Ihnen dafür meine professionelle Hilfe an!“

In diesem Moment kamen zwei Kollegen der Schutzpolizei hinzu, die sich an Kurt wandten. Sie waren in Begleitung einer älteren Dame, die ziemlich verstört wirkte. „Herr Kriminalhauptkommissar Schockenried, das ist

Frau Irmgard Wegener. Sie hat eine interessante Beobachtung gemacht, die sie Ihnen besser persönlich mitteilen sollte!", erklärte einer der beiden Polizisten.

Zitternd breitete die alte Dame ihre Arme aus. Der Schrecken stand ihr ins Gesicht geschrieben, als sie beschrieb, was sie gesehen hatte: „Er war riesengroß und kam wie aus dem Nichts. Ich war mit meinem Wauzi draußen, als plötzlich ein großes schwarzes Pferd auf mich zu galoppierte. Darauf saß der Teufel! Er hatte lange schwarze Haare und einen ebenso langen Bart. Auf dem Kopf trug er zwei Hörner und sein schwarzer Umhang flatterte im Wind!"

„War er alleine, der Teufel? Oder saß noch jemand auf seinem Pferd, Frau Wegener? Und wer, wenn ich fragen darf, ist Ihr Wauzi?", fragte Kurt die alte Dame.

„Wauzi? Na, das ist mein Hundchen. Wauzi ist schon alt, deshalb … na, wissen Sie, Herr Kommissar, seine Blase …"

„Nun … wie dem auch sei", unterbrach Kurt die Dame freundlich. „Was war also mit dem Teufel?"

Frau Wegener blinzelte überrascht, doch dann fuhr sie mit ihrem Bericht fort: „Vor ihm, auf dem Rücken des Pferdes, lag eine Frau. Ich konnte ihr weißes Kleid erkennen, welches sie unter einem blauen Mantel trug. Sie bewegte sich nicht. Es schien ganz so, als sei sie bewusstlos!"

„Wohin sind sie geritten?", wollte Kurt wissen.

Doch Frau Wegener konnte ihm nicht mehr weiterhelfen. „Das weiß ich nicht", antwortete sie. Alles ging so schnell. So schnell, wie sie aus dem Nebel aufgetaucht waren, waren sie auch schon wieder verschwunden. Als hätte die

Nacht sie verschluckt!“

„Danke, Frau Wegener. Sie haben uns sehr geholfen. Die Kollegen werden Sie jetzt nach Hause bringen. Sollten wir Fragen an Sie haben, melden wir uns bei Ihnen!“, verabschiedete sich Kurt höflich von Frau Wegener, die der festen Überzeugung war, in dieser Nacht dem Leibhaftigen begegnet zu sein.

„Cernunnos!“, brummte Kurt. „Es war dieser vermaledeite Cernunnos. Er ist noch nicht am Ende. Jetzt hat er sich Tatjana geholt. Sie soll sein nächstes Opfer werden!“

34.
Der Baum des Lebens

Als Tatjana die Augen aufschlug, versuchte sie zunächst, ihre Arme zu bewegen. Zuerst den rechten, dann den linken, doch es gelang ihr nicht. Anschließend wollte sie ihre Beine anwinkeln, doch auch das konnte sie nicht. Erst dann registrierte sie, in welch misslicher Lage sie sich befand: Sie lag ausgestreckt auf einem großen Holztisch und war mit den Armen und Beinen daran festgebunden. Sie blickte sich um und stellte fest, dass sie sich in einem hohen, dunklen Kellerverlies befand. In der Mitte des Raumes war eine kleine Empore, auf der ein großes Fallbeil stand, ähnlich einer antiken Guillotine. Zu ihrer Linken war ein großer, kaminartiger Ofen, in dem ein Feuer brannte. Die Flammen loderten und erfüllten einen Teil des Verlieses mit Licht. Rechts neben ihr stand ein weiterer großer Holztisch, der dem glich, auf den sie gefesselt war. Auf ihm lag eine junge Frau. Tatjana sah genau hin und erkannte Amy Gallagher. Sie schien bewusstlos zu sein, denn sie rührte sich nicht. Tatjana sprach sie an, doch Amy blieb regungslos liegen. Daraufhin schrie Tatjana so laut sie nur konnte um Hilfe, doch nichts geschah. Dann erblickte sie neben dem Ofen eine Metallstange, an der mehrere längliche Eisen hingen, die unterschiedlich geformte Köpfe hatten. Ihre schreckliche Ahnung wurde zur Gewissheit: Hier also hatte der selbsternannte Rachegott Cernunnos seine Opfer gefangen gehalten, bevor er sie enthauptet und damit getötet hatte. Mit dem Fallbeil musste er ihre Köpfe abgetrennt haben, und die Eisen an der Stange waren die Instrumente, mit denen er die Symbole in die Hälse seiner Gefangenen gebrannt hatte. Tatjana versuchte, sich zu konzentrieren und ordnete ihre Gedanken. Das Letzte, woran sie sich erinnern konnte, war der Stromausfall im Marmorsaal und wie sie sich im Dunkeln aufgemacht hatte, einen Sicherungskasten zu suchen, um möglicherweise den Fehler beheben zu können. Dann hatte sie gespürt, wie sie jemand von hinten umklammerte. Zunächst hatte sie an einen Scherz geglaubt, doch als sie mit Gewalt zu Boden gezerrt wurde, war ihr klar, dass es bitterer Ernst war. Sie hatte noch versucht, um Hilfe zu schreien, doch noch bevor sie sich verständlich machen konnte, wurde ihr etwas auf Mund und Nase gepresst. An diesem Punkt endeten ihre Erinnerungen. Von da an wusste sie rein gar nichts mehr; sie war also betäubt worden. Nun bestand Gewissheit, dass Professor Gallagher, der sich in polizeilichem Gewahrsam befand, ein falsches Geständnis abgelegt haben musste. Aber warum nur hatte er das getan? Um den echten Cernunnos beziehungsweise den, der sich dafür hielt, zu schützen? Sie konnte sich einfach keinen Reim darauf machen. Sie ging nun fest davon aus, dass nicht Gallagher, sondern Adam Freyr Cernunnos war. Welches Geheimnis musste die beiden verbinden, damit Gallagher die Schuld der Morde auf sich genommen hatte, obwohl er sie offensichtlich nicht begangen hatte?

Plötzlich konnte sie hören, wie eine Türe geöffnet wurde. Sie drehte ihren Kopf in die Richtung, aus der sie das Geräusch vernommen hatte. Ein Mann in schwarzem

Gewand, einer Perücke mit langen schwarzen Haaren, einem künstlichen Bart und zwei großen Hörnern auf dem Kopf kam langsam auf sie zu. Dann sprach er sie an: „Herzlichen Glückwunsch zur Vermählung, Tatjana Maria. Aus gutem Grunde werde ich dich ab jetzt nur noch Maria nennen. Damit du siehst, dass Cernunnos ein guter und höflicher Gott ist, habe ich natürlich Hochzeitsgeschenke für dich organisiert, ganz so, wie es das Brauchtum vorsieht. Etwas Blaues, nämlich den Mantel der heiligen Jungfrau Maria, trägst du ja bereits. Also fehlt noch etwas Geborgtes und etwas Altes. Geborgt habe ich mir etwas bei einer der Drei Bethen, genauer gesagt bei der roten Wilbeth!"

Cernunnos zog eine Halskette unter seinem Umhang hervor und ging auf Tatjana zu. Mit bedauerndem Unterton sagte er: „Sie ist leider nicht mehr ganz taufrisch. Es klebt noch Blut daran. Ich hoffe trotzdem sehr, dass du dieses Geschenk zu schätzen weißt!"

Ruppig hob er Tatjanas Kopf an, um ihr die Kette umzulegen, anschließend ließ er ihn wieder zurückfallen, so dass Tatjana schmerzhaft auf dem Holztisch aufschlug. Dann ging er zu den Eisen, die an der Metallstange über dem Ofen hingen und nahm eines davon herunter. Voller Stolz präsentierte er das Symbol, das sich am Kopf des Eisens befand: „Du wirst sicher nicht wissen, was das ist, nicht wahr? Ich werde es dir sagen, Maria: Etwas Älteres gibt es kaum, es ist das Älteste und wohl bekannteste unserer keltischen Symbole. Du ahnst nicht, welche Ehre dir damit zuteilwird, es künftig an deinem Hals zu tragen. Es ist der Baum des Lebens! Der gesamte Kosmos ist nichts als ein riesiger Baum. Seine Wurzeln dringen tief in die Erde und seine Zweige reichen hoch hinauf in den Himmel. Er ist ein Symbol für die Balance zwischen den Welten, für die Vereinigung von oben und von unten, für Gleichgewicht und Harmonie. Seine Wurzeln und Äste bilden den Kosmos, in dem alle Dinge miteinander verbunden sind. Der Baum des Lebens ist ein zeitloses Symbol der Erneuerung, der Wiedergeburt und der unzerstörbaren Kraft des ewigen Lebens!"

Tatjana schluckte. Ihre Kehle war ausgetrocknet. Ihr war bewusst, dass sie es mit einem vollkommen Wahnsinnigen zu tun hatte und dass sie momentan keine Chance hatte, ihm zu entkommen. Sie konnte lediglich versuchen, Zeit zu gewinnen, also setzte sie an, ihren Entführer in ein Gespräch zu verwickeln: „Wie kann ich ewig leben, wenn Sie mich töten?"

„Das, meine Liebe, liegt nicht in unseren Händen. Wenn dein Gott so einzigartig und allmächtig ist, wie uns glauben gemacht wird, dann wird er sich deiner annehmen und dich beschützen. Falls er das aber nicht sein sollte, woran ich wiederum glaube, dann wirst du bald sterben!"

„Was ist mit Amy Gallagher? Was hat sie Ihnen getan?"

„Das lass mal meine Sorge sein. Glaube mir, ich habe meine Gründe. Manchmal müssen eben Opfer gebracht werden, auch wenn es noch so schmerzt!"

„Sie sind Adam Freyr, nicht wahr?"

„Ich bin Cernunnos, meine Liebe. Unter dem Namen Freyr wurde ich geboren. Cernunnos hat viele Namen wie beispielsweise Pan, Dionysos oder Patyr. Einer davon ist auch Freyr. Ich bin zweifelsfrei die Reinkarnation des großen Naturgottes, der durch das Christentum so lange diffamiert wurde, bis er sich zurückziehen musste. Doch ich bin wieder da, stärker und größer als jemals zuvor. Ich befinde mich auf dem Rachefeldzug gegen das Christentum. Cernunnos ist wieder in aller Munde, und bald werde ich erreicht haben, dass er nie wieder aus den Köpfen der Menschen verschwindet. Sie werden die wahre Stärke erkennen, ebenso wie ihnen die Augen geöffnet werden, um zu begreifen, dass euer Gott ein Nichts ist im Vergleich zu mir!"

Adam Freyr kehrte Tatjana nun den Rücken zu und ging zum Feuer. Er hielt das Eisen, dessen Ende der Baum des Lebens zierte, in die Flammen. Tatjana wusste, dass sie verloren hatte. Freyr würde sie nun, wie zuvor Brigid Shearer, Wilbeth Snyder, Anbeth Smirek und Hubertus Müller, brandmarken und anschließend töten. Der vermeintlich glücklichste Tag in ihrem Leben sollte letztlich zu ihrem schlimmsten werden und mit ihrem Tod enden. Ihr war klar, dass sie sterben würde. So nah lagen also im Leben Glück und Unglück beieinander. Für einen kurzen Moment schloss sie die Augen. Vor ihrem geistigen Auge sah sie, wie sie auf einem roten Kinderfahrrad saß und ihr Vater sie auf der Straße vor dem Haus der Familie in Flöha rennend auf und ab schob, während sie immerzu schrie: „Schneller, Papa, schneller!".

Selten in ihrem Leben konnte ihr etwas schnell genug gehen. Die Polizeischule und die anschließenden Ausbildungen zur Beamtin im mittleren und höheren Dienst hatte sie in der schnellstmöglichen Zeit und obendrein als Jahrgangsbeste abgeschlossen. Rasch war sie die Karriereleiter emporgeklettert und schließlich bei der Kripo Stuttgart zur Oberkommissarin ernannt worden. Kriminalrat Hans-Dieter Scheible hatte ihr bereits mehrere Male mitgeteilt, wie gut ihre Chancen stehen, nach dem Ausscheiden von Kurt Schockenried in den nächsten Jahren gemeinsam mit Dennis Rathvan die Mordkommission 1 zu leiten.

In diesem Moment dachte sie an ihren liebenswerten Kollegen Dennis, aber auch an Kurt Schockenried, mit dem sie sich so oft in die Haare gekriegt hatte. Sogar Jessica Dornfeld tauchte in ihren Gedanken auf, die sie mittlerweile, sogar mehr als ihr lieb war, in ihr Herz geschlossen hatte. Seit Langem hatte sie einmal wieder das Gefühl gehabt, eine Freundin gefunden zu haben. Und dann war da natürlich Jörg, der Mann, den sie liebte und heute endlich geheiratet hatte. Ein schlechtes Gewissen machte sich in ihr breit, als sie daran dachte, dass sie ihm oft ganz bewusst das Gefühl vermittelt hatte, er sei ihr nicht gut genug und könne sich glücklich schätzen, dass sie sich mit ihm abgab. Sie konnte sich selbst nicht so richtig erklären, warum sie das getan hatte. Wenn sie ihn doch nur noch einmal wiedersehen könnte, wenigstens nur, um ihm zu sagen, wie sehr sie ihn liebte.

Sie erwachte wieder aus ihren Gedanken und war zurück in der grausamen Wirklichkeit. Das Eisen im Feuer schwenkend, verkündete Freyr: „Gleich werde ich dich mit dem Baum des Lebens markieren. Dann bist du für immer mein. Anschließend begeben wir drei, Amy, du und ich, uns auf die Reise zu einem heiligen Ort. Es wird eure letzte Reise sein!"

Langsam drehte er sich um und richtete das glühende Eisen gegen sie. Dann ging er schnellen Schrittes auf sie zu und presste es gegen ihren Hals. Ein unbändiger Schmerz erfasste Tatjana, dann verlor sie das Bewusstsein.

35.
Sommersonnenwende

Hans-Dieter Scheible hatte Kurt die offizielle Erlaubnis erteilt, falls es notwendig war, etwas grob zu werden, um Professor Martin Gallagher unter Druck zu setzen. Jessica und Kurt sahen sich im Verhörzimmer einem verstört wirkenden Mann gegenüber, der weder aus noch ein wusste. Kurt eröffnete die Befragung, die keine lange Zeit in Anspruch nehmen durfte: „Herr Professor Gallagher, Sie haben uns angelogen, indem Sie ein falsches Geständnis abgelegt haben. Im Moment interessiert mich weniger, warum Sie das getan haben, als viel mehr, wen Sie damit schützen wollten. Ist es Adam Freyr? Warum hat er unsere Kollegin Tatjana von Senden entführt und was hat er mit ihr vor?"

Gallagher blickte starr an Jessica und Kurt vorbei an die kahle Wand, die sich hinter ihnen befand, und schwieg beharrlich. Kurt setzte erneut an: „Herr Gallagher, Ihre Tochter Amy ist ebenfalls verschwunden. Wir gehen fest davon aus, dass sie sich, ebenso wie unsere Kollegin, in der Gewalt von Freyr befindet. Wenn Ihnen Amys Leben lieb ist, wovon ich einmal stark ausgehe, sollten Sie uns sagen, was Sie wissen!"

Martin Gallagher blickte auf. Er schien ehrlich überrascht zu sein: „Amy? Was ist mit ihr? Das kann nicht sein, was Sie da sagen! Adam Freyr ist doch ihr Freund!"

„Ihr Freund? Was meinen Sie damit?", fragte Kurt.

„Amy lernte Freyr vor einigen Jahren auf einer Jugendfreizeit kennen. Casandra und ich hatten gleich ein ungutes Gefühl, als sie ihn uns vorstellte. Sie war noch fast ein Kind und so viel jünger als er. Doch sie eröffnete uns ohne Kompromisse, dass er der Mensch sei, der ihr vorbestimmt war und dass sie für den Rest ihres Lebens mit ihm zusammen sein wollte. Zunächst nahmen wir sie nicht wirklich ernst. Als sie uns jedoch mitteilte, dass sie schwanger war, wurde die Sache problematisch. Adam Freyr war ein Taugenichts mit radikalen Ansichten. Wir konnten auf keinen Fall zulassen, dass unsere Tochter ein Kind von ihm austrug. Schließlich willigte Amy gerade noch rechtzeitig ein, das Ungeborene abtreiben zu lassen. Ihrer Verbundenheit zu Adam tat dies jedoch keinen Abbruch. Amy hing wie eine Klette an ihm, und auch er ließ keinen Zweifel daran, dass er unsere Tochter nicht aufgeben würde. Da er über ein erstaunliches historisches Wissen verfügte, kam uns die Idee, ihn in unser Institut als meinen Assistenten aufzunehmen. Zunächst gab er sich damit anscheinend auch zufrieden und erledigte die ihm gestellten Aufgaben stets tadellos. So hatten wir fürs Erste erreicht, dass Ruhe herrschte. Amy konnte weiterhin das Gymnasium besuchen und Freyr war besänftigt, indem er an ihrer Seite war und einen Platz in unserer Familie gefunden hatte. Einige Zeit schien es dann auch so, als könnten Casandra und ich mit diesem faulen Kompromiss gut leben. Doch Freyr bekam nicht genug. Immer militanter wurden seine Ansichten und sein Durst nach Rache!“

„Rache wofür?“, unterbrach Kurt kurz.

„Das ist eine sehr gute Frage! Wir bemerkten, dass er aufgrund der Begebenheit, einen Namen zu tragen, mit welchem in der Literatur auch der keltische Rachegott Cernunnos zweifelsfrei in Verbindung gebracht wird, davon ausging, von diesem abzustammen oder, noch schlimmer, sich für diesen zu halten. Leider prallten die Bedenken, die wir gegenüber Amy bezüglich Adam Freyr äußerten, gegen eine Wand aus Ignoranz und Liebe. Dagegen kamen wir nicht an und mussten deshalb mit ansehen, wie sich Adam immer weiter verrannte, unsere Tochter aber nicht imstande war, ihm Einhalt zu gebieten. Erinnern Sie sich daran, Herr Schockenried, dass Sie mich, als wir uns das erste Mal trafen, in unserer Bibliothek fragten, ob ich all die Bücher dort gelesen habe?"

„Ja, und?", fragte Kurt.

„Ich habe Ihnen nicht ganz die Wahrheit gesagt. Ich gab vor, nur die meisten von ihnen gelesen zu haben. Das stimmt nicht. Ich habe sie tatsächlich alle gelesen!"

„Was wollen Sie mir damit sagen, Herr Gallagher?"

„Anfangs war ich mir nicht ganz sicher, warum Adam sich auf merkwürdige Weise auch zu Brigid Shearer hingezogen fühlte. Zunächst vermutete ich einen sexuellen Hintergrund, bis mir klar wurde, dass es einzig und allein ihr Vorname war, der ihn faszinierte. Er betrachtete es als eine Art der Vorhersehung, dass ihm ein Mädchen begegnete, das den Namen der keltischen Lichtjungfrau trug und obendrein noch die beste Freundin Amys war. Als schließlich Wilbeth Snyder und später auch Anbeth Smirek in unserem Institut auftauchten, war mir klar: Adam Freyr hatte seine Lichtjungfrau Brigid bereits gefunden und suchte nun die Drei Bethen. Diese allerdings wären bedeutungslos, ohne auch die Jungfrau Maria, die Mutter des christlichen Gottes, gefunden zu haben!"

Kurt kratzte sich nervös an der Schläfe und räusperte sich. Für ihn war das alles Humbug – Lichtjungfrauen, Rachegötter, Bethen … Er musste sich schwer beherrschen, um Ruhe zu bewahren.

„Moment. Soll das etwa bedeuten, Freyr hat Tatjana von Senden entführt, weil sie mit zweitem Namen zufälligerweise Maria heißt?", fragte er.

Professor Gallagher nickte zustimmend: „Ja, genau das soll es heißen! Allerdings gibt es unzählige Marias in Stuttgart. Ihre Kollegin hatte nur das Pech, eine Polizistin zu sein. Dadurch fühlte er sich provoziert und bestärkt in dem Glauben, sie sei die Verkörperung der heiligen Maria, die ihn herausforderte!"

Kurt schlug die Hände über dem Kopf zusammen: „Das darf doch wohl nicht wahr sein. Um Himmels Willen – wird er sie töten?"

„Davon müssen Sie leider ausgehen", antwortete Professor Gallagher sachlich.

„Wo ist er und wo hält er Amy und Tatjana gefangen? Wo wird er sie hinbringen, um sie zu töten?"

Kurt war von seinem Stuhl aufgesprungen und beugte sich nun über den Tisch zu Gallagher hinüber. Er kochte innerlich vor Wut und Angst um seine Kollegin.

Glaubhaft versicherte Gallagher: „Ich weiß es nicht. Aber ich weiß, dass Sie die Leichen von Anbeth Smirek und Hubertus Müller finden müssen. In ihnen finden Sie den entscheidenden Hinweis, wo Sie suchen müssen!"

„Was hat Hubertus Müller überhaupt mit der Sache zu tun?“

„Eigentlich nichts. Sie kennen mittlerweile sicher die Legende des Heiligen Hubertus? Sie wurde von den christlichen Missionaren erfunden, um Cernunnos aus den Gedanken der Menschen zu verdrängen. Um die zum Beltaine-Fest üblichen Fruchtbarkeitsrituale zelebrieren zu können, brauchte Freyr einen jungen, fruchtbaren Mann, der die alte, schwarze und unfruchtbare Bethe Anbeth begattet. Wer hätte sich besser dafür geeignet als ein junger Mann, der den Namen Hubertus trägt? Dass dieser Hubertus Müller zufälligerweise auch noch ein Grufti war, erhöhte wohl nur noch zusätzlich den Reiz der Geschichte!“

„Wo befinden sich die Leichen Hubertus Müllers und Anbeth Smireks?“

„Sie sind im Institut *Helvetia* im Wicker-Man versteckt. In den Standbildern der Wicker-Men wurden früher Opfer und Feinde der Kelten verbrannt. Sie müssen sich beeilen. Wenn die Leichen erst einmal verbrannt sind, haben Sie keine Chance mehr, Amy und Ihre Kollegin noch lebend zu finden!“

„Nach welchen Hinweisen müssen wir in den Körpern suchen? Sind es die Tarotkarten, die sich in den Mägen der Opfer befinden?“

„Exakt. Sie sind der Schlüssel zur Lösung.“

„Ist es aber nicht so, dass die Nummern der Karten nur einen Hinweis auf den Zeitpunkt des nächsten keltischen Festes geben und somit anzeigen, wann der nächste Mord passieren soll?“

„Ich bin begeistert, Herr Schockenried. Sie wissen wirklich nahezu alles. Leider ist es aber so, dass Adam Freyr irrsinnig ist, und solchen Menschen kommen manchmal die absurdesten Dinge in den Sinn!"

Kurt atmete tief durch. Seine Geduld hing am seidenen Faden. Die Zeit lief ihnen davon. „Und die wären? Los, Gallagher, raus mit der Sprache! Was haben die Karten noch für eine Bedeutung?"

Professor Gallagher grinste, und sowohl Jessica als auch Kurt fragten sich, wie er so gelassen und geradezu amüsiert sein konnte, wo doch das Leben seiner Tochter auf dem Spiel stand.

Dann erklärte Gallagher: „Bringen Sie die Zahlen der Tarotkarten in die richtige Reihenfolge, dann liefern sie Ihnen die Koordinaten des Ortes, zu welchem er die beiden bringen wird!"

„Und Sie haben keine Ahnung, wo das sein könnte?"

„Nein, habe ich nicht. Und das müssen Sie mir glauben, denn immerhin hat der Schurke meine Tochter in seiner Gewalt. Ich würde es Ihnen verraten, wenn ich es wüsste!"

„Wieviel Zeit bleibt uns noch?", wollte Kurt wissen.

„Mittlerweile haben wir den einundzwanzigsten Juni, den längsten Tag des Jahres. In dieser Nacht begann das keltische Fest Saura. Es wurde vier Tage lang gefeiert. Denn auch, wenn als Datum für die Sommersonnenwende der einundzwanzigste Juni festgelegt ist, so ist es erwiesen, dass die Sonne mehr oder weniger für drei Tage still steht und die tatsächliche Wende erst drei Tage später wirksam wird. Das bedeutet im Klartext, dass in diesen Tagen entgegen der allgemein vorherrschenden Meinung keine Veränderung der Dauer von Tag und Nacht stattfindet. Also vollzieht sich die definitive Sommersonnenwende, in Anlehnung an den keltischen Jahreskalender, erst am vierundzwanzigsten Juni. Wenn Sie Glück haben und Adam Freyr sich strikt daran hält, wovon ich ausgehe, dann haben Sie noch fast drei Tage Zeit, um meine Tochter und Ihre Kollegin zu finden, bevor er sie tötet!"

36.
Wicker-Man

Hauptkommissar Dennis Rathvan und Dr. Simon Brandner saßen auf dem Rücksitz eines Streifenwagens. Der Wagen raste mit Blaulicht und Sirene sowie einer Geschwindigkeit von über einhundert Kilometern pro Stunde die Heilbronner Straße entlang, vorbei an der neuen Stadtbibliothek und dem Hauptbahnhof. Unter Missachtung sämtlicher roter Ampeln bogen sie auf die Kriegsbergstraße ab und folgten dieser, bis sie nach rechts in den Herdweg einfuhren. Dennis hatte das Fenster auf seiner Seite etwas geöffnet. Der Fahrtwind blies ihm den Geruch einer warmen Stuttgarter Sommernacht ins Gesicht.

Da sie sich bei der Hochzeitsfeier im Marmorsaal das eine oder andere Gläschen genehmigt hatten, hatten sie es vernünftigerweise vorgezogen, sich nicht selbst ans Steuer zu setzen.

Die Aufgaben waren klar verteilt worden: Während Kriminalrat Scheible die Einsätze vom Präsidium aus koordinierte, setzte Jessica Dornfeld die Befragung Professor Gallaghers, die zuvor vorwiegend durch Kurt geführt worden war, fort. Kurt Schockenried und Holger Grünbaum beteiligten sich derweil weiterhin an der Suche nach Tatjana. Im Stadtteil Bopser und Umgebung wurden unzählige Zeugenbefragungen durchgeführt und weiter nach Spuren gesucht, die einen Hinweis auf ihren Verbleib geben konnten. Dennis' Auftrag war es, der Aussage nachzugehen, die Professor Gallagher während des Verhörs mit Kurt gemacht hatte. Er sollte im Wicker-Man-Standbild des Instituts *Helvetia* nach den Leichen Anbeth Smireks und Hubertus Müllers suchen. Es war höchst ungewiss, ob er dort fündig würde, denn nach dem bisherigen Verlauf der Befragungen zu urteilen, konnte man leider nicht unbedingt davon ausgehen, dass Martin Gallagher die Wahrheit gesagt hatte. Falls die Leichen jedoch tatsächlich dort sein sollten, müsste sehr schnell gehandelt werden. Darum wurde Dennis von Dr. Brandner begleitet, der die staatsanwaltschaftliche Befugnis erteilt bekommen hatte, direkt vor Ort eine Leichenöffnung vorzunehmen, falls es denn notwendig werden sollte.

Hastig rannten sie die Steinstufen zum Eingang der Villa hinauf. Simon Brandner, der immer noch einen Teil seines Amselkostüms trug, war dadurch noch schlechter zu Fuß als ohnehin schon. Mangelnde Beweglichkeit durch Übergewicht sowie eingeschränkte Mobilität durch ein Vogelkostüm und Alkoholeinfluss waren letztendlich etwas zu viele Handicaps auf einmal, so dass Dr. Brandner an einer Stufe hängen blieb, ins Straucheln geriet und stürzte. Er versuchte, das Schlimmste abzuwenden, indem er reflexartig beide Arme nach vorne streckte. Dadurch landete er auf seinen Händen, die so sein gesamtes Körpergewicht und die Wucht des Sturzes abfangen mussten. Der sofort nach einem knackenden Geräusch einsetzende Schmerz signalisierte dem Rechtsmediziner, was passiert sein musste. „So ein Mist! Ich glaube, ich habe mir das Handgelenk gebrochen.“, fluchte er. Mit schmerzverzerrtem Gesicht schleppte er sich die restlichen Stufen hoch. Dort blieb er zunächst einmal sitzen und atmete tief durch. Dann schüttelte er resigniert den Kopf und sagte zu Dennis: „Es tut mir leid, ich werde dir heute keine große Hilfe mehr sein können. Ich muss schnellstmöglich in eine Klinik, um mein Handgelenk röntgen zu lassen. Wenn ich Glück habe, muss ich nicht operiert werden, sondern komme mit einer Gipsbehandlung davon, nachdem der Bruch wieder eingerenkt wurde!"

Dennis konnte Simon davon überzeugen, trotzdem noch mit hinein zu kommen.

„Also gut!", gab Simon trotz seiner Schmerzen nach. „Ob ich nun eine halbe Stunde früher oder später in der Klinik bin, ändert auch nichts mehr an der Misere. Also lass uns auf Leichensuche gehen!"

Erwartungsgemäß befand sich niemand im Institut, der auf das Klingeln an der Eingangstüre hätte reagieren können. Deshalb verschafften sie sich gewaltsam Zutritt, indem die beiden Kollegen der Schutzpolizei, die Dennis und Simon begleiteten, die Türe aufbrachen. Es war stockfinster in der Eingangshalle der Villa, doch das Mondlicht, das durch die großen Fenster einfiel, reichte aus, um die Umrisse des Wicker-Man erkennen zu können. Mit Taschenlampen suchten sie nach einem Lichtschalter. Nachdem sie ihn endlich gefunden hatten, konnten sie das mehrere Meter hohe Standbild genau inspizieren. „Das wirkt irgendwie unheimlich!", sagte Simon.

Auch Dennis war beeindruckt: „Kaum vorstellbar, dass die Kelten früher lebende Menschen in solche Ungetüme gesperrt haben, um sie dann abzufackeln!"

Sie suchten einige Zeit vergebens nach einer Öffnung, die in das Innere des Wicker-Man führte. Hineinsehen konnten sie auch nicht, da das Standbild so dicht geflochten war, dass man unmöglich hindurchblicken konnte. „Müsste man es denn nicht riechen können, wenn sich darin verwesende Leichen befänden?“, fragte Dennis Simon.

„Im Grunde schon, aber Anbeth Smirek und Hubertus Müller sind im Feuer umgekommen, und wir wissen nicht, wie schwer die Verbrennungen waren, die ihre Körper davongetragen haben. Möglicherweise ist von beiden, abgesehen vom knöchernen Skelett, nicht mehr viel übrig, das noch verwesen könnte. Aber du hast schon Recht, wahrscheinlich können wir nichts riechen, weil auch nichts da ist. Dieser Wicker-Man scheint ausschließlich als Anschauungsobjekt zu dienen und nicht dazu, etwas darin zu verstecken!“

Etwas enttäuscht standen sie in der Empfangshalle des Instituts und wollten eigentlich schon wieder unverrichteter Dinge abziehen, als einer der beiden begleitenden Polizeibeamten die zündende Idee hatte, man müsse vielleicht am Kopf des Standbildes, also sozusagen von oben, nach einem Zugang suchen. Aber wie sollten sie es schaffen, zum Kopf dieses riesigen Standbildes zu gelangen?

„Es gibt nur eine Möglichkeit“, sagte Dennis. „Wir müssen ihn umstoßen und zu Fall bringen!“

Simon Brandner konnte aufgrund seiner Handverletzung nur bedingt bei diesem Vorhaben mitwirken. Er stemmte sich, so fest er konnte, mit dem Rücken gegen das linke Bein des Standbildes, während Dennis und die beiden Polizeibeamten mit vereinten Kräften versuchten, dasselbe anzuheben. „Gleich haben wir es geschafft! Nur noch ein kleines Stückchen!“, rief Dennis.

Ihre Kräfte ließen nach, und kurz bevor sie hätten aufgeben müssen, kippte das riesige Gebilde aus Korb und geflochtenem Hanf zur Seite. Krachend schlug es auf dem Steinboden der Eingangshalle auf und brach dabei in der Mitte auseinander. Dennis eilte zum Oberkörper des gefallenen Wicker-Man, von wo aus er in das Innere gelangen konnte. Mutig krabbelte er hinein und leuchtete dabei mit der Taschenlampe, um etwas erkennen zu können. Einige Sekunden vergingen, ohne dass von Dennis etwas zu sehen oder zu hören war. „Hauptkommissar Rathvan, ist alles in Ordnung bei Ihnen?“, rief einer der Polizisten in die Öffnung hinein.

Plötzlich konnten sie hören, wie Dennis laut verkündete: „Hier ist etwas! Ich habe zwei große und schwere Gegenstände gefunden, die in Plastiksäcke verpackt sind. Das sind bestimmt die beiden Leichen!“

Der kleinere der beiden Beamten kroch nun ebenfalls durch die Öffnung hinein ins Innere des Standbildes, um Dennis bei der Bergung der schweren Säcke zu helfen. Als sie es endlich geschafft hatten, griff Dennis sofort nach einer Schere aus Dr. Brandners Instrumentenkoffer und schnitt die beiden Behältnisse der Länge nach auf. Ein grässlicher Gestank entwich, und der Anblick, der sich ihnen bot, war fürchterlich: Vor ihnen lagen die beiden kopflosen Leichen einer Frau und eines Mannes.

37.
Dr. Rathvan

„Natürlich musst du es tun, Dennis. Wer denn sonst?", sagte Simon Brandner entschieden und umfasste dabei sein schmerzendes Handgelenk.

„Wir könnten doch beispielsweise Mark oder irgendeinen anderen Arzt zur Hilfe rufen!", versuchte Dennis, sich zu drücken, doch der verletzte Rechtsmediziner wollte das nicht gelten lassen.

„Du weißt selbst ganz genau, dass uns die Zeit davonläuft. Jede Minute kann von jetzt an entscheidend sein, wenn es darum geht, das Leben Tatjanas und Amy Gallaghers zu retten!"

„Ich habe schon einige verrückte Dinge in meinem Leben getan, aber das kann ich nicht!", erwiderte Dennis kopfschüttelnd und stellte damit klar, dass er keinesfalls dazu bereit war zu tun, was Dr. Brandner von ihm verlangte.

Doch dieser gab sich damit nicht zufrieden und brüllte Dennis an: „Los jetzt, Dennis! Schneide endlich die verdammten Leichen auf! Wenn ich irgendwie könnte, würde ich es ja selbst machen. Aber ich bin nicht in der Lage, mit meiner rechten Hand ein Skalpell zu halten, geschweige denn einen Schnitt durchzuführen. Und meine linke Hand ist ohnehin zu nichts zu gebrauchen. Ich kann von Glück reden, wenn ich damit beim Essen unfallfrei die Gabel zum Mund führen kann!"

Dennis atmete einmal tief ein und entließ die eingesogene Luft langsam durch seine aufgeblähten Backen. Dann erwiderte er: „Also gut. Ich habe wohl keine andere Wahl, oder?“

„Nein, hast du nicht. Ich bin ja bei dir und sage dir ganz genau, was du tun musst!“

„Das ist wirklich sehr beruhigend, dann kann ja überhaupt nichts mehr schief gehen!“, sagte Dennis mit zynischem Unterton.

Dann streifte er sich widerwillig Latex-Handschuhe über, und Dr. Brandner zückte das Skalpell mit der längsten Klinge aus seinem Instrumentenkoffer, drehte es langsam in seiner linken Hand und reichte es Dennis so, dass dieser ohne Verletzungsgefahr den Griff packen konnte.

„Meine Güte, damit kann man ja einen ausgewachsenen Ochsen häuten!“, stellte Dennis fest. Auf seinem Gesicht machte sich Nervosität breit, er schien aber entschlossen, sich seiner Aufgabe zu stellen.

„Achte vor allem darauf, dass du dich nicht selbst verletzt. Die eigene Sicherheit hat stets Vorrang. Und mit Verlaub – bei den beiden, die da vor uns liegen, kannst du keinen großen Schaden mehr anrichten!“, instruierte Simon Dennis und musste dabei sogar ein wenig schmunzeln.

„Na, dann mal los!“, sagte Dennis, atmete noch einmal tief durch und nahm seinen ganzen Mut zusammen.

Dann beugte er sich zunächst über den Leichnam Hubertus Müllers, dem das Feuer stark zugesetzt hatte. Die Mischung des Geruchs aus verbranntem und verwesendem menschlichen Gewebe war unsäglich ekelerregend. Mit zitternder Hand wollte Dennis gerade das

Skalpell ansetzen, um einen querverlaufenden Schnitt in den Unterbauch von Hubertus Müller zu machen, als Brandner ihn zurückpfiff: „Halt! Was machst du denn da? Ich habe doch gesagt, dass ich dich anleiten werde. Viele Schnitte werden gar nicht notwendig sein. Wir suchen zunächst den Magen auf, und der befindet sich ungefähr mittig, etwas nach links oben versetzt. Dazu genügt eine einfache Laparotomie!"

„Lapa … was?", fragte Dennis und hielt mit dem Skalpell inne. Seine Stimme klang ungewöhnlich hoch.

„Laparotomie oder auch chirurgische Eröffnung des Bauchraumes. Ein von oben nach unten durchgeführter Schnitt in der Mittellinie des Bauches, der in Längsrichtung verläuft. Der Bauchnabel beziehungsweise das, was noch davon übrig ist, dient dir als Orientierung. Schneide einfach immer gerade darauf zu. Viel weiter nach unten wirst du nicht gehen müssen, da wir das, wonach wir suchen, hoffentlich im mittleren oder unteren Drittel des Magens finden werden."

Dennis seufzte und murmelte irgendetwas Unverständliches. Dann riss er sich zusammen und konzentrierte sich, während Simon Brandner weiter Anweisungen gab. „Zunächst ertastest du die Spitze des Brustbeines mit deiner linken Hand. Dein Schnitt beginnt dann wenige Zentimeter unterhalb davon. Halte das Skalpell in deiner Rechten, wie einen Stift, dann kannst du es am besten steuern. Los, worauf wartest du noch?"

„Ist ja gut! Ich hätte schon längst begonnen, wenn du mich gelassen hättest und nicht andauernd dazwischenquatschen würdest!"

Etwas zu vorsichtig setzte Dennis etwa drei Zentimeter unterhalb des Brustbeines erneut zu einem Schnitt an. „Da passiert ja gar nichts. Ich komme nicht einmal durch die verkohlte Haut durch!"

„Du musst das Skalpell in einem etwas flacheren Winkel ansetzen, dann ist die Schnittfläche der Klinge größer und du kannst mehr Druck ausüben. Versuche kontinuierlich und möglichst an einem Stück zu schneiden. Je öfter du das Skalpell absetzt, desto schwieriger ist es, erneut durch die oberen Schichten zu dringen!"

Endlich funktionierte es, und Dennis war fast ein wenig fasziniert davon, wie es sich anfühlte, als beim Schneiden die Haut nach rechts und links auseinanderwich.

„In Ordnung", sagte er. „Und wo soll hier jetzt der Magen sein?", fragte er, während er sich sein Werk interessiert ansah.

Simon schüttelte den Kopf: „Du bist lustig. Dachtest du etwa, die Bauchorgane befinden sich direkt unter Haut? Wenn dem so wäre, hätten sie nur sehr wenig Schutz. Die Anatomie des Bauchraumes ist ziemlich kompliziert, aber wie gesagt, du musst ja glücklicherweise nicht mit chirurgischer Präzision vorgehen. Nun kommen nacheinander mehrere Unterhautschichten, Fettgewebe und die kräftigen Muskelstränge der geraden Bauchmuskulatur, die zusätzlich von einer sehr derben Faszie umhüllt ist!"

„Ach. Verstehe", bemerkte Dennis, und schnitt dann beherzt weiter, bis er es schließlich geschafft hatte, den Bauch zu öffnen.

„Und jetzt?", fragte er erstaunt, da immer noch nichts vom Magen zu sehen war.

„Jetzt, mein lieber Dennis, kommt der schönste Teil!", grinste Brandner.

„Und der wäre?", fragte Dennis, bereits ahnend, dass nichts Gutes auf ihn zukommen würde.

„Du musst so lange wühlen, bis du ihn gefunden hast!"

Dennis stöhnte.

„Mein Gott, ist das ekelhaft." Er hatte das Gefühl, dass ihm meterlange Schläuche aus dem Bauch entgegen quollen.

„Das sind nur die Dünndarmschlingen. Du musst sie irgendwie zur Seite halten!", sagte Simon.

Der Gestank wurde immer grässlicher, und Dennis kämpfte gegen die Übelkeit und den Würgereiz, der ihm zunehmend zu schaffen machte. Nachdem er einen Teil des Großen Netzes oder Omentum majus, wie Dr. Brandner es nannte, mit einer Schere herausgeschnitten hatte, hielt er plötzlich etwas in der Hand, das durchaus ein Magen sein konnte. „Schneide ihn einfach auf, egal wo!", sagte Simon.

Dennis nahm nochmals seinen ganzen Mut zusammen und rammte das Skalpell in das glitschige und fürchterlich stinkende Organ. Mehrfach drehte er die Klinge in alle Richtungen, bis er ein Loch gebohrt hatte, das groß genug war, um es weiter aufzureißen. Er steckte seine Finger hinein und tastete. Dann zog er einen Plastikbeutel heraus, der noch in einem sehr guten Zustand zu sein schien. Darin befand sich erwartungsgemäß eine Tarotkarte. Dennis spürte, wie es ihm plötzlich ganz schwindelig wurde. Der Boden unter ihm schien sich zu bewegen. Nun konnte er es nicht mehr aufhalten. Schwallartig übergab er sich mehrfach über und neben die Leiche Hubertus

Müllers. Doch es half alles nichts – die gesamte Prozedur musste gleich darauf an Anbeth Smireks Körper wiederholt werden.

Heldenhaft bewerkstelligte Dennis auch diese Prüfung, und immerhin waren seine Bemühungen von Erfolg gekrönt: Auch im Magen Anbeth Smireks fanden sie eine gut erhaltene Tarotkarte, die in einem Plastikbeutel steckte.

„Dieser Möchtegern-Gott muss die beiden relativ kurz vor ihrem Tod gezwungen haben, die Beutel mit den Karten darin zu schlucken. Nur so konnte er relativ sicher sein, dass der Mageninhalt sie nicht beschädigen würde. Ein Restrisiko bestand allerdings auf jeden Fall, denn die Kräfte der Magensäure wirken auch noch nach dem Tod für einige Zeit", erklärte Simon.

„Kann man denn solche Plastikbeutel überhaupt hinunterschlucken?", fragte Dennis ein wenig erstaunt.

„Ja, das geht. Sie sind ja nicht allzu groß. Das gleiche Prinzip kennt man im Übrigen auch von den so genannten Body-Packern. Das sind Menschen, die absichtlich Beutel mit Drogen verschlucken oder diese in anderen Körperöffnungen verstecken, um sie zu schmuggeln.", sagte Simon. Dann klopfte er Dennis, der noch etwas grünlich im Gesicht und augenscheinlich fix und fertig war, anerkennend auf die Schulter und sagte: „Gut gemacht, Dr. Rathvan. Ich verneige mich ehrfürchtig vor dir!"

38.
N 47° 35,661 und N 47° 53,116

Rasch hatten sich Dennis' Heldentaten herumgesprochen. Als er zurück ins Präsidium kam, wurde er nur so mit Lob überschüttet. Allen voran Kriminalrat Hans-Dieter Scheible beglückwünschte ihn und stellte ihm, selbstverständlich erst nach Abschluss des Falles, zur Belohnung sogar einige Tage bezahlten Sonderurlaub in Aussicht.

„Darauf werde ich sehr gerne zurückkommen, Herr Scheible!", sagte Dennis und zwinkerte dabei Jessica zu. Vor seinem geistigen Auge entstand ein Bild, wie sie beide zusammen an einem schönen weißen Palmenstrand lagen und auf das hellblaue Meer hinausschauten, während sie einen Cocktail schlürften und sich dabei immer wieder küssten. Doch vorher, ermahnte er sich und verjagte die romantische Vorstellung aus seinen Gedanken, mussten Tatjana von Senden und Amy Gallagher gerettet werden. Dennis wollte und konnte sich nicht vorstellen, wie es sein würde, wenn Tatjana nicht mehr am Leben wäre. Sie durften es auf keinen Fall zulassen, dass dieser irrsinnige Cernunnos sie tötete.

Auch Jörg Maurer, der erst seit einigen Stunden Tatjanas Ehemann war, war anwesend. In sich zusammengesunken saß er fast regungslos auf einem Stuhl und schluchzte. Mark Scheck saß neben ihm und versuchte ihn zu trösten, was ihm allerdings nicht sonderlich gut gelang. Mittlerweile waren alle wieder, zumindest mehr oder weniger, nüchtern.

Kurt Schockenried und Holger Grünbaum, die an den Zeugenbefragungen teilgenommen hatten, waren sehr frustriert, da keiner der Befragten nennenswerte Beobachtungen gemacht hatte, die Hinweise auf den Verbleib von Tatjana geben konnten. Jessica Dornfeld war bei der Fortsetzung des Verhörs von Professor Martin Gallagher auch nicht erfolgreicher gewesen: Nachdem er sich während des ersten Teils der Befragung durch Kurt noch sehr kooperativ gezeigt hatte, schien er beschlossen zu haben, auf stur zu schalten und sich keine weiteren Details mehr entlocken zu lassen.

Hans-Dieter Scheible ergriff das Wort: „In den Mägen von Hubertus Müller und Anbeth Smirek konnte Kommissar Rathvan jeweils eine weitere Tarotkarte finden, so dass es nun insgesamt sechs sind, die wir haben. Bei Müller wurde die Karte mit der Nummer Sechs gefunden. Sie steht für die Liebenden und damit symbolisch für Liebe, Leidenschaft und Erfüllung. Im Magen Anbeth Smireks befand sich die Karte mit der Nummer Elf, die Gerechtigkeit. Ihre Hauptbedeutungen sind neben der Gerechtigkeit Neutralität und Urteilsvermögen. Erwartungsgemäß werden unter anderem diese beiden Karten mit dem keltischen Saura-Fest oder Alban Hevin, wie es auch genannt wird, in Verbindung gebracht. Dieses Fest wird zur Sommersonnenwende gefeiert, also beginnend mit der Nacht, in der Tatjana von Senden und Amy Gallagher verschwanden. Adam Freyr ist also seinem Modus operandi treu geblieben und gab mit den Karten Hinweise auf das nächste Fest des keltischen Jahreskalenders, an welchem auch das nächste Verbrechen stattfinden soll oder, wie er es wohl sehen dürfte, die nächste Opferung. Wenn wir den Aussagen Professor Gallaghers Glauben schenken, dann bleiben uns noch fast zwei Tage Zeit, bevor Freyr seine Opfer töten wird, denn die Freudenfeuer, mit denen Saura begangen wird, finden üblicherweise in der Nacht vom dreiundzwanzigsten auf den vierundzwanzigsten Juni statt."

„Können wir ihm denn glauben?", gab sich Dennis skeptisch.

„Ich denke, dass wir keine andere Wahl haben, als ihm zu glauben", meinte Kurt.

„Immerhin hat er auch die Wahrheit gesagt, als er angab, die Leichen Smireks und Müllers würden sich in dieser Wicker-Man-Statue befinden. Außerdem steht auch das Leben seiner Tochter auf dem Spiel. Warum sollte er uns also noch länger an der Nase herumführen wollen?"

„Wir sollten uns aber nicht darauf verlassen, dass dieser Verrückte tatsächlich noch fast zwei Tage warten wird, bevor er Amy und Tatjana tötet. Freyr spürt, dass der Druck auf ihn immer größer wird und sich die Schlinge um seinen Hals langsam, aber sicher zuzieht. Wenn es ihm nicht gelänge, die beiden zu töten, bliebe sein Werk unvollendet, und ich denke nicht, dass er bereit ist, das zu riskieren. Also wird er möglicherweise – jedenfalls meiner Meinung nach – schon früher handeln!", gab Jessica Dornfeld zu bedenken.

„Gallaghers Theorie besagt, dass uns die sechs Zahlen der Tarotkarten die Koordinaten eines Ortes liefern, in dessen Nähe Freyr das nächste Ritual vollziehen möchte. Der keltische Jahreskalender hat zwar noch mehrere Feierlichkeiten zu bieten, doch mit dem Tod der Heiligen Maria, sprich mit Tatjanas Tod, sieht er seine Mission als erfüllt an. Die Morde an Brigid Shearer, Wilbeth Snyder, Hubertus Müller und Anbeth Smirek waren nichts weiter als die Vorbereitung auf sein großes Finale. Warum er allerdings auch Amy Gallagher in seine Gewalt gebracht hat, ist mir ein Rätsel, denn angeblich hat er sie doch so sehr geliebt“, sagte Scheible.

„Wer weiß schon, was in dem Kopf eines solchen Spinners vorgeht?“, erwiderte Kurt darauf. „Vielleicht soll sie gerade deshalb sterben, weil er sie so sehr liebt. Oder möglicherweise ist sie ihm auch nur in die Quere gekommen, und er musste sie aus dem Weg räumen.“

Hans-Dieter Scheible erklärte: „Unsere Experten haben sich die Zahlen der Tarotkarten vorgenommen. Nachdem sie sie in allen möglichen Kombinationen in die Koordinatensuche eingespeist haben, ergaben sich lediglich zwei Varianten, die sinnvoll erschienen. Für die Zahlenfolge 47 35 611 spuckte der Computer einen Ort in der Ostschweiz, genauer gesagt im Kanton Sankt Gallen aus. Die zweite Kombination, die plausibel erschien, nämlich 47 53 116, führte zu einem etwas näher gelegenen Ort, einem kleinen Dorf im Landkreis Sigmaringen.“

„Worauf warten wir dann noch? Wir sollten keine Zeit verlieren und uns auf dem schnellsten Weg dorthin begeben. Allerdings denke ich, dass wir beide Orte aufsuchen und nicht alles auf nur eine Karte setzen sollten. Aber dazu müssten wir uns aufteilen!“, preschte Kurt nach vorne.

Scheible bestätigte ihn in seinem Vorhaben: „Sie sagen es, Herr Schockenried. Und genau so werden wir es auch machen!“

39.
Der Berg ruft

Nachdem etwa anderthalb Stunden später sämtliche Vorbereitungen getroffen worden waren, machte sich eine Mannschaft unter der Leitung von Kriminalhauptkommissar Dennis Rathvan auf, um nach Scherendorf im Landkreis Sigmaringen zu fahren. Das kleine Dorf war einer der beiden Orte, die anhand der Koordinaten ermittelt werden konnten und möglicherweise von Adam Freyr alias Cernunnos dazu auserwählt worden war, seine nächsten Opferrituale durchzuführen. Dennis hatte im Vorfeld der Abreise bereits Kontakt zu den polizeilichen Kollegen vor Ort aufgenommen, um sie über die Sachlage zu informieren und sein Kommen anzukündigen. Bereits jetzt war in Scherenhausen und Umgebung ein Großaufgebot an Polizeikräften damit beschäftigt, potentielle Tatorte ausfindig zu machen. Das Hauptaugenmerk wurde dabei auf einsame Hügel, Lichtungen, Höhlen und verlassene Gebäude gelegt.

Begleitet wurde Dennis unter anderem von Jessica Dornfeld und Holger Grünbaum. Auch Jörg Maurer hatten sie schließlich gestattet, sie zu begleiten, da dieser vehement und unnachgiebig darauf bestanden hatte. Zunächst war Dennis skeptisch gewesen; da er Jörg aber ganz gut kannte und außerdem der Meinung war, dass Tatjanas Mann seine Nerven im Griff hatte, hatte er letztendlich eingewilligt. Dennis' Überlegungen gingen sogar so weit, dass Jörg ihnen möglicherweise vor Ort von Nutzen sein konnte, da er Tatjana so gut kannte wie vermutlich kein anderer.

***

Das zweite Team, das sich auf den Weg in den Kanton Sankt Gallen in der Ostschweiz, genauer gesagt in den Touristenort Schwäglisberg, machte, wurde vom Ersten Kriminalhauptkommissar Kurt Schockenried und von Kriminalrat Hans-Dieter Scheible angeführt. Auch in ihrer Begleitung befand sich eine Person, die nicht dem Polizeidienst angehörte. Mark Scheck war jedoch allen bestens bekannt, zum einen, weil er als ein Freund Dennis Rathvans bereits mehr oder weniger freiwillig an der Aufklärung des einen oder anderen Falles mitgewirkt hatte und zum anderen, weil er eine, wenn auch recht kurze, rechtsmedizinisch geprägte Vergangenheit hatte. Und da Dr. Brandner verletzungsbedingt nicht zur Verfügung stand, dachte sich Kurt, könne es nicht schaden, Mark Scheck als Ersatz mit an Bord zu haben. Außerdem hatte Mark im Höhenpark Killesberg den Kopf Wilbeth Snyders gefunden und war somit ohnehin schon in den Fall verwickelt und wusste über alles Bescheid.

Etwa zehn Minuten, nachdem sie mit dem Auto die Grenze zur Schweiz überquert hatten – sie befanden sich nun ungefähr auf der Höhe von Schaffhausen – bekam Kurt Schockenried einen Anruf. Als er dem Anrufer etwa dreißig Sekunden lang zugehört hatte, murmelte er: „Ich verstehe. Für mich ist das leider technisch nicht möglich, aber wir werden Ihnen in Kürze eine E-Mail-Adresse zukommen lassen, auf die Sie uns die Informationen schicken können. Wir werden uns dann sofort damit auseinandersetzen."

„Wer war das?", fragte Kriminalrat Scheible, als Kurt aufgelegt hatte.

„Das waren die Kollegen der Kantonspolizei Sankt Gallen. Sie haben in der Nähe von Schwäglisberg einen Ort ausfindig gemacht, der möglicherweise für Adam Freyrs Vorhaben geeignet sein könnte. Auf einem Berg befindet sich wohl ein alter, stillgelegter Irrgarten, in dessen Zentrum eine Anhöhe liegt, auf der einer Legende zufolge früher Hexenverbrennungen durchgeführt wurden. Die Kollegen wollten uns vorab einen digitalen Plan des gesamten Geländes und des Irrgartens, zusammen mit einigen weiteren Informationen zukommen lassen, damit wir uns ein Bild davon machen können und vorbereitet dort eintreffen werden. Da ich aber leider nicht imstande bin, mit meinem uralten Handy E-Mails zu empfangen, müssten Sie, Herr Scheible, bitte den Schweizer Kollegen Ihre Kontaktdaten durchgeben. Die Nummer, an die wir sie senden können, habe ich nun in meinem Anrufspeicher."

Kleinlaut antwortete Scheible: „Nun ja, es ist mir etwas peinlich, aber ich stehe mit den modernen Kommunikationstechniken ein wenig auf Kriegsfuß und habe absolut keine Ahnung, wie man mit einem Handy E-Mails verschickt oder empfängt. Ganz abgesehen davon habe ich überhaupt kein Postfach auf meinem Mobiltelefon installiert. Herr Dr. Scheck, wie sieht es denn mit Ihnen aus? Können Sie auf Ihrem Handy E-Mails empfangen?", fragte Scheible.

„Ja, das kann ich. Kein Problem. Gerne können Sie meine Adresse an Ihre Schweizer Kollegen weiterleiten!", antwortete Mark und musste ein wenig schmunzeln über die beiden älteren Herren, für die moderne Kommunikation offenbar ein Buch mit sieben Siegeln war.

„Dann sagen Sie mir doch bitte mal die Adresse, damit ich sie den Kollegen durchgeben kann", forderte Kurt Mark auf. Dieser diktierte daraufhin: „kartoffelschnitzundspätzle@gsaelzbaer-scheck.de".

„Wie bitte?", fragte Kurt. „Das ist nicht Ihr Ernst, Herr Dr. Scheck. Da lachen sich die Schweizer ja kaputt, wenn sie das lesen!"

„Schon möglich", antwortete Mark und zuckte mit den Schultern. „Aber man kann sich die Adresse gut merken, und außerdem ist sie ziemlich individuell, womit das Risiko einer Verwechslungsgefahr deutlich reduziert wird."

Nachdem Kurt die Adresse übermittelt hatte, ging wenige Minuten später auch schon eine Nachricht auf Mark Schecks Mobiltelefon ein. Aufmerksam las er sich alles durch, um Schockenried und Scheible dann zusammenfassend zu berichten: „Vom Dorf Schwäglisberg aus fährt eine Seilbahn hinauf auf den Berg. Der Ausstieg befindet sich auf 1893 Höhenmetern. Von da aus geht es weiter mit einem Sessellift, dessen Fahrtzeit etwa acht Minuten beträgt. Danach geht es mit einem ungefähr fünfzehn Minuten langen Fußmarsch weiter durch nicht gesichertes Gelände. Dann gelangt man an eine Hängebrücke, die eine Länge von siebenundachtzig Metern haben soll. Sie führt über ein Tal und ist eine der höchsten Hängebrücken Europas mit einer Höhe von angeblich einhundertvierundzwanzig Metern über dem Boden."

„Müssen wir diese Brücke etwa überqueren?", fragte Hans-Dieter Scheible, dem allein der Gedanke daran bereits Schweißperlen auf die Stirn trieb.

„Ja, wir müssen über die Brücke gehen, um zum Eingang des Irrgartens zu gelangen. Einen anderen Weg gibt es wohl nicht!", bestätigte Mark.

Dann legte er die Stirn in Falten und sagte: „Und genau da beginnt das Problem!"

„Welches Problem?", wollte Kurt wissen.

„Ich weiß nicht, ob es Ihnen bekannt ist, aber ich leide unter einer fürchterlichen Höhenangst und kann mir beim besten Willen nicht vorstellen, auch nur einen Fuß auf diese Brücke zu setzen, vor allem, weil …", setzte Mark zu einer Erklärung an, bevor er ins Stocken geriet.

„Weil?", forderte ihn Kurt auf, weiter zu reden.

Nach einer kurzen Pause fuhr Mark fort: „Weil die Brücke der Grund dafür ist, dass der Irrgarten vor über acht Jahren stillgelegt wurde. Sie wies nämlich erhebliche Sicherheitsmängel auf und bestand nicht eine einzige Prüfung durch die zuständigen Sicherheitsbehörden. Der Ort Schwäglisberg hatte anschließend mit einem enormen Imageverlust zu kämpfen, da es natürlich keine gute Publicity war, eine Brücke gebaut zu haben, deren Überquerung lebensgefährlich war. Durch das Fernbleiben der Touristen, durch Regressforderungen und die negativen

Schlagzeilen entstand ein immenser finanzieller Schaden, von dem sich der Ort wohl bis heute nicht erholen konnte. Der einst als große Touristenattraktion geplante Irrgarten mit der spektakulären zuführenden Brücke entpuppte sich als Flop und letztendlich auch als Grab von Millionen Schweizer Franken. Seit dem Jahr 2006 ist der Irrgarten also stillgelegt und unterliegt dem Zerfall."

„Was ist eigentlich der Unterschied zwischen einem Labyrinth und einem Irrgarten?", wollte Scheible wissen und fegte damit das Thema „Hängebrücke" vorerst vom Tisch.

„Die Begriffe werden heutzutage synonym verwendet, was aber historisch gesehen wohl nicht ganz korrekt ist. In einem Labyrinth gibt es nur einen, in sich verschlungenen Weg, der zum Ziel und auch wieder hinaus führt. Ein Irrgarten jedoch besteht aus vielen Wegen und Abzweigungen, die häufig auch in Sackgassen münden. Im Gegensatz zu einem Labyrinth kann man sich darin also tatsächlich hoffnungslos verirren. Der Irrgarten auf dem Schwäglisberg stellt eine Sonderform dar und ist ein sogenannter Wirbelirrgarten. Er ist durch eine unübliche, weil umgekehrte Aufgabenstellung gekennzeichnet. Der Weg vom Eingang führt relativ rasch und einfach zum Ziel: dem zentralen Platz im Zentrum. Von diesem Platz aus führen jedoch acht Arme in wirbelartigen Schwüngen wieder weg, die den Besucher in die Irre leiten. Hat man sich erst einmal für den falschen Weg entschieden, ist man verloren und hat fast keine Chance mehr, wieder hinaus zu finden. Ihre Schweizer Kollegen haben uns aber eine

Skizze des Irrgartens zukommen lassen, so dass wir uns diese genau einprägen können."

***

Nach einer Strecke von zweihunderteinundsechzig Kilometern, die sie mit dem Auto in sagenhaften zwei Stunden und drei Minuten zurückgelegt hatten, kam das Team um Kurt Schockenried und Hans-Dieter Scheible im beschaulichen Schweizer Bergdorf Schwäglisberg an. Am vereinbarten Treffpunkt, der Talstation der Seilbahn, die hinauf auf den Berg führte, wurden sie bereits von den Kollegen der Kantonspolizei St. Gallen erwartet. Der leitende Beamte, ein gewisser Pirmin Untersteher, hatte auch gleich eine aufregende Neuigkeit für seine schwäbischen Kollegen: „Vor etwa fünfundvierzig Minuten haben zwei unserer Hubschrauberpiloten auf dem Schwäglisberg aus sicherer Entfernung drei Personen sichten können, die zu Fuß unterwegs waren. Aufgrund der ungünstigen Wetterverhältnisse und der schwierigen geographischen Gegebenheiten konnten sie aber nicht nah genug heranfliegen, um sie genau erkennen zu können. Die beiden Polizisten im Hubschrauber waren sich jedoch sicher, dass es sich bei den Personen um zwei Frauen und einen Mann handelte. Sie befanden sich mitten auf der Hängebrücke und hatten diese bereits zu etwa zwei Dritteln überquert. Leider musste der Hubschrauber dann aufgrund des starken Windes abdrehen. Es ist jedoch davon auszugehen, dass sie es über die Brücke geschafft haben. Dort gibt es dann eigentlich keine andere Möglichkeit, als in den Irrgarten hineinzugehen."

„Das waren sie bestimmt. Zwei Frauen und ein Mann; das waren sicher Adam Freyr, Amy Gallagher und Tatjana von Senden!“, mutmaßte Kurt.

„Wir gehen ebenfalls davon aus, dass es sich um die Gesuchten handelt, denn seit Jahren hat kein Tourist mehr die Brücke betreten, die eigentlich auch abgesperrt ist.“

„Wieso ist die Brücke nur eigentlich abgesperrt? Das Betreten ist doch lebensgefährlich, oder etwa nicht?“, fragte Scheible verwundert.

„Es gibt einige Schilder, die in mehreren Sprachen eindeutig untersagen, die Brücke zu betreten. Außerdem ist der Zugang zur Brücke durch einen Zaun versperrt, der sich jedoch problemlos überwinden ließe, wenn man das wollte“, erklärte Untersteher.

„Wenn diese Brücke so gefährlich ist – warum fliegen wir dann nicht einfach mit einem Hubschrauber zu diesem Irrgarten? Wir würden obendrein auch noch eine Menge Zeit sparen, oder?“, fragte Mark Scheck in der Hoffnung, sich eine Überquerung der Brücke ersparen zu können.

Pirmin Untersteher schaute ihn daraufhin fragend an: „Sind Sie schon lange bei der Polizei? Wohl eher nicht, denn sonst wäre Ihnen klar, dass der Gesuchte uns bemerken würde und dadurch unter Umständen seinen Plan wesentlich schneller in die Tat umsetzen würde. Der Hubschrauber mit den beiden Kollegen, die die Fußgänger entdeckt hatten, blieb extra in großer Entfernung, so dass sicher kein Verdacht geschöpft wurde. Aber selbst, wenn wir den Irrgarten mit Hubschraubern anfliegen wollten, wäre dies nicht möglich, da es keine Landemöglichkeiten dort gibt. Der Irrgarten ist außerdem von steil abfallenden

Felswänden umgeben, so dass es auch viel zu gefährlich wäre, sich dort abzuseilen!“

Kurt erläuterte daraufhin entschuldigend in knappen Sätzen, dass Mark Scheck kein Polizist und aus anderen Gründen mit von der Partie war, was von Untersteher wortlos und mit äußerst skeptischer Miene zur Kenntnis genommen wurde.

Dann sagte der Schweizer: „Meine Herren, willkommen in Schwäglisberg im wunderschönen Kanton Sankt Gallen. Lassen Sie uns mit der Seilbahn hinauffahren. Der Berg ruft!“

40.
Der Eingang

„Wir haben heute ein unglaubliches Pech mit dem Wetter!“, stellte Pirmin Untersteher fest, als er zusammen mit Kurt Schockenried in den Sessellift einstieg, der sie bis knapp unter den Gipfel des Schwäglisbergs bringen würde, von wo aus es noch ein etwa viertelstündiger Fußmarsch bis zur Hängebrücke war.

Um seiner Aussage Nachdruck zu verleihen, erklärte er: „Seit über dreiundzwanzig Jahren war das Wetter hier nicht mehr so schlecht an einem einundzwanzigsten Juni. Und es wird immer schlimmer. Achten Sie auf die dunklen Wolken da drüben!“

Er zeigte dabei nach links in die Richtung der Hängebrücke, die bereits aus der Ferne zu sehen war. Kurt wurde es mulmig zumute. In der Bergwelt hatte er sich noch nie besonders wohl gefühlt.

Als die vier Männer oben angekommen waren, begannen Kurt Schockenried, Hans-Dieter Scheible und Mark Scheck unter der Führung von Pirmin Untersteher den gefährlichen Fußmarsch zum Anfang der Hängebrücke. Als sie fast am Ziel waren, hatte der Himmel seine Schleusen geöffnet und es regnete in Strömen. Wenige Minuten später hatten sie endlich die Brücke erreicht.

„Das Wetter folgt hier oben auf dem Berg manchmal ganz eigenen Gesetzen und kann sich innerhalb von

Minuten grundsätzlich verändern!“, erklärte Untersteher, denn der starke Regen hatte bereits wieder ausgesetzt, und der Wind schien die dunklen Wolken vom Himmel zu vertreiben. Das Gras und die Erde waren aber so nass, dass die Temperaturen von annähernd fünfundzwanzig Grad bewirkten, dass Wassermoleküle verdampften und sich starker Nebel bildete. Dieser zog so schnell herauf, dass man binnen kurzer Zeit nur noch wenige Meter weit sehen konnte.

„Wie groß ist die Gefahr, dass wir den Gang über die Brücke nicht überleben?“, sprach Kurt aus, was sich die anderen nicht zu fragen trauten.

„Ich kann Ihnen natürlich keine Garantie geben, aber die Wahrscheinlichkeit, dass die Brücke einreißt, ist minimal. Sie besteht jedoch größtenteils aus Holz, und einzelne Planken dürften morsch sein, so dass durchaus Absturzgefahr besteht. Glücklicherweise ist sie aber sehr schmal, so dass man sich seitlich mit beiden Händen gut fest halten kann. Lassen Sie niemals die Seile los, dann kann eigentlich nichts passieren!“, entgegnete Pirmin Untersteher. Die drei Stuttgarter wurden das Gefühl nicht los, dass er sie mit dieser Aussage nur beruhigen wollte und sich seiner Sache gar nicht so sicher war, wie er vorgab.

Der Nebel wurde immer dichter, was Mark Scheck sehr zupasskam: „Jetzt oder nie!“, sagte er entschlossen und schickte hinterher: „Solange ich nichts sehen kann, weiß ich auch nicht genau, wo ich mich befinde. Und das Beste daran ist, dass ich nicht in die Tiefe schauen kann. Wenn ich es jemals über diese Brücke schaffen möchte, dann muss ich es jetzt tun!“, sagte er und marschierte schnurstracks drauf los. Der etwa hüfthohe Zaun, der als Absperrung diente, stellte dabei kein ernsthaftes Hindernis dar.

Langsamen Schrittes tastete er sich vorwärts, dicht gefolgt von den anderen dreien, die ihn aus Rücksicht auf seine Höhenangst das Tempo bestimmen ließen. Die folgenden fünf Minuten zogen sich scheinbar bis ins Unendliche. Die Männer hatten das Gefühl, Stunden für die Überquerung der siebenundachtzig Meter langen, wackeligen Holzbrücke gebraucht zu haben. Doch schließlich hatten sie es alle ohne größere Probleme geschafft, sicher die andere Seite zu erreichen. Das Timing war optimal gewesen, denn kaum waren sie drüben angekommen, begann der Nebel bereits, sich wieder zu lichten. Mark Scheck richtete seinen Blick zurück auf die Brücke. Erst jetzt wurde ihm so richtig bewusst, was er eben getan hatte. Trotz seiner ausgeprägten Höhenangst hatte er dieses Monstrum von Hängebrücke überquert, und das auch noch auf morschen Holzplanken. Bei einigen Schritten hatte er das Gefühl gehabt, dass das Holz jeden Moment unter seinem Gewicht brechen könnte. Was ihn jetzt beunruhigte, war die unumstößliche Tatsache, dass es keinen anderen Weg zurück gab … Aber darüber wollte er in diesem Moment lieber nicht weiter nachdenken.

Eiligen Schrittes gingen die vier Männer weiter. Als sie den Eingang des Irrgartens erreichten, blieben sie stehen. Ein Wall aus mindestens vier Meter hohen Hecken, die stark verwildert waren, ragte vor ihnen auf. So nah man auch heranging – es bestand keinerlei Chance, hindurchzublicken.

„Das wirkt irgendwie gespenstisch“, sagte Kurt.

Auch Hans-Dieter Scheible war es äußerst ungut zumute, als er die nicht ganz ernst gemeinte Frage stellte, ob sie denn nun wirklich da hineingehen mussten.

Untersteher blickte ihn an, und Scheible dachte, der Schweizer wolle ihn auf den Arm nehmen, als er sagte: „Ich schlage vor, dass Sie draußen bleiben, Herr Scheible!"

„Ich verstehe nicht ganz", entgegnete der Kriminalrat.

Pirmin Untersteher erklärte: „Einer von uns sollte auf jeden Fall hier bleiben und diesen Ort überwachen. Es gibt keinen anderen Ein- oder Ausgang. Der Garten hat eine Gesamtfläche, die in etwa der Größe zweier Fußballfelder entspricht, und es besteht durchaus die Gefahr, dass Adam Freyr uns darin entwischt. Darauf sollten wir vorbereitet sein, indem jemand von uns hier wartet und ihn im Falle des Falles in Empfang nimmt. So hätte er keine Chance zu entkommen. Und sollte er drin bleiben, dann finden wir ihn früher oder später. Es ist nur eine Frage der Zeit!"

„Das ist eine sehr gute Idee, Herr Kollege Untersteher. Aber warum soll ausgerechnet ich draußen bleiben, um den Zugang zu überwachen?"

Mit einem Unterton des Bedauerns antwortete Untersteher: „Nehmen Sie es mir bitte nicht übel, Herr Scheible, aber es ist durchaus möglich, dass wir mehrere Stunden im Irrgarten zu Fuß unterwegs sein werden, was sehr anstrengend werden könnte. Und ich denke, dass Sie aufgrund Ihrer Statur und Ihres Alters derjenige von uns sind, der über die geringste körperliche Fitness verfügt!"

Für einen kurzen Moment drohte Scheible der Kragen zu platzen, und er plusterte sich auf: „Das ist ja unerhört! Was erlauben Sie sich eigentlich? So mancher Jungspund wäre froh, wenn er noch meine Power hätte!“

Kurt, Mark und Pirmin Untersteher schauten wortlos und etwas verlegen zu Boden. Doch dann beruhigte sich Hans-Dieter Scheible rasch wieder und willigte ein: „Nun gut, dann will ich mal nicht so sein und stelle mich selbstverständlich in den Dienst der Sache. Ich bleibe draußen!“

„Danke, Herr Kollege. Das ist eine gute Entscheidung!“, meinte Untersteher.

Im Anschluss an die kurze Debatte schauten sie sich gemeinsam den Plan des Irrgartens noch einmal genauer an. Mit einem Filzstift markierte Pirmin Untersteher ihren aktuellen Standort und erklärte: „Wir müssen rasch zum Zentrum gelangen. Alles andere ergibt in meinen Augen keinen Sinn. Freyr wird sich an die Tradition halten und die beiden Frauen an den Platz bringen, an dem der Legende nach früher die Opferungen und Hexenverbrennungen stattfanden. Das Zentrum des kreisförmigen Wirbels befindet sich in der Luftlinie geradeaus vor uns in einer Entfernung von etwa einhundert Metern. Wenn wir diesem Arm folgen, führt uns der halbkreisförmige Weg direkt ans Ziel. Wir können es nicht verpassen. Sicherheitshalber sollten wir den Weg an mehreren Stellen markieren, um später beim Verlassen des Gartens eine Orientierungshilfe zu haben.“

„Dann geht es jetzt also los?“, fragte Mark mit etwas belegter Stimme.

„Ja, Männer. Gehen wir es an!“, sagte Kurt entschlossen und ging voran.

Einige Sekunden später waren Kurt Schockenried, Pirmin Untersteher und Mark Scheck hinter den hohen Hecken verschwunden. Der Irrgarten hatte sie verschluckt.

41.
Schmale Wege zwischen hohen Hecken

Eine merkwürdige Stille herrschte im Inneren des Irrgartens. Der Wind, der ihnen noch auf der Brücke und vor dem Eingang um die Ohren geweht hatte, war hier weder zu spüren noch zu hören. Die meterhohen Hecken hielten den Wind ab, als wären sie aus Stein, und wirkten, so nah beieinander, beengend und bedrohlich. Niemand vermochte zu wissen, was sich auf der gegenüberliegenden Seite verbarg oder was sie erwartete, wenn sie der Biegung des Weges weiter folgten. Ihre Schritte verursachten dumpfe, knirschende Geräusche, da der vorwiegend aus Sand und Lehm bestehende Boden aufgeweicht und stellenweise matschig war. Kurt Schockenried und Pirmin Untersteher, die eine Hand stets griffbereit am Pistolenhalfter hatten, gingen voran, und Mark Scheck folgte dicht dahinter. Der starke Regen hatte jegliche Spuren im Sand weggespült, doch da es keinen anderen Weg gab, der in den Garten hineinführte, mussten Adam Freyr, Amy Gallagher und Tatjana von Senden ebenfalls hier entlanggegangen sein.

Immer wieder, wenn sie der Meinung waren, etwas gehört zu haben, blieben sie stehen, um zu lauschen. Doch stets folgte darauf nur Stille. Möglicherweise waren es einknickende oder fallende Äste der Hecken, die sie ab und zu aufhorchen ließen. Teilweise konnten sie auch nicht einschätzen, ob es sich nur um Sinnestäuschungen gehandelt hatte, da die Akustik auf den schmalen Wegen ebenso irreführend war wie der Verlauf der Wege des Irrgartens selbst.

„Wenn meine Einschätzungen stimmen, dürften es noch höchstens zwanzig Meter sein, bis wir das Zentrum erreicht haben!", prognostizierte Untersteher.

Und tatsächlich: Kurz darauf verstärkte sich die Links-Krümmung des Weges deutlich, und ein etwa zehn Meter langes, gerades Wegstück lag vor ihnen, das gut einsehbar war. Es war deutlich zu erkennen, dass am Ende dieses Weges ihr vorläufiges Ziel lag, nämlich der zentrale Platz des Irrgartens. Ganz langsam und vorsichtig gingen sie darauf zu. Alle drei waren angespannt und bereit zu kämpfen. Alles, was jetzt passieren würde – oder bereits passiert war – war ungewiss. Der Gedanke an das Schlimmste wurde von allen so gut wie möglich verdrängt, spukte jedoch unentwegt durch ihre Köpfe.

„Was ist, wenn wir zu spät kommen und Tatjana und Amy Gallagher bereits tot sind?", wagte Mark zu fragen.

Kurt blickte ihn ratlos an und zuckte mit den Schultern, was keinesfalls eine Geste der Gleichgültigkeit, sondern eher der Verzweiflung war: „Dann haben wir verloren."

Sie gingen weiter und betraten nun entschlossen die Lichtung im Zentrum des Wirbelirrgartens. Mit einem Schlag war es wieder viel heller, und man konnte wesentlich besser sehen als zuvor in den dicht eingewachsenen Gängen.

Sie waren überrascht: Niemand außer ihnen war hier. In der Mitte des Platzes befand sich ein kleiner Hügel, auf dessen Spitze ein etwa anderthalb Meter hoher Pfahl stand. Drum herum lagen kreisförmig angeordnete Äste, Sträucher und Reißig. „Das ist wohl der Scheiterhaufen!“, sprach Kurt das Offensichtliche aus.

„Der Hügel und der Pfahl befinden sich schon seit Längerem hier. Das ist uns bekannt. Sie wurden gemeinsam mit dem Irrgarten errichtet, um an die Märchen und Legenden zu erinnern, die sich um diesen Ort ranken. Das Gehölz allerdings ist neu. Es muss von Freyr stammen. Ich frage mich, woher er es hat und vor allem, wie er es geschafft hat, das hierher zu bringen“, merkte Pirmin Untersteher an.

Plötzlich erschraken sie fürchterlich. Eine völlig verschmutzte und blutüberströmte Gestalt wankte aus einem der gegenüberliegenden Gänge auf die Lichtung und brach vor ihren Augen zusammen. Es war Amy Gallagher. Sofort stürmten sie auf sie zu.

„Frau Gallagher, können Sie mich hören? Sind Sie schwer verletzt? Sie sind jetzt in Sicherheit. Wir kennen uns. Ich bin Hauptkommissar Kurt Schockenried von der Kriminalpolizei Stuttgart!“, sprach Kurt die offenbar schwer verwundete Frau an. Amy Gallagher schaffte es, sich etwas aufzurappeln und kniete nun vor Kurt. Fast panisch umschlang sie seine Beine und flehte mit zittriger Stimme: „Gott sei Dank, Sie sind hier. Bitte helfen Sie mir. Er ist da draußen im Irrgarten, und Ihre Kollegin Tatjana auch. Cernunnos wird uns alle töten! Lassen Sie mich nicht alleine!“

„Ganz ruhig, Frau Gallagher. Wir sind ja da. Ihnen kann nichts mehr geschehen!“, versuchte Kurt, die völlig aufgelöste junge Frau zu beruhigen.

Pirmin Untersteher ergriff das Wort: „Bitte, Frau Gallagher. Wir haben nicht viel Zeit. Können Sie uns sagen, wo Adam Freyr jetzt ist, und vor allem, wo sich Tatjana von Senden befinden könnte?“

Amy stotterte: „Ich … ich weiß es nicht. Beide sind irgendwo da draußen. Als wir hier ankamen, gelang Tatjana und mir die Flucht. Wir nutzten eine Unachtsamkeit Freyrs, als er damit beschäftigt war, den Scheiterhaufen zu errichten.“

Sie zeigte auf einen der Gänge, als sie sagte: „Ich glaube, wir sind dort hinein gerannt!“

Dann überlegte sie kurz und korrigierte sich: „Ach, nein. Ich denke, es war eher der nächste rechts davon!“

„Sind Sie sicher?“, fragte Untersteher.

„Ja, ich bin ziemlich sicher! Oder, warten Sie, möglicherweise war es doch der andere Gang?“

„Oder vielleicht auch ein ganz anderer?“, fragte der Schweizer Polizeibeamte sichtlich genervt.

„Bitte entschuldigen Sie, aber ich bin total durch den Wind. Mir gelang gerade die Flucht vor einem kranken Mörder, den ich immer für meinen Freund gehalten habe. Ich hatte Angst um mein Leben!“, schluchzte Amy.

„Schon gut. Ich wollte Sie nicht anblaffen. Ich kann mir vorstellen, was Sie durchgemacht haben müssen!“, beschwichtigte Untersteher.

„Warum hat Adam Freyr Sie gefangen genommen? Wie wir mittlerweile von Ihrem Vater erfahren haben, waren Sie doch ein Paar?“, wollte Kurt wissen.

Amy Gallagher erklärte: „Ich bin dahinter gekommen, was er Schreckliches getan hat. Dann habe ich ihn vor einigen Tagen zur Rede gestellt und ihm direkt auf den Kopf zugesagt, dass ich zur Polizei gehen werde, wenn er sich nicht unverzüglich freiwillig stellen würde. Er wurde daraufhin fürchterlich wütend und meinte, dass seine Mission noch nicht zu Ende sei. Und sollte ich mich ihm in den Weg stellen, könne er keine Rücksicht auf unsere Liebe nehmen und müsse mich ebenfalls töten. Er sei dazu berufen, die Mission Cernunnos' zu vollenden und Rache zu üben!"

Kurt überlegte kurz und beschloss: „Herr Untersteher wird Sie zum Ausgang des Irrgartens geleiten. Dort wartet ein weiterer Polizist, der Sie in Empfang nehmen wird. Herr Scheck und ich machen uns derweil auf die Suche nach Tatjana von Senden. Sobald Sie in Sicherheit sind, wird Herr Untersteher wieder zu uns stoßen, um uns zu unterstützen!"

Pirmin Untersteher nickte zustimmend. Er stützte die geschwächte Amy Gallagher und begab sich mit ihr auf den Rückweg zum Ausgang. Wenige Augenblicke später waren sie in dem Gang verschwunden, durch den sie vor einigen Minuten in das Zentrum hineingelangt waren und der sie auf dem schnellsten Wege wieder nach draußen führen würde.

Kurt und Mark blieben ein wenig ratlos zurück. Sie wussten nicht, in welchem Arm des Wirbelirrgartens sie mit der Suche nach Tatjana beginnen sollten.

„Strategisch betrachtet wäre es besser, wenn wir uns aufteilen würden, um getrennt nach Tatjana zu suchen!", sagte Kurt, wohlwissend, dass er Mark Scheck eigentlich nicht seinem Schicksal überlassen konnte.

Dieser protestierte auch prompt: „Oh nein, Herr Schockenried. Sie können mich unmöglich alleine lassen. Ich bin kein Polizist und hätte nicht die geringste Chance, wenn ich auf Adam Freyr stoßen würde, der mit Sicherheit bewaffnet ist!"

Kurt lenkte ein: „Schon gut, wir gehen zusammen!"

Während sie weiterhin gemeinsam überlegten, welchen Weg sie nun als erstes einschlagen würden, sagte Mark plötzlich: „Wissen Sie, was mir eben äußerst merkwürdig vorkam?"

„Nein, was denn?", fragte Kurt interessiert.

„Amy Gallagher war blutüberströmt, als sie auf den Platz torkelte und vor uns zusammenbrach!"

„Ja, und?"

„Das Blut war ziemlich hell und flüssig!"

„Ja, klar. Sicherlich bedingt durch den Regen!", kombinierte Kurt.

Mark schüttelte den Kopf: „Nein. Der Nebel stieg auf, als wir uns daran machten, die Brücke zu überqueren. Seither hat es nicht mehr geregnet. Das ist nun mindestens eine halbe Stunde her. In dieser Zeit wäre das Blut längst geronnen!"

„Dann ist das Blut eben noch nicht so alt, sondern frischer!"

„Genau das ist der Punkt. Das Blut muss wesentlich frischer sein. Seltsam ist dabei nur, dass ich keine offensichtliche Verletzung an Amy Gallagher erkennen konnte. Und eine versteckte Schürf- oder Platzwunde, beispielsweise am Schädel unter den Haaren, würde niemals so stark bluten!"

42.
Schlechte Kondition

Etwas zögerlich hatten sie sich schließlich für einen der beiden Wege entschieden, die Amy Gallagher ihnen gezeigt hatte. Im Laufschritt bewegten sich Kurt Schockenried und Mark Scheck vorwärts und mussten rasch feststellen, dass sie in einer Sackgasse gelandet waren. Sie rannten zurück und bogen in den nächsten, rechts davon gelegenen Arm ein. Doch auch hier stießen sie kurz darauf auf eine mehrere Meter hohe Hecke, die ihnen das Weiterkommen unmöglich machte.

„Den nächsten können wir nicht nehmen. Über den sind wir hereingekommen. Das ergäbe keinen Sinn", sagte Kurt und hielt kurz inne, um eine kleine Verschnaufpause einzulegen.

Die letzten Monate, die er mit viel zu viel Alkohol und Nikotin am Ebnisee verbracht hatte, waren für seine ohnehin nicht besonders gute Kondition nicht gerade förderlich gewesen, was sich nun rächte. Mark zückte sein Smartphone und öffnete den Plan, der den Grundriss des Irrgartens zeigte. Er hatte hier oben keinen Internetempfang, hatte sich jedoch vorausschauend die an die E-Mail der Kantonspolizei angehängte Datei auf seine Speicherkarte geladen, so dass er jetzt problemlos darauf zugreifen konnte. Der Balken in der rechten oberen Ecke des Displays, der den Ladezustand des Akkus anzeigte, war jedoch bereits im roten Bereich, so dass es sich nur noch um Minuten handeln konnte, bis sich das Mobiltelefon automatisch abschalten würde. Gemeinsam blickten sie auf den Grundriss, was dadurch erschwert wurde, dass Marks Hände zitterten. Dennoch waren sie sich schnell einig darüber, welchen Weg sie als nächstes einschlagen würden.

„Es gibt außer dem Weg zum Ausgang nur einen, der nicht in einer Sackgasse endet, und den sollten wir nehmen", sagte Kurt.

„Es ist eine lange Strecke, aber so gelangen wir in den linken Teil des Irrgartens, und ich bin mir hundertprozentig sicher, dass sowohl Tatjana als auch Adam Freyr sich irgendwo dort befinden müssen. Eine andere Möglichkeit gibt es einfach nicht!"

Erneut rannten die beiden los. Nach einer langgezogenen Rechtskurve machte der Weg einen kleinen Knick, und sie gelangten auf eine scheinbar endlos lange Gerade.

„Das müssen mindestens einhundert Meter sein!", staunte Kurt.

„Los, kommen Sie. Wir müssen weiter!", spornte Mark Kurt an, der zusehends angeschlagen wirkte.

In diesem Moment zogen rasend schnell dichte schwarze Wolken auf. Kurz darauf öffnete der Himmel erneut seine Schleusen, und es goss in Strömen. Der sandige und lehmige Untergrund verwandelte sich in eine Rutschbahn. Kurt und Mark waren beinahe am Ende der Geraden angelangt, wo sie rechts um die Ecke biegen wollten, als Mark unvermittelt ausrutschte. Es zog ihm förmlich den Boden unter den Füßen weg. Er landete auf dem Bauch und schlug heftig mit dem Gesicht im Matsch auf. Einen

Augenblick lang war er benommen, dann wischte er sich den Schlamm aus dem Gesicht und blickte auf. Er traute seinen Augen nicht: Vor ihnen lag eine enthauptete Leiche mitten auf dem Weg.

„Oh mein Gott. Das ist Adam Freyr!", rief Kurt, der schnaufend neben ihm zum Stehen gekommen war.

***

Freyrs Körper war grausam zugerichtet. Wo sich eigentlich seine Augen befinden sollten, klafften nur zwei dunkle große Höhlen, in denen sich geronnenes Blut gesammelt hatte. Es schien, als hingen Fäden aus den Augenhöhlen.

„Das sind die Überreste der Augenmuskulatur. Jemand hat ihm die Augen ausgerissen!", stellte Mark Scheck entsetzt fest.

Kurt erkannte, was dies zu bedeuten hatte: „Adam Freyr wurde hingerichtet, allerdings ganz bestimmt nicht von Tatjana von Senden. Wäre es notwendig gewesen, ihn zu töten, hätte sie dies sicherlich getan, aber nicht auf diese Weise!", stellte er fest.

Mark, der noch immer am Boden lag, schaute fragend zu Kurt auf: „Aber wer soll es dann gewesen sein? Im Grunde genommen bleibt doch nur eine Möglichkeit, oder?"

Kurt nickte. „Das denke ich auch. Es war Amy Gallagher. Sie hat uns an der Nase herumgeführt. Sie hatten Recht mit Ihren Bedenken bezüglich der großen Menge frischen Blutes, das an ihr klebte. Es konnte unmöglich von ihr selbst stammen. Sie hat Adam Freyr getötet und sich dann zurück auf den Weg zum Zentrum des Irrgartens gemacht, vermutlich um Tatjana zu suchen, der die Flucht gelungen war. Dort traf sie dann unverrichteter Dinge auf uns und spielte kurzerhand das traumatisierte Opfer!“

„Aber, wie Sie schon sagten – Freyr sieht nicht so aus, als wäre er in Notwehr getötet worden“, sagte Mark.

„Nein. Dieser Mord war kaltblütig, grausam und geplant“, erwiderte Kurt. „Nicht Adam Freyr, sondern Amy Gallagher ist Cernunnos!“

43.
Schwere Entscheidung

„Aber wo ist Tatjana? Theoretisch könnte sie sich überall im Irrgarten befinden. Ob Amy Gallagher sie auch schon getötet hat?“, bemerkte Mark.

Kurt antwortete verzweifelt: „Ich weiß es nicht. Möglicherweise befindet sie sich auch noch in diesem Teil des Irrgartens. Da es ihr gelungen ist zu fliehen, hält sie sich jetzt bestimmt irgendwo versteckt. Wir müssen aber auch mit dem Schlimmsten rechnen und können nicht ausschließen, dass sie ebenfalls bereits getötet wurde!“

Mark Scheck dachte angestrengt nach. Dann holte er einmal tief Luft und sagte: „Ich denke, jetzt ist der Zeitpunkt gekommen, an dem wir beide uns trennen müssen. Falls Tatjana von Senden noch irgendwo in diesem Teil des Irrgartens sein sollte, dann werde ich sie finden. Falls sie noch am Leben ist, kann ich ihr möglicherweise helfen. Wenn nicht …“ Kurt ließ Mark nicht zu Ende reden und fiel ihm ins Wort: „ …dann können Sie nur noch ihren Tod feststellen. So blöd es sich auch anhören mag, aber Ihnen kann hier nichts mehr passieren. Ich schlage vor, dass Sie sich in diesem Teil des Irrgartens auf die Suche nach Tatjana machen, um ihr helfen zu können, falls sie sich hier irgendwo aufhält und noch am Leben ist. Ich begebe mich auf den schnellsten Weg zurück, denn weder Pirmin Untersteher noch Hans-Dieter Scheible ahnen, mit wem sie es zu tun haben!“

***

Kaum hatte Kurt Schockenried diese Worte ausgesprochen, war er auch schon weg. Er war um die Ecke gebogen und machte sich über die lange Gerade zurück auf den Weg ins Zentrum des Irrgartens, um von dort so schnell wie möglich zum Ausgang zu gelangen, wo Pirmin Untersteher sicher schon längst mit Amy Gallagher von Hans-Dieter Scheible in Empfang genommen worden war.

Mark Scheck kletterte indes über den Leichnam Adam Freyrs, stand auf und schüttelte sich etwas Matsch von der Kleidung, um wenigstens ein bisschen weniger Gewicht mit sich herumzuschleppen, denn die triefend nasse Kleidung war ohnehin schon schwer genug. Auf das Schlimmste gefasst, ging er immer weiter hinein in die Tiefen des Irrgartens auf dem Schwäglisberg.

***

Mitten auf dem Weg, der sich halbmondförmig nach links bog und ihn direkt zum Zentrum des Irrgartens zurückführen sollte, musste Kurt Schockenried stehen bleiben, um sich kurz zu erholen. Ihm war bewusst, dass sie einen großen Fehler begangen hatten: Keiner von ihnen hatte jemand anderes als Adam Freyr als Täter in Betracht gezogen. Dass sich am Ende herausstellen würde, dass Amy Gallagher Cernunnos war, hatte niemand auch nur ansatzweise geahnt. Eine gerade einmal achtzehnjährige junge Frau, die für diese grausamen Morde verantwortlich war – das hatte außerhalb ihrer Vorstellungskraft gelegen.

Außerdem hatte auch wirklich nichts darauf hingedeutet. Unter diesen Umständen war das mehr als merkwürdige Verhalten Professor Martin Gallaghers mitsamt seinem falschen Geständnis leicht zu erklären. Er hatte die ganze Zeit über gewusst, wer Cernunnos in Wirklichkeit war, und wollte seine Tochter schützen. Vermutlich hatte er darauf spekuliert, dass Amy diesen Freyr vergessen und wieder zur Vernunft kommen würde, während dieser unschuldig im Gefängnis schmorte. Mehr denn je stellte sich jetzt auch die Frage, ob Casandra Gallagher sterben musste, weil sie ebenfalls hinter das finstere Geheimnis ihrer Tochter gekommen war.

Kurt rannte über den Platz, auf dem sich der Scheiterhaufen befand, und wollte gerade in den Weg einbiegen, der ihn zum Ausgang führen würde, als er erneut stehen blieb. Er war so in Eile gewesen, dass er kaum darauf geachtet hatte, wer oder was sich auf dem Platz befand. Aus dem Augenwinkel hatte er jedoch etwas auf dem Scheiterhaufen wahrgenommen. Er drehte sich um, und was er sah, ließ ihm das Blut in den Adern gefrieren: An den Pfahl in der Mitte des Scheiterhaufens war ein Mensch gebunden – ohne Kopf. Es war Pirmin Untersteher, der Kollege der Kantonspolizei Sankt Gallen.

Kurt zitterten die Beine. Auch er war nun, zumindest im sprichwörtlichen Sinne, kurz davor, den Kopf zu verlieren. Was sollte er jetzt nur tun? Amy Gallagher war offenbar noch viel gefährlicher, als er es sich jemals hätte vorstellen können. Würde er an Derartiges glauben – er würde davon ausgehen, dass sie tatsächlich mit dem Leibhaftigen im Bunde war. Es war nun offensichtlich, dass sie nicht ruhen würde, bevor sie auch den Letzten von ihnen getötet haben würde. Adam Freyr und Pirmin Untersteher waren nicht mehr am Leben. Was war mit Hans-Dieter Scheible und Tatjana von Senden? Kurt war durchaus bewusst, dass auch er selbst sich einer großen Gefahr aussetzte, wenn er nicht schleunigst die Flucht ergriff und den Irrgarten verließ. Allerdings war auch Mark Scheck noch in diesem vermaledeiten Garten unterwegs und wähnte sich in Sicherheit.

Abhauen kam für Kurt nicht in Frage. Niemals würde er die anderen alleine ihrem Schicksal überlassen. Nur wusste er nicht, was er jetzt tun sollte. Schließlich konnte er unmöglich allen zugleich helfen. Angestrengt dachte der Erste Kriminalhauptkommissar nach. Dann traf er eine Entscheidung, und machte sich so schnell wie möglich auf den Weg zum Ausgang. Sein Gefühl sagte ihm, dass die Wahrscheinlichkeit, in dieser Richtung auf Amy Gallagher, Kriminalrat Scheible und hoffentlich auch auf Tatjana von Senden zu stoßen, wesentlich größer war als in einem anderen Teil des Gartens. Die Entscheidung bedingte allerdings, dass er Mark Scheck alleine zurücklassen musste.

***

Mark rief immer wieder laut Tatjanas Namen, doch es kam keine Antwort. Das Prasseln des Regens war so laut, dass man beinahe sein eigenes Wort nicht verstehen konnte. Er war fest entschlossen, nicht aufzugeben, bis er auch den letzten Winkel in diesem Teil des Irrgartens abgesucht hatte. Wenn sie hier war, musste er sie einfach finden. Er kam an eine T-Kreuzung. Was sollte er tun? Wenn er nach links abbog, müsste er eigentlich in das kleine kreisförmige Zentrum dieses Gartenteils gelangen. Wenn er weiter geradeaus ging und dem Weg folgte, würde ihn dies unweigerlich in eine Sackgasse führen. Dennoch entschied er sich für diesen Weg, um möglichst systematisch vorzugehen: Sollte er Tatjana dort nicht finden, könnte er diesen Teil abhaken und bräuchte dort nicht mehr zu suchen.

Er wandte sich also wieder nach rechts und rannte eine gerade Strecke entlang. Seine Beine wurden immer schwerer. Mehrmals rutschte er aus und landete im Matsch. Der Weg bog zwei weitere Male im rechten Winkel nach rechts ab und leitete ihn auf einen Rundweg. An dieser Stelle war es völlig egal, von welcher Seite er zuerst in den kreisförmig angelegten Pfad eintreten würde. Spontan und ohne lange nachzudenken, entschied er sich dafür, entgegen dem Uhrzeigersinn zu marschieren.

Die Entscheidung entpuppte sich als richtig, denn schon nach wenigen Metern konnte er zwei nackte Füße erkennen, die in den Weg hineinragten. Sofort rannte er darauf zu und stellte unmittelbar darauf fest, dass er tatsächlich Tatjana von Senden gefunden hatte. Sie saß regungslos am Boden und lehnte mit dem Rücken gegen eine Hecke. Ihre Augen waren geschlossen und ihr Kopf nach rechts gekippt. Marks erstes Gefühl der Erleichterung stellte sich ob der Tatsache ein, dass Tatjanas Kopf noch dort war, wo er hingehörte. Rasch erkannte er dann, dass sie noch am Leben war. Der Puls an ihrer linken Halsschlagader war eindeutig zu ertasten. Auf den ersten Blick konnte er keine schlimmeren Verletzungen feststellen als ausgeprägte Hämatome an beiden Unterarmen und Unterschenkeln, die vermutlich Fesselmale waren. Die Lokalisationen und Beschaffenheit der Hämatome waren zumindest charakteristisch dafür. Er rüttelte an Tatjana und kniff sie immer wieder, doch sie rührte sich nicht. Erst, als Mark ihr mit seinen Fingernägeln in die Nasenscheidewand zwickte, zuckte sie. Er wiederholte den Vorgang zweimal und so heftig, dass Tatjana aus der Nase blutete. Endlich schien sie zu sich zu kommen. Der Regen, der über ihr Gesicht lief, wurde auf einmal durch ihre Atemluft vor den Nasenlöchern und ihrem Mund aufgewirbelt. Dies war das Zeichen, dass ihre Atmung wieder stärker wurde. Ganz langsam kam sie zu sich. Sie erkannte Mark sofort, konnte sich nur überhaupt keinen Reim darauf machen, warum nun ausgerechnet er hier war.

„Sind Sie alleine?", war das Erste, was sie von sich gab.

„Nein. Hauptkommissar Schockenried, Kriminalrat Scheible und ein erfahrener Schweizer Polizist sind ebenfalls hier. Sie sind in Sicherheit, Tatjana. Es kann Ihnen nichts mehr passieren. Wir müssen nur noch irgendwie hier raus und dann zurück über diese fürchterliche Brücke kommen!", versuchte Mark, eine beruhigende Wirkung auf sie auszuüben, was ihm jedoch nicht sonderlich gut gelang.

„Es ist nicht Adam Freyr, sondern Amy Gallagher. Sie hat uns alle an der Nase herumgeführt. Sie hat sich von Freyr in seinem Verlies sogar neben mir fesseln lassen, um mir vorzugaukeln, sie sei ebenfalls seine Gefangene!", setzte Tatjana zu einer Erklärung an.

„Ich weiß. Wir haben die Leiche Adam Freyrs bereits hier im Irrgarten gefunden. Sie liegt gar nicht so weit weg von hier. Auf dem Rückweg werden wir wohl oder übel wieder daran vorbeikommen. Wie konnten Sie fliehen?“

„Amy und Freyr haben gemeinsame Sache gemacht, wobei sie es stets war, die die Zügel in der Hand hielt. Er war sozusagen nur der Laufbursche. Doch zu ihrem gesamten Plan gehörte wohl auch, dass sie als einzige lebend diesen Ort wieder verlassen sollte. Darum tötete sie den immer aufmüpfiger werdenden Adam Freyr, der ihr zunehmend lästig wurde!“

Nun konnte Mark sich ein leichtes Grinsen nicht verkneifen, als er sagte: „Übrigens, das ist ein echt schicker Mantel, den Sie da tragen!“

„Sehr witzig. In diesen Mantel hat mich Adam Freyr hineingezwängt. Er soll den blauen Mantel der Heiligen Jungfrau Maria darstellen, die ich wohl repräsentieren sollte. Ich kann Ihnen sagen: Die beiden sind – beziehungsweise, was Freyr betrifft, waren – total wahnsinnig!“, entgegnete Tatjana ebenfalls leicht amüsiert, obwohl eigentlich nicht der geeignete Zeitpunkt war, um zu scherzen.

Rasch wurden Mark und Tatjana jedoch wieder ernst. Ihnen war klar, dass sie noch einen langen und beschwerlichen Weg vor sich hatten. Immerhin waren sie sich einig darüber, dass Amy Gallagher gegen Kurt, Scheible und Pirmin Untersteher keine Chance haben dürfte, so dass sie im Grunde nichts mehr zu befürchten hatten. „Sind Sie schwer verletzt?“, fragte Mark besorgt.

„Nein, es geht schon. Mir tut zwar alles weh und ich habe unzählige Schrammen und blaue Flecken, aber sonst bin ich in Ordnung. Ich fühle mich lediglich ziemlich schwach, da ich seit Ewigkeiten nichts mehr gegessen und getrunken habe."

„Das Problem mit dem Wasser wäre zumindest einmal gelöst", sagte Mark und zeigte dabei in den Himmel.

44.
Akrophobia 2

Tatjana schüttelte angewidert den Kopf, als sie die grausam zugerichtete Leiche Adam Freyrs sah: „Welchen Hass und welche Brutalität muss ein Mensch in sich tragen, um zu so etwas fähig zu sein?"

„Ist es wirklich Hass oder einfach nur der reine Wahnsinn? Ich weiß es wirklich nicht. Es liegt jenseits meiner Vorstellungskraft, wie ein Mensch so etwas mit einem anderen anstellen kann!", erwiderte Mark.

Hastig gingen sie weiter, wobei Tatjanas Kräfte immer mehr schwanden. Mark hakte sich wiederholt bei ihr unter, um sie zu stützen. Es war eigentlich kaum noch möglich, doch der Regen schien immer noch stärker zu werden. Ein wahrer Wolkenbruch ging über dem Schwäglisberg nieder. „

Gleich sind wir im Zentrum des Irrgartens angelangt. Dann müssen wir nur noch die richtige Abzweigung erwischen und werden schon bald draußen sein!", versuchte Mark, Tatjana zu motivieren.

Fassungslos erstarrten sie plötzlich.

„Wer … ist das?", fragte Tatjana, als sie die kopflose Leiche am Pfahl auf dem Scheiterhaufen entdeckten.

Mark hatte es für einen Moment die Sprache verschlagen, denn er hatte nicht die geringste Erklärung dafür, was sich abgespielt haben könnte. Mit zittriger Stimme versuchte er zu erklären: „Das … das ist Pirmin Untersteher von der

Kantonspolizei Sankt Gallen. Aber ich verstehe das nicht. Er sollte Amy Gallagher zum Ausgang bringen. Allerdings wussten wir zu diesem Zeitpunkt noch nicht, dass sie Cernunnos ist. Wir hielten sie lediglich für ein Opfer, dem unter glücklichen Umständen die Flucht gelungen war. Wahrscheinlich hat sie eine Unaufmerksamkeit Unterstehers ausgenutzt und ihn dann getötet."

„Und was ist mit Schockenried und Scheible?", wollte Tatjana wissen. Ihre Stimme klang durch ihre Erschöpfung und jetzt auch durch die Nervosität, die sich in ihr breit machte, rau und zittrig.

Ratlos schaute Mark sie an, als er sagte: „Ich weiß es nicht. Wir können nur hoffen, dass ihnen nichts zugestoßen ist."

Tatjana und Mark wussten nun, dass auch sie sich in allergrößter Gefahr befanden. Zudem waren sie gänzlich unbewaffnet.

„Los, kommen Sie, Tatjana. Wir müssen hier raus, und zwar schnell!"

Etwa fünfzig weitere Meter hatten sie zurückgelegt, als Tatjana fragte: „Sind Sie sicher, dass wir den richtigen Weg gewählt haben?"

„Ja, ganz sicher. Ich erkenne ihn wieder. Das ist der Weg, der zum Ausgang des Irrgartens führt!", bestätigte Mark in der Hoffnung, sich nicht doch getäuscht zu haben.

Plötzlich blieben sie stehen. „Hören Sie das auch?", fragte Mark.

„Ja! Da kommt doch jemand!"

Sie vernahmen stampfende Schritte, die durch den matschigen Boden pflügten. Dann erkannten sie die Umrisse einer Gestalt, die aus dem Dickicht heraus in hohem

Tempo auf sie zugelaufen kam. Mark Scheck wollte sich gerade schützend vor Tatjana stellen, als er erkannte, wer auf sie zukam, und freudig rief: „Das ist Kurt Schockenried!“

„Gott sei Dank, ihr seid am Leben!“, war dieser ebenso erleichtert, als er Tatjana und Mark entdeckte.

„Pirmin Untersteher ist tot!“, sagte Mark.

„Ich weiß“, entgegnete Kurt. „Wir müssen so schnell wie möglich zur Brücke. Amy Gallagher muss hier ganz in der Nähe sein!“

„Was ist mit Kriminalrat Scheible?“, wollte Tatjana wissen.

Kurt winkte ab und erklärte: „Keine Sorge, Unkraut vergeht nicht. Als ich ihn am Eingang des Irrgartens traf, haben wir vereinbart, dass er sich auf den Weg zurück ins Tal macht, um Verstärkung zu holen. Ich hoffe, dass er bald zurück sein wird!“

Tatjana mobilisierte ihre letzten Kräfte, und auch Kurt und Mark waren zusehends gezeichnet und litten unter den körperlichen Strapazen. Endlich erreichten sie den Ausgang des Irrgartens und standen am Zugang zur Brücke. Etwa zwei Minuten vorher hatte es schlagartig wieder aufgehört zu regnen.

„Das ist ja, als hätte endlich jemand den Wasserhahn zugedreht“, stellte Kurt fest und wies die beiden anderen an: „Auf geht’s! Wir müssen zügig rüber. Einer nach dem anderen. Ich gehe zuletzt!“

Mark war einerseits überglücklich darüber, dass sie es überhaupt wieder bis hierher geschafft hatten, und vor allem auch, dass sie Tatjana von Senden lebend und einigermaßen unversehrt gefunden hatten. Andererseits war aber nun der Augenblick gekommen, vor dem er sich schon seit Stunden fürchtete: Er musste zurück über die Brücke gehen. Und jetzt gab es keinen Nebel, der ihm die Sicht in die scheinbar unendliche Tiefe von über einhundert Metern verschleiern würde.

„Ich … ich kann das nicht!", stotterte er. Die Kräfte und sein Mut schienen ihn endgültig zu verlassen.

„Mensch, reißen Sie sich zusammen, Dr. Scheck. Gehen Sie jetzt endlich auf die Brücke! Oder wollen Sie lieber warten, bis diese Irre Sie hier findet und abmurkst?", brüllte Kurt ihn an.

Mark nahm seinen ganzen Mut zusammen und setzte ganz vorsichtig einen Fuß auf die Brücke. Als er mit beiden Beinen darauf stand und keinen sicheren Boden mehr unter den Füßen hatte, wurde ihm schwarz vor Augen und er stürzte. Dabei zerbrach eine Holzplanke. Er blieb am Boden liegen, schloss die Augen und beschloss, keinen einzigen Schritt mehr zu machen. Da packte ihn Kurt von hinten und schrie ihn an: „Wenn Sie jetzt nicht aufstehen und weitergehen, müssen wir Sie hier zurücklassen!"

„Ich schaffe das nicht!", schluchzte Mark, und Tränen rannen über seine Wangen.

„Wie Sie wollen. Aber ich trage auch eine Verantwortung für Frau von Senden und werde uns beide jetzt in Sicherheit bringen!", sagte Kurt kühl. Er wollte Mark Scheck auf keinen Fall zurücklassen, doch er hatte keine andere Wahl, denn er musste auch an Tatjanas und seine eigene Sicherheit denken.

Tatjana holte Luft, um sich einzumischen und Mark gut zuzureden, doch dazu kam sie nicht mehr. Kurt setzte seinen Weg über die Brücke bereits fort und schob sie förmlich vor sich her. Sich dagegen zu wehren, überstieg ihre Kräfte.

Während Tatjana und Kurt schon fast die andere Seite erreicht hatten, rappelte Mark sich wieder auf und beschloss endlich aufzustehen, um weiter zu gehen.

Etwa die Hälfte der Brücke lag bereits hinter ihm, als er den Menschenauflauf auf der anderen Seite sah: Hans-Dieter Scheible war mit einer Horde Polizisten zurückgekehrt, und Mark konnte nun auch Dennis Rathvan, Jessica Dornfeld, Holger Grünbaum und Jörg Maurer erkennen. Offenbar waren sie alle auf dem schnellsten Weg nach Schwäglisberg gefahren, nachdem sie von den aktuellen Ereignissen unterrichtet worden waren. Aufgeregt riefen sie Mark wild durcheinander zu und versuchten, ihn zu ermutigen, weiter und so schnell wie möglich über die Brücke zu gehen.

Mark zwang sich, nicht nach unten zu sehen. Er richtete seinen Blick starr geradeaus auf die Menschentraube am anderen Ende der Brücke. So kam er immer näher und wähnte sich bereits in Sicherheit, als ihm auffiel, dass plötzlich alle verstummt waren. Kurz darauf hörte er Dennis Rathvan schreien: „Mark, pass auf, hinter dir!"

Marks Arme und Beine zitterten, doch er hatte die Seile an der seitlichen Brückenbegrenzung fest im Griff, als er sich mit ganz kleinen Schritten etwas drehte, um zurückzublicken.

Da stand er. Die schwarzen Haare und der lange Umhang flatterten im Wind. Die großen Hörner, die seitlich aus seinem Kopf ragten, verliehen ihm etwas Diabolisches. Es war Amy Gallagher in Gestalt des keltischen Rachegottes Cernunnos.

Sie musste wissen, dass sie verloren hatte. Trotzdem schien sie bereit, bis zum bitteren Ende zu kämpfen und wollte noch so vielen Menschen wie möglich den Tod bringen.

Mark packte die nackte Panik. Er fühlte sich wie in einem der unzähligen Träume, die er seit seiner frühen Jugend hatte. Er wollte losrennen, doch seine Beine gehorchten ihm nicht und er kam nicht von der Stelle. Indes kam Amy Gallagher alias Cernunnos zügigen Schrittes immer näher, einen Säbel hoch erhoben in der rechten Hand. Endlich gelang es Mark, sich in Bewegung zu setzen, doch gleich darauf stolperte er erneut, wobei eine weitere Planke zerbrach. Sein linker Fuß steckte fest. Für einen kurzen Moment hielt er inne und dachte sich: Es wäre so einfach, jetzt aufzugeben. Wenn ich es schaffe, noch eine Planke zu zerbrechen, dann stürze ich in den Abgrund und alles wäre aus und vorbei – für immer …“

Eine unsichtbare und fast unwiderstehliche Kraft trieb ihn an, dies zu tun. Doch er setzte seine gesamte Willenskraft dagegen und schaffte es zu widerstehen. Von einem Augenblick auf den anderen war er plötzlich wieder klar im Kopf, und der angeborene Drang zu überleben gewann die Oberhand über die Verlockung, einfach aufzugeben. Unter größter Kraftanstrengung konnte er den Fuß mit seinen Händen befreien und rappelte sich erneut auf. Zwei weitere Planken zerbrachen und stürzten in die Tiefe.

Amy hatte ihn schon fast eingeholt, als Mark sah, wie Kurt Schockenried plötzlich auf die Brücke gerannt kam.

Als er bei ihm war, stieß er Mark zur Seite und brüllte ihn an: „Gehen Sie weiter! Gehen Sie! Gehen Sie!"

Kurt hielt sich seitlich an den Seilen fest und trat mit voller Wucht auf die Holzplanken, so dass eine nach der anderen zerbrach. Obgleich er sich damit selbst in Lebensgefahr brachte, versuchte er, eine immer größere Kluft zwischen sie und Amy Gallagher zu bringen, die für sie schließlich unüberwindbar würde. Mittlerweile war es eine Lücke von fast zwei Metern, die Kurt in die Brücke geschlagen hatte. Amy Gallagher schnaubte vor Wut und setzte einige Meter zurück, um Anlauf zu nehmen. Dann rannte sie los und sprang.

Sie schaffte es nicht. Mit letzter Kraft bekam sie eine Planke zu fassen und hielt sich nun mit beiden Händen krampfhaft daran fest. Den Säbel hatte sie fallen lassen. Kurt ging auf Amy Gallagher zu und legte sich hin, um ihr eine Hand zu reichen. Dann sagte er: „Frau Gallagher, greifen Sie nach meiner Hand. Ich werde Sie nach oben ziehen!"

Geistesgegenwärtig erkannte auch Mark Scheck die Situation und ließ sich ebenfalls auf die Planken fallen, um Kurt an den Unterschenkeln zu packen – gerade noch rechtzeitig, denn Amy Gallagher hatte mit einer Hand nach Kurt gegriffen und versuchte, sich mit der anderen Hand an der Brücke abzustoßen. Mit diesem Manöver hätte sie Kurt in die Tiefe gerissen, wenn Mark nicht gewesen wäre. Nun hing sie über dem Abgrund, und lediglich die Hand Kurt Schockenrieds bewahrte sie vor dem sicheren Tod. Kurt blickte in ihre Augen. Er hätte erwartet, dass sie voller Zorn und Hass waren, doch sie waren leer und traurig.

Kurt spürte, wie die Kräfte in seinem Arm schwanden. Er würde sie nicht mehr lange halten können.

„Bitte sagen Sie meinem Vater, dass es mir unendlich leid tut. Aber ich konnte nicht anders!“, sagte Amy Gallagher und lockerte ihren Griff. Noch bevor Kurt antworten konnte, ließ sie seine Hand los.

45.
R.I.P Ursula

Etwa eine Woche lagen die dramatischen Ereignisse auf dem Schwäglisberg, bei denen der Polizist Pirmin Untersteher, Adam Freyr und zuletzt auch Amy Gallagher ihr Leben gelassen hatten, nun zurück.

Für Professor Martin Gallagher, den Leiter des keltischen Instituts *Helvetia*, brach eine Welt zusammen, als er vom Tod seiner geliebten und einzigen Tochter erfuhr.

Lange Zeit hatte er versucht, sie zu schützen, obwohl ihm bewusst gewesen war, dass sie Unrechtes tat. Damit hatte er gegen das Gesetz verstoßen. Sicher war es einer der charakteristischsten menschlichen Instinkte, die eigenen Kinder vor allem zu behüten und zu verteidigen, auch wenn es noch so falsch war, was sie taten.

Es sollte jedoch Grenzen geben, vor allem dann, wenn andere massiv zu Schaden kamen. Im Falle Amy Gallaghers ging dies sogar so weit, dass mehrere unschuldige Menschen sterben mussten. Allerspätestens hier hätte er, auch in seiner Rolle als Vater, die Grenze ziehen müssen. Casandra Gallagher hatte die Zeichen der Zeit richtig gedeutet und wollte ihrer Tochter Einhalt gebieten.

Die seit Generationen gelebte Familientradition der Gallaghers, die sich gänzlich dem Schutz und Erhalt der keltischen Kultur verschrieben hatte, fiel bei Amy schon in jungen Jahren auf sehr fruchtbaren Boden. Leider hatte sie nicht gelernt zu unterscheiden, wo die Grenzen zwischen

Recht, Gerechtigkeit und Unrecht verliefen. Für Amy existierten keine Grenzen. Diese Grenzenlosigkeit war es auch, die sie zunächst an den Rand des Wahnsinns und später auch darüber hinaus brachte – so weit, dass sogar ihre eigene Mutter sterben musste, weil Amy sich und ihre Mission durch sie bedroht sah.

Auch die Liebe zu Adam Freyr hielt sie nicht davon ab, ihn kaltblütig aus dem Weg zu räumen, als sie es für notwendig erachtet hatte. Adam Freyr war ihr stets treu ergeben gewesen und schlüpfte sogar selbst immer wieder in das Gewand Cernunnos'. So auch, als Tatjana von Senden neben Amy Gallagher gefesselt in einem Kellerverlies tief unter der Villa *Helvetia* im Herdweg auf einem Holztisch lag und gebrandmarkt wurde. Der Zugang zu diesem Verlies war so raffiniert versteckt, dass ihn die Polizei bei ihren zahlreichen Besuchen in der Villa nie entdeckt hatte. Es war letztendlich Professor Gallagher gewesen, der preisgab, wo er sich befand. Allerdings viel zu spät.

Martin Gallagher befand sich weiterhin in Untersuchungshaft. Unter anderem wegen Beihilfe zum Mord in mehreren Fällen stand ihm eine jahrelange Haftstrafe bevor, vor der ihn selbst der beste Anwalt nicht würde bewahren können.

Kurt Schockenried, Hans-Dieter Scheible und Mark Scheck hatten die Ereignisse am Schwäglisberg mehr oder weniger unbeschadet überstanden. Kurt und Mark hatten sich vermutlich gegenseitig das Leben gerettet. Vieles deutete darauf hin, dass auf dieser Grundlage eine neue und enge Freundschaft zwischen den beiden entstehen würde.

Kurt selbst hatte auch noch einige Dinge in eigener Sache ins Reine zu bringen: Nach seinem Wiedereintritt in den Polizeidienst, der letztendlich doch wesentlich früher stattgefunden hatte, als von ihm beabsichtigt, war er recht schnell wieder in die alten Muster zurückverfallen, die ihn überhaupt erst in die Sinneskrise geführt hatten. Sofort war er wieder mit Leib und Seele in den Fall eingestiegen, einmal mehr zu Lasten seiner privaten Belange. Brigitte Schockenried, seine langjährige Ehefrau, hatte ihm während seiner Auszeit das größtmögliche Maß an Toleranz und Verständnis entgegengebracht. Dies geschah ihrerseits alles in der Hoffnung, Kurt würde sich im Falle einer Rückkehr wieder darauf besinnen, welch großen Stellenwert doch Familie und Partnerschaft hatten.

Sie wurde bitter enttäuscht.

So kam es, dass Kurt in diesen Tagen Post von einem Fachanwalt für Familienrecht bekam, der ihn aufforderte, das gemeinsame Reihenhaus in Stuttgart-Möhringen zu verlassen und obendrein damit drohte, ihn trotz bestehender Ehe auf Unterhaltszahlungen zu verklagen.

Tatjana von Senden und Jörg Maurer waren vor drei Tagen in ihren vierzehntägigen Flitterurlaub auf die Seychellen aufgebrochen. Ihre denkwürdige Hochzeitsfeier im Marmorsaal beim Stuttgarter Teehaus würde ebenso unvergessen bleiben wie die Darbietungen der Männertanzgruppe *Stuttgart Eins* unter der Leitung von Holger Grünbaum.

Tatjana war ihrem Martyrium glücklicherweise ohne bleibende Schäden entkommen – mit einer Ausnahme: An der Seite ihres Halses würde sie für immer mit dem Symbol des Baums des Lebens gebrandmarkt sein. Entgegen ihrer sonst so häufig kritisierten kleinlichen und fast zwanghaften Veranlagung, hatte sie für alle völlig überraschend versucht, die Sache positiv zu betrachten. „Brandings sind doch total in, und obendrein ist es auch noch ein recht cooles Symbol!", waren ihre zusammenfassenden Worte gewesen. Ihr frisch gebackener Ehemann Jörg Maurer ließ sich sogar zu der Aussage hinreißen, dass, wenn überhaupt irgendjemand so etwas tragen könne, Tatjana es sei. Er überlegte wohl, als Zeichen seiner Liebe und Verbundenheit ein ähnliches Kunstwerk an seinem Halse anbringen zu lassen.

Dr. Simon Brandner hatte sich bei seinem Sturz auf der Treppe vor dem Institut *Helvetia* einen komplizierten Bruch des rechten Handgelenks zugezogen, der bereits am darauffolgenden Tag operiert worden war. Sein rechter Unterarm würde zum Schutz noch für einige Wochen in einer speziell angefertigten Schiene stecken, so dass er bis auf Weiteres nicht selbst obduzieren konnte. Dies hielt ihn jedoch nicht davon ab, trotzdem stets in seinem Institut präsent zu sein, um seinen Untergebenen, wie er sich gerne ausdrückte, das Leben schwer zu machen. Seinen von offizieller Seite bestellten Vertreter, den er selbstverständlich fachlich für vollkommen inkompetent hielt, drangsalierte er fortwährend mit Anweisungen und strikten Auflagen. Dies ging sogar so weit, dass er den bedauernswerten

Rechtsmediziner mit unangekündigten schriftlichen Leistungskontrollen konfrontierte, um zu testen, wie sorgfältig dieser gearbeitet hatte. Es war nicht weiter verwunderlich, dass der Kollege bereits wenige Tage nach Amtsantritt um eine Versetzung ersuchte.

In der für Dennis Rathvan äußerst peinlichen Angelegenheit mit der Beschädigung des Kaffeeautomaten in der Eingangshalle des Rechtsmedizinischen Instituts übte sich Simon in Zurückhaltung. Einerseits honorierte er damit Dennis heldenhaftes Handeln, als er die im Wicker-Man gefundenen Leichen Anbeth Smireks und Hubertus Müllers aufschnitt, und andererseits wollte er abwarten, ob sich vielleicht eines Tages nicht doch eine noch günstigere Gelegenheit bieten würde, Dennis eventuell mit den alles beweisenden Videoaufnahmen bloßstellen zu können.

Dennis Rathvan blickte voller Zuversicht in die Zukunft. Er hatte Kriminalrat Scheible bereits an das leichtfertig erteilte Versprechen erinnert, ihm nach Abschluss des Falles „Cernunnos“ zusätzlichen Sonderurlaub zu gewähren. Eine Antwort stand allerdings erwartungsgemäß noch aus, da Hans-Dieter Scheible dafür bekannt war, sich im Nachhinein nur äußerst schwer an derartige Zugeständnisse zu erinnern.

Jessica Dornfeld war wieder nach Wiesbaden gereist, um dort letzte Details bezüglich ihrer Vertragsauflösung mit dem Bundeskriminalamt zu regeln. Ihr Entschluss, dem kriminalistischen Dienst den Rücken zu kehren, stand nach wie vor fest. Die allgemeine Resonanz auf dieses überraschende Vorhaben war durchweg positiv. Fast ausnahmslos jeder hatte großes Verständnis dafür, dass der immense Druck und die stetigen Erwartungshaltungen, die auf ihr lasteten, sie müde gemacht hatten. Jessica wollte in ihre Heimatstadt Stuttgart zurückkehren, um zumindest vorrübergehend eine Auszeit vom Polizeidienst zu nehmen. Dass sie die Zeit nutzen wollte, um ihre Erfahrungen und die zahlreichen Erlenbisse, die sie während ihrer beeindruckenden Karriere gesammelt hatte, niederzuschreiben, war dabei nur die halbe Wahrheit.

Sie spürte, wie ihre biologische Uhr unaufhaltsam tickte. Noch wenige Monate zuvor hatte sie es für unmöglich gehalten, dass sie so etwas wie ein Verlangen nach Sesshaftigkeit und Familie verspüren könnte. Aber bei Dennis und seinen Mitbewohnern Anna und Bernd fühlte sie sich wohl und geborgen. Sie konnte sich durchaus vorstellen, eine ernsthafte und womöglich langfristige Beziehung mit Dennis einzugehen. Zunächst einmal würde sie gemeinsam mit ihm, seiner Schwester Anna und Bernd Plums in Dennis' Altbauwohnung im Stuttgarter Westen wohnen. Erwartungsgemäß hatte Dennis keinerlei Einwände, sondern war überglücklich über ihre Pläne.

Anna Rathvan erfreute sich bei einem unkomplizierten Schwangerschaftsverlauf nach wie vor allerbester Gesundheit. In etwas mehr als drei Monaten würde ihr Sohn auf die Welt kommen. Die wildesten Spekulationen rankten sich bereits um mögliche Vornamen für den Sprössling, doch die werdenden Eltern ließen sich bei der Namenssuche nicht in die Karten schauen. Noch etwa sechs Wochen musste sie bei der Umweltorganisation *Heile die Welt* arbeiten, bevor sie in Mutterschutz gehen würde. Anna war hocherfreut darüber, dass sie mit Jessica Dornfeld bald weibliche Unterstützung in der Wohngemeinschaft erhalten sollte. Anna und Jessica hatten sich bisher immer blendend verstanden.

Auch der zukünftige Vater des Rathvan'schen Nachwuchses, Bernd Plums, konnte es kaum erwarten, bis der kleine Mann hoffentlich gesund zur Welt kommen würde. Er hatte es mittlerweile als Disc Jockey in Stuttgart zu einem beträchtlichen Ansehen gebracht und wurde in der Szene sehr geschätzt. Die Anzahl seiner Engagements nahm stetig zu, was nicht zuletzt seiner bislang stets äußerst angespannten finanziellen Situation sehr zugute kam.

Die Angelegenheit mit der Verwüstung des Grabes seiner Großmutter Ursula Klara Plums hatte sich zwar nicht aufgeklärt, fand jedoch trotzdem ein gutes Ende: Der oder die unbekannten Verursacher des Schadens hatten offenbar ein schlechtes Gewissen bekommen und die Grabstätte wieder in Ordnung gebracht und sehr hübsch dekoriert. So schön und gepflegt hatte das Grab seit vielen Jahren nicht mehr ausgesehen. Auf dem Grabstein stand eine kleine Kerze, unter der eine in wasserdichte Folie verpackte Karte lag, auf der stand:

Entschuldigung, Ursula, es war nur ein Versehen.
R.I.P
K.

46.
Die Zeit ist reif

Gemütlich saß Hauptkommissar Dennis Rathvan an seinem Schreibtisch, genoss eine Tasse herrlichen Kaffees aus seiner schwarzen Senseo-Maschine und las die Print-Ausgabe eines großen deutschen Sportmagazins, das zweimal wöchentlich erschien. In aller Ruhe wollte er sich auf den neuesten Stand der Dinge bringen, denn schließlich ging die Fußball-Weltmeisterschaft in Brasilien langsam, aber sicher in ihre heiße Phase.

In diesem Moment ging die Tür auf und Kurt Schockenried kam aus seinem Büro herausspaziert. Er blickte Dennis über die Schulter und murmelte: „Aha, ich sehe schon, du beschäftigst dich mit Fachliteratur."

„Man tut, was man kann!", sagte Dennis und grinste.

„Ich weiß, dass wir Weltmeister werden!", prophezeite Kurt.

„Was macht dich denn da so sicher?", wollte Dennis wissen. Er hatte beim internen Tipp-Spiel des Polizei-Präsidiums ganz klar auf den Gastgeber Brasilien als künftigen Fußball-Weltmeister gesetzt.

Kurt analysierte: „Die Zeit der Spanier ist abgelaufen; die haben ihren Zenit längst überschritten. Für Brasilien sind der Druck und die Erwartungshaltung, im eigenen Land siegreich sein zu müssen, zu groß. Daran werden sie zerbrechen. Frankreich, England und Italien sind zu schwach, und Holland gewinnt am Ende ja doch nie. Also bleiben nur noch wir übrig. Die Zeit ist reif, mein Lieber!"

Als Dennis gerade tiefer in die Debatte einsteigen wollte, klingelte das Telefon auf seinem Schreibtisch. Beim Blick auf das Display sagte er zu Kurt: „Die eingeblendete Rufnummer gehört den Kollegen vom Kriminaldauerdienst in der Christophstraße. Soll ich überhaupt rangehen? Ich hätte gute Lust, einfach so zu tun, als wäre ich nicht da!"

Auch Kurt wusste, dass es sehr selten etwas Gutes zu bedeuten hatte, wenn die Kollegen des KDD zum Hörer griffen, doch er nahm Dennis spontan die Entscheidung ab und ging selbst ans Telefon. Über eine Minute lang lauschte er annähernd wortlos den Ausführungen des Polizeibeamten am anderen Ende der Leitung, dann beendete er das Gespräch mit den Worten: „Ich verstehe. Wir sind schon unterwegs!"

„Was ist los?", wollte Dennis wissen.

Die Leiche einer jungen Frau wurde in ihrer Wohnung in der Alexanderstraße entdeckt. Eine enge Bekannte der Toten hatte die Polizei verständigt, weil sie seit vier Tagen nichts mehr von ihrer Freundin gehört hatte, was wohl äußerst ungewöhnlich und noch nie vorgekommen war. Das Opfer hatte Verabredungen nicht eingehalten, erschien nicht zur Arbeit, ging nicht ans Telefon und beantwortete auch keine E-Mails oder Kurznachrichten übers Handy. Als niemand öffnete, haben die Kollegen die Türe zur Wohnung des Opfers im zweiten Stock aufgebrochen und fanden die Leiche.

„Der gleiche Täter wie vor einigen Monaten in der Stuttgarter Innenstadt?", fragte Dennis.

„Möglicherweise", sagte Kurt und fügte hinzu: „Es gibt wohl einige Übereinstimmungen. Auch in diesem Fall muss sich der Täter noch viele Stunden in der Wohnung des Opfers aufgehalten haben, nachdem dieses bereits tot war."

Dann grinste er und klopfte Dennis auf die Schulter: „War wohl nichts mit Sonderurlaub, was? Komm mit, es gibt Arbeit!"

47.
Der Piano-Mann

Mit einer langsamen Bewegung fasste er die Plastikflasche, die rechts vor ihm direkt neben dem Monitor stand. Träge öffnete er den Schraubverschluss und führte die Flasche zum Mund. Nach zwei großen Schlucken setzte er sie wieder ab und verzog angewidert das Gesicht. Das in der Flasche befindliche stille Wasser war warm und erfüllte seinen Mund mit einem schalen Geschmack. Der erhoffte Effekt einer Erfrischung blieb also frustrierenderweise aus. Der Anzeige auf seinem Funkwecker nach betrug die Raumtemperatur knapp neunundzwanzig Grad. Auf den Luxus eines Klimagerätes musste er leider verzichten. Ganz schön viel Dampf in so einer kleinen Hütte, wie er fand. Da half auch der kleine Ventilator, ein Sonderangebot aus dem Baumarkt, nichts. Voller Stolz war er gewesen, als er diesen Restposten aus dem Sommer des letzten Jahres zwischen den neuen Modellen entdeckt hatte und dafür lediglich den halben Preis bezahlen musste, da es ein Auslaufmodell war. Aber das blöde Teil wirbelte lediglich die heiße Luft durcheinander und blies sie ihm wieder zurück ins Gesicht. Am liebsten hätte er den Ventilator gepackt und mit aller Kraft auf den Boden gedroschen, bis das summende Geräusch verstummt war.

Kurz zuckte seine Hand in die Richtung des Gerätes, doch dann besann er sich darauf, wo er war und was er hier zu tun hatte.

„Beherrsche dich!“, sagte eine innere Stimme zu ihm. „Du bist hier bei der Arbeit und von unzähligen Idioten umgeben. Es wäre also besser, wenn du nicht auffallen würdest!“

Also atmete er tief durch und beschwichtigte seine Gedanken, indem er sie belohnte. Dies tat er, indem er an die tollen Dinge dachte, mit denen er seine Zeit verbrachte, wenn er nicht in diesem Kabuff sitzen musste. So viel Schönes würde ihn bald erwarten. Ja …, dachte er gedankenverloren. Dir steht eine wundervolle Zeit bevor.

Für einen kurzen, wundervollen Moment schloss er die Augen und lauschte der Melodie:

Son, can you play me a memory
I'm not really sure how it goes
But it's sad and it's sweet and I knew it complete
When I wore a younger man's clothes
La la la, di da da
La la, di da da da dum …

Diese Strategie zur Beruhigung seiner selbst funktionierte meistens sehr gut, auch wenn er jetzt jäh aus seinen Gedanken gerissen wurde.

„Hallo!“, rief ein junger Kerl und drückte aufdringlich seine Nase von außen gegen die Plexiglasscheibe der Kinokasse. „Wird das heute noch was? Ich möchte gerne drei Tickets für den Film kaufen“, sagte er und zeigte dabei ungeduldig auf ein großes Poster links neben der Kasse, auf dem das Konterfei der beiden Hauptdarsteller zu sehen war.

Was für ein Rotzlöffel!, dachte er sich, behielt diese Gedanken jedoch für sich. Hast du ein Glück, dass ich mich nicht für dich interessiere, Bürschchen. Sonst würde ich dir Manieren beibringen, und zwar auf meine Weise!

Dann antwortete er, sichtlich genervt, aber überfreundlich: „Aber sicher doch, der Herr! Wo möchten Sie denn sitzen? Im Parkettbereich kann ich drei nebeneinander befindliche Plätze leider nur noch in den vordersten beiden Reihen anbieten. Aber in den Logen ist noch eine Menge frei!"

„Na, dann nehmen wir doch die Logen, oder was meint ihr, Jungs?", grunzte der Typ und schaute dabei großkotzig zu seinen beiden Kumpanen, die zustimmend mit den Köpfen wackelten. Also kauften sie die drei Karten für die Logenplätze, die sie ausschließlich mit Münzgeld bezahlten.

War er denn eine Münzgeldzählmaschine, oder was dachten sich diese spätpubertären Trottel? Ohne auch nur die geringste Geste des Bedauerns klatschten sie ihm den Berg aus Münzen auf die Drehscheibe. Laut begann er zu zählen, ganz langsam und bis zum Ende: „Sechsunddreißig, siebenunddreißig, siebenunddreißig Euro und fünfzig Cent. Stimmt genau! Ich wünsche Ihnen viel Spaß bei der Vorstellung, meine Herren!", fügte er noch zähneknirschend hinzu und schob die Eintrittskarten nach draußen.

Wie er diesen sinnlosen Job hasste! Eine viertel Stunde musste er noch überstehen, dann war Einlassschluss für diese Vorstellung, und seine Schicht endete. Dann würde er sich endlich wieder den schönen und wichtigen Dingen seines Lebens zuwenden können.

Durch die Plexiglasscheibe schaute er raus. Vor dem Kassenhäuschen, in dem er saß, hatte sich eine Warteschlange von mindestens zehn Metern gebildet.

Was wollten diese Idioten nur alle an einem so heißen Sommernachmittag im Kino? Diese öde Teenager-Komödie war so ziemlich das Übelste, was ihm in den letzten Jahren an Albernheiten im Kino untergekommen war. Aber die Teenies standen darauf, warum auch immer. Das sollte verstehen wer will, er jedenfalls verstand es nicht – wie so viele Dinge auf dieser Welt. Die Frage, die sich ihm dabei immer wieder aufdrängte, war, ob die Welt so sonderbar war oder ob mit ihm selbst etwas nicht stimmte. Aber so plötzlich diese Frage auch immer wieder durch seine Gedanken streifte, so zügig verwarf er sie auch wieder – unbeantwortet. Denn im Grunde war er mit sich selbst im Reinen und absolut zufrieden, jedenfalls, wenn man von seinem dämlichen Job hier an der Kasse eines mittelgroßen Stuttgarter Innenstadtkinos absah. Aber irgendwie musste auch er etwas Geld verdienen, um zu leben, und wie bei vielen Menschen war seine Arbeit Mittel zum Zweck. Außerdem hatte er geregelte Arbeitszeiten, was für ihn von großer Bedeutung war. Weniger gut gefielen ihm hingegen die Spätschichten, denn in den Abendstunden hatte er für gewöhnlich Besseres zu tun. Überstunden fielen kaum an, und wenn, dann gab es meist einige eifrige Kolleginnen und Kollegen, die sich förmlich darum stritten, wer diese übernehmen durfte, um sich noch ein paar Kröten dazu zu verdienen. Nein, er wollte nicht undankbar sein. Schließlich hatte ihm diese Arbeit auch schon so manchen interessanten und attraktiven

Kontakt beschert. Er blickte wieder auf seinen Funkwecker. Noch zwölf Minuten bis zum Schichtende. Er schloss erneut seine Augen und lauschte der Musik, die in seinen Gedanken abgespielt wurde.

Now John at the bar is a friend of mine
He gets me my drinks for free
And he's quick with a joke or to light up your smoke
But there's some place that he'd rather be.
He says, "Bill, I believe this is killing me"
As the smile ran away from his face.
"Well I'm sure that I could be a movie star
If I could get out of this place!"
Oh, la la la, di da da
La la, di da da da dum …

Danksagung

Mein Dank gilt allen, die zur Entstehung von „DREI – Cernunnos“ beigetragen haben.
Besonders bedanken möchte ich mich bei allen Leserinnen und Lesern sowie meiner stetig wachsenden Fangemeinde.

Ihr Jeremias Trumpf, Stuttgart im März 2015

Es wird weitergehen! „VIER“ kommt bestimmt!

Die Handlung des gesamten Buches sowie alle darin vorkommenden und handelnden Personen sind völlig frei erfunden. Etwaige Ähnlichkeiten zu lebenden Personen sind rein zufällig und nicht gewollt. Die Handlung spielt größtenteils an Orginalschauplätzen, wobei der Autor sich teilweise erlaubte, diese im Rahmen der künstlerischen Freiheit zu verändern. Einige Schauplätze sind ebenfalls völlig frei erfunden. Auch hier sind etwaige Ähnlichkeiten zu real existierenden Orten oder Gebäuden rein zufällig und unbeabsichtigt.

Die Organisation und die Arbeit der Polizei wurden ausführlich recherchiert. Der Autor nahm unter anderem den Service einer Autorenberatung durch die Berliner Polizei wahr. Zugunsten einer kurzweiligen Handlung sowie der Spannung, wurden jedoch Arbeitsweisen und Vorgehen vereinfacht beziehungsweise modifiziert.

Neckarufer-Verlag Stuttgart

Außerdem im Neckarufer-Verlag erschienen:

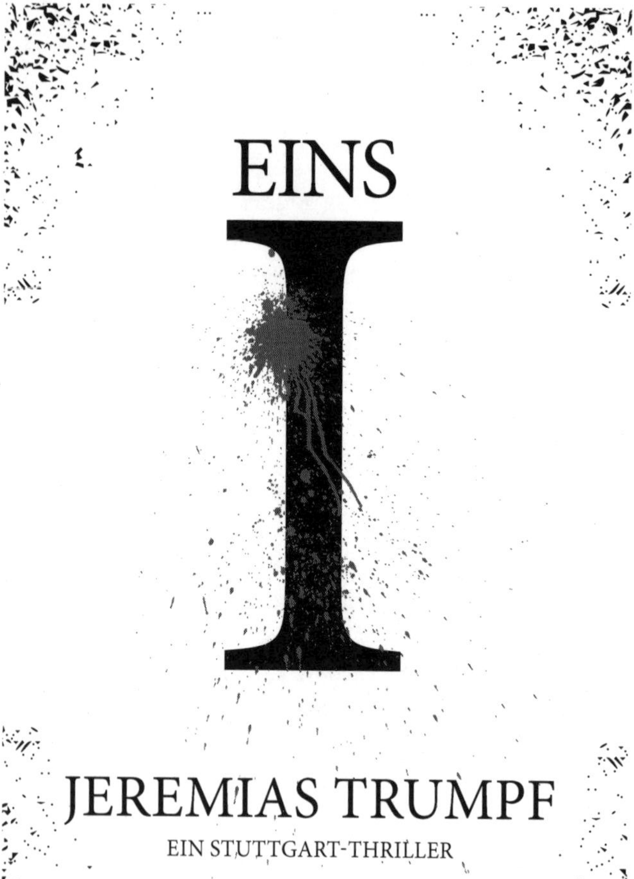

Im Spätsommer 2012 versetzen zwei Serienkiller Stuttgart in Angst und Schrecken. Die Anatomie der Morde könnte unterschiedlicher kaum sein. Die Ermittler Kurt Schockenried, Dennis Rathvan und Tatjana von Senden von der Kriminalpolizei Stuttgart erhalten Unterstützung durch die Psychologin und Profilerin Jessica Dornfeld vom LKA Baden-Württemberg. Während Kurt um seinen Ruf, Dennis mit seinem unzuverlässigen Mitbewohner und seinen konservativen schwäbischen Nachbarn, Tatjana mit sich selbst gegen die großen und kleinen Ängste des Alltags und alle zusammen gegen einen merkwürdigen Geruch im Polizeipräsidium kämpfen, verfolgen sie Spuren durch die ganze Stadt. Vom Monte Scherbelino über das Große Haus zum Bismarckturm und vom Drei-Farben-Haus in der Innenstadt über Botnang in den Klingenbachpark nach Stuttgart-Ost. Über das Stuttgarter Rathaus führen die Ermittlungen unter anderem zu einer Dating-Agentur und auf einen Friedhof nach Berlin-Charlottenburg. Viele merkwürdige und gleichermaßen amüsante Begebenheiten sind ständige Begleiter der drei Kommissare.
Die Lösung des Falles ist völlig überraschend und nicht vorhersehbar. In einem spannenden Finale bleiben Verluste nicht aus.

Taschenbuch, 330 Seiten, Erstausgabe Juni 2013
ISBN 978-3-00-041523-4

www.neckarufer-verlag.de

JEREMIAS TRUMPF
II
ZWEI
Die Galerie der
Totenbilder
EIN STUTTGART-THRILLER
Neckarufer Verlag
Stuttgart

Der süßlich-faulige Geruch der Verwesung ist allgegenwärtig, als in einem Altkleider-Container ganz in der Nähe des Max-Eyth-Sees die Leiche eines achtjährigen Jungen gefunden wird. Dr. Simon Brandner und sein neuer Assistenzarzt stehen vor einer großen Herausforderung, denn der Verwesungsgrad der Leiche und das Entwicklungsstadium der auf ihr gefundenen Insekten passen nicht zusammen.

Das vorweihnachtliche Stuttgart versinkt derweil im Schneechaos. Aber nicht nur deshalb sieht das ungleiche Ermittler-Trio des Dezernats 1.1 kaum die Hand vor Augen. In einem Nebel aus über dreißig Jahren zurückliegenden Verbrechen, die ihre Schatten bis in die Gegenwart werfen, versuchen sie verzweifelt, den richtigen Weg zu finden. Sämtliche Hoffnungen scheinen erloschen, als sie ein weiteres Mal zu spät kommen.

Wieder begegnet man zahlreichen mehr oder weniger bekannten Orginal-Schauplätzen in Stuttgart. Alte Bekannte, eine gehörige Portion an Humor und Sarkasmus sowie ein Hauch von Verwesung begleiten die Protagonisten durch die Adventszeit und die Heilige Nacht, in der alles schläft, aber einer wacht …

Taschenbuch, 336 Seiten, Erstausgabe Dezember 2013
ISBN 978-3-00-044152-3

www.neckarufer-verlag.de